译文纪实

安楽死を遂げた日本人

宮下洋一

[日]宫下洋一 著　　　　　熊芳 译

选择安乐死的
日本人

上海译文出版社

凡　例

- 本书写明"安乐死"时，是指"根据患者本人的自愿要求，有意识地结束或缩短生命的行为"。
- 安乐死可分为积极安乐死（医生投用药物，使患者死亡的行为）、协助自杀（用医生给的致死药，患者自行结束生命的行为）等类型。荷兰与比利时主要实行的是前者，瑞士则为后者。尽管还有其他详细分类，但是根据本书的情况，在此仅就这两类安乐死进行说明。
- 第二章以小岛美奈女士的博客为依据。博客的引用尽可能地反映了原文措辞，但因编辑需要作了部分修改。此外，博客中原本使用日文假名标记的部分人名经本人同意已改为真实姓名。原文请参照《多系统萎缩症成了我的伴侣》(https：//profile. ameba. jp/ameba/mugikate)。
- 本文中的职称、机构名、年龄均以采访时为准。文中省略了敬称。

目 录

序　章

何谓"好的死亡"？

安乐死（Euthanasia）一词源自希腊语，原意是"好的死亡"。

它是否意味着踏上旅程时能避免肉体上的痛苦？

亲历过安乐死的人是否真的如愿实现了"好的死亡"？

为了寻找这一问题的答案，在从 2015 年底开始的大约 2 年时间里，我探访了承认安乐死的瑞士、荷兰、比利时、美国，与患者、家属或医生等人见面。除此之外，我还去了不承认安乐死的西班牙①和日本，并将在这 6 个国家的探访经历连同自己的内心活动（准确地说是动摇）写成了一部报告文学，即我的上一本书《安乐死现场》。

采访结束了，可我最终还是没能找到正确答案。究竟是否存在所谓的正确的最后时刻？对于每个人各自认可的死法，我觉得其他人也不应该说三道四。

然而，据我了解，承认安乐死的国家都有着各自的安乐死合法化进程。在民众的长期讨论和强烈愿望下，安乐死才最终得以制度化。决定如何死亡，也关系到决定如何生存。他们主张，对死亡的自我决定是人与生俱来的权利之一。对于在欧美生活了 25 年以上的我来说，这种想法本身是可以理解的。

另一方面，我在上一本书中还写到，在日本安乐死的法制化很难，因为许多希望安乐死的日本人缺乏这方面的知识。他们所说的安乐死在多数情况下是指"暂缓或终止延命治疗"（在日本也被称为"尊严死"），这在现行的医疗制度下是能够实现的。

此前我也觉得，在日本，人们对死亡的思考并不深入。日本人只有在被医生宣告自己的生命已进入倒计时之后才开始第一次直面死亡。这与由宗教规范支配着生死观且家人间也不避讳谈论死亡话题的欧美在根本上存在着差异。

我并没有批判这一现象的意思，而是认为对日本人来说，安乐死这一能够根据个人意愿实现死亡的选项是没有必要的。在日本无论做什么事，相比于个人的意愿而言，包括家人和朋友在内的集体的理解更受尊重。在侨居欧美的我看来，就连悲伤和苦楚都能分担的国民性十分可贵。

然而，在上一本书出版之后，我通过读者的反馈和演讲接触到了各种各样的意见，也在一些场合看到和听到人们对我的质疑。

"作者在欧美生活的时间太长了，以至于他并没有注意到日本社会的变化""在当今日本，个人主义也开始受到尊重了""死亡应由患者自己决定的想法在医疗现场也开始多起来了"……换言之，安乐死制度化的土壤正在逐渐形成。

果真如此吗？我不知道该如何回应这些声音。虽然上次我在日本进行了多次采访，但是事实上，要讲述日本人心目中的安乐死，时间还不够充足。由于将安乐死放在了个人主义和集体主义的框架

---

① 西班牙直到 2021 年 3 月才通过了安乐死法案，该法案于当年 6 月开始生效。[本书脚注皆为译注]

下来看待，所以或许存在一些被我忽视了的东西。

也有人指出，我只看到了日本美好的一面。一直沉浸在西方文化之中长达四分之一个世纪的我，是否已在不知不觉中受到了乡愁的驱使呢？

如果是这样的话，我更希望能好好地面对现实中的日本人，再做一次安乐死的采访。而就在此时，对寻求安乐死的女子和男子进行采访的机会到来了。

这些故事均始于一封电子邮件。

第一章　我命运的支配者

1

电子邮件送达的时间为 2018 年 8 月 17 日。

那天正值前一年西班牙东北部巴塞罗那的恐怖袭击事件发生一周年。当时，我正在以此为契机进行采访和撰稿工作，通过听取该事件现场工人和游客的声音，报道拒绝向恐怖主义屈服的人们以及至今依然感到恐惧不安的当地市民的情况。

结束撰稿后的当晚，我飞往西班牙南部的塞维利亚，采访了乾贵士[①]在俄罗斯世界杯上大放异彩的那场比赛。我从体育场向日本发去即时报道，在酒店里完成了又一篇稿件。这段时间，我同时涉猎多方面的主题，与长时间采访的安乐死暂时保持着距离。我曾多次前往人们有意迎接死亡的现场，事实上，自那之后我产生了一种疲惫感。尽管我还想聚焦日本人进行安乐死采访，但现实问题是我在巴塞罗那无法行动。

---

① 1988 年出生，日本足球运动员。前日本国家足球队成员。

而就在这样的一个夜晚，正当我切换思维想要着手下一个社会问题的采访时，一封电子邮件的标题突然映入眼帘："我打算在瑞士安乐死"。

今年4月，我拜读了您的著作《安乐死现场》。实际上，我也患上了顽症，是一种叫做"多系统萎缩症"的相当恶性的疾病。

非常抱歉，我的表达缺乏逻辑，前后颠倒。在此附上一份LIFE CIRCLE注册用资料的日文版，同时也作为自我介绍，请您过目一下，好吗？（略）您大致浏览一下的话，应该就能理解我的情况，或者说是我希望安乐死的背景情况。

虽然简单说来都叫顽症，但是难易度却各不相同。我罹患的多系统萎缩症的难度是最高级别的，在我面前等待着的是确确实实存在的痛苦。我将变得卧床不起，从进食到大小便全靠别人，也就是所谓的卧床不起之苦。恐怕这种情况会持续数年……

安乐死的准备工作，甚至前往瑞士这件事本身都非常困难。可是，我最想避开的还是卧床不起的痛苦。哪怕花费金钱、忍受奔波之苦，我也希望安乐死。选择瑞士之苦？还是卧床不起之苦？我忠于自己的内心，在二者之间做出了选择。

即使看到这封邮件，我也并不感到惊讶。

我在互联网上公布了自己的邮箱地址。自从拙著出版以来，时常会收到读者关于安乐死的咨询邮件。

其中大部分与其说是死期将近的患者，不如说是有"自杀念头"

的人。他们追求字面意思的"安乐的死亡"，而拙著被视为实现这一目标的指南。当时，我直觉这封邮件的发件人小岛美奈女士也是其中之一。

我既不提倡也不否定安乐死，只是将其作为众多临终方式之一提出而已。欧美社会和日本对如何生活和如何死亡有着非常不一样的价值观。通过安乐死这一主题，我希望读者能够思考这样的差异。

更进一步地说，在日本，人们存在忌惮公开谈论"死亡"这一话题的倾向，而我原本是想提出一种建设性的意见，即思考自己的死亡方式与思考自己的生存方式，二者之间密切相关。

在采访中给予我大力协助的正是邮件中也提到了的瑞士协助自杀机构 LIFE CIRCLE。

协助自杀是指"用医生给的致死药，患者自行结束生命的行为"。它是在瑞士以及美国和澳大利亚的一部分州被认可的行为，属于安乐死的一种。另一方面，在荷兰、比利时等国，主要被承认的安乐死是"医生投用致死药，使患者死亡的行为"，准确地说，也被称为"积极安乐死"。

关于 LIFE CIRCLE，我先稍微说明一下。

其总部位于瑞士西北部的巴塞尔，由一位名叫艾丽卡·普莱西柯（61岁）的女医生于 2011 年创立。尽管瑞士有多个协助自杀机构，但 LIFE CIRCLE 和 DIGNITAS 是为数不多的接受国外申请人的机构。普莱西柯原本在 DIGNITAS 工作，后来独立出来成立了自己的机构。LIFE CIRCLE 一年大约协助 80 人自杀，2017 年包括外国人在内实施人数为 79 人。

2015 年底我拜访了普莱西柯，之后开始了对安乐死的报道。她是安乐死赞成派的医生，这一点自不必说。她主张在瑞士以外的国家也应该承认安乐死，理由如下：

"人决定自己的生死是一项 Human Rights（人权）。在我看来，在其他国家个人不能决定人生的结局，这本身就是一件非常不可思议的事情。"

当时，我不具备安乐死的采访经验以及充足的知识。面对普莱西柯的这种想法，我无言以对。正因为如此，我才提出希望去现场采访的请求。在此基础上，我想好好地观察一下她的行为。

就连起初面露难色的她最终也说，请在目睹一切之后再做判断。就这样，我被允许去协助自杀现场对来自世界各国的患者们进行采访。

实际上，在采访过程中，我曾经多次对普莱西柯的行为感到担忧。

我曾质疑普莱西柯让还能存活几年的顽症患者死亡的做法，并为此与她发生过争论。但是，她并没有驳回我的不同意见，而是坦率地表示，有时她也会觉得自己所做的事情并不正确。

"虽说一直在做这份工作，但我并不认为所有协助自杀的行为都是正确的，有时候我也会有罪恶感。这一点希望你能明白。"

如果就连协助自杀的医生都会有罪恶感的话，那么安乐死岂不是隐藏着巨大的问题？尽管我抱有这样的疑惑，但还是想对她认真倾听我这种局外人的话的胸襟和公正的精神表达敬意。

小岛美奈从拙著中得知 LIFE CIRCLE 的存在，并希望在那里迎接生命的终结。电子邮件的附件是她在该机构注册时申请用的资料，是用日文写的。她好像正在考虑将英译本寄给该机构。

抱歉突然给您发邮件。我叫小岛美奈，住在日本一个叫新潟的地方城市。今年50岁，单身，性别女。

我患上了一种叫做"多系统萎缩症"（以下简称MSA）的

顽症。

大约 3 年前，我被神经内科的医生告知患病。

我在东京独自生活了很长时间，但听到这个消息之后便慌忙搬到了老家新潟的大姐那里住，也就是去了大姐和她丈夫的家里。因为我有一只年迈的爱犬，所以放弃了一个人生活的想法。

MSA 是一种随着时间的推移全身机能会逐渐丧失的疾病。2015 年 11 月，当我带着爱犬回到老家时，我已经开始出现发音奇怪、走路姿势像个醉汉的症状。

自爱犬在去年 10 月享尽天年，之后已经过去大约 9 个月时间了。

目前我在某某医院住院（笔者注：原文为实名），这里也有疗养院的功能。我已经无法走路了，移动全都靠轮椅，说话也困难。由于发音太过模糊，所以总是被不断地反问。或许是呼吸量少的缘故，说话时会感觉身体难受，甚至疼痛。两只胳膊感到剧烈的疼痛，颤抖得连东西都抓不住。脖子也摇摇晃晃的，伴随着疼痛。与健康人相比，全身都表现出异常。（略）渐渐地不能做的事情越来越多。最终将变得卧床不起，要插胃造瘘管、戴人工呼吸器。也就是说，除了负责思考的大脑之外，其他所有器官机能都将逐渐丧失。

将来连进食和大小便都无法独自进行，我觉得那真是太凄惨了。而且，最令人感到难过的是这个病的特质，会随着时间的推移慢慢地逐渐失去机能。（略）想到一年内自己可能会卧床不起，我甚至感到恐惧。到卧床不起，连大小便也要受人照顾时，我会盯着天花板，用唯一正常的大脑想些什么呢？……

虽然这把年纪，但我还是单身，因此既没有丈夫也没有孩子。既没有想要见证幸福的对象，也没有想要守护的身影。

截至目前的人生，我觉得自己过得还是相当开心的，没有什么遗憾。

对于生命即将终结这件事，我没有遗憾，也没有抵触情绪。因为生命是有限的，总有一天会迎来终结的时刻。但是，丧失几乎全部的机能，靠人工呼吸器维持呼吸、连话也不能说、靠胃造瘘管往体内输送营养、由别人定时帮换尿布，我不想这样度过每一天，自己也感觉不到这样活下去的必要性。

我祈祷在自己卧床不起之前结束生命。

期望在我还是我的时候实现安乐死。

请让我加入您的机构。

然后，给我实施安乐死。

我很难过。文中回荡着为活着的痛苦而悲叹的声音，读起来让人感觉非常难受。另一方面，尽管这么说可能不太恰当，但我认为这是一篇能够让我很好地理解对方想要传达内容的完整文章。

我查了一下这个叫"多系统萎缩症"的疾病，后文会再详细介绍。由于控制知觉和运动机能的小脑等变性，这个病会首先导致患者出现走路不稳、手脚僵硬等症状。此外，其他各个部位也会出现身体机能异常，包括尿频和排尿困难、便秘、出汗障碍、上呼吸道闭塞等情况。还会有所谓的"构音障碍"，即出现连话都说不清楚的症状。

最终，四肢的自由也将被剥夺，被迫过上卧床不起的生活，且需要借助人工呼吸器和胃造瘘管（从腹部外侧通过管子直接向胃输送营养的方法）等。

从电子邮件来看，小岛的病情已经恶化，似乎是在轮椅上生活。

她害怕自己迟早会卧床不起，进食和大小便都需要别人的帮助。

就连敲击键盘应该也要费上一番功夫。虽然起初这封邮件让我有种似曾相识的感觉，但是连同附件也一起看过之后，我感受到它传递出一种与之前收到的任何一封邮件都不同的真切情感。

尽管暂时返回日本的时间和工作安排都还未定，无法立刻做出约定，但是我想见见她。大约过了一个月，在到达日本之后，我给她回了邮件。在为自己的迟复表示歉意之后，我向她表达了采访的意向："我想要近距离倾听希望安乐死的日本患者的心声。"

当时，一位认识的编辑向我打探，说是周刊杂志《女性 Seven》探讨社会问题的人气企划"新·我们的时代"会涉及安乐死这一话题，希望我能参与合作。

我那时正在着手安乐死之外的新主题，没有余力直接向《女性Seven》供稿。但是，我想如果编辑部能帮忙采访我与小岛的会面情况，那倒是可以。在向小岛也传达了这一意思之后，我补充道：

"由于我的职业是记者，既不是医生也不是顾问，所以说实在的，我无法帮助你前往瑞士。要说我能做的，我认为就是向读者和医务人员传达，像小岛女士这类症状的患者有着怎样的苦恼、为何想去瑞士接受安乐死。"

我也明白她对我的期望是什么。应该是希望我介绍她去 LIFE CIRCLE 吧。

我想与其当天告诉她说我做不到，让她失望，不如事先告诉她。老实说，我认为她应该不可能会安乐死。说到底，日本的医院怎么可能那么轻易地让一个希望安乐死的顽症患者出院呢？

当时，我并不是想在她启程前往瑞士之前一直对她进行跟踪采访，而是把重心放在了探究日本人究竟是在何种犹豫不决中最终走到希望安乐死这一步的过程上。

2

2018 年 9 月，我暂时回国，与周刊杂志的编辑们一起于同月 20 日乘坐新干线来到新潟。我原本设想在车站前会看到鳞次栉比的高楼大厦、商业街和行人熙熙攘攘的繁华景象，但令人意外的是新潟的商业区比我想象得还要小巧整洁。

多系统萎缩症患者到底是什么样子的呢？我的脑海中浮现出前年采访的一位 ALS（肌萎缩性侧索硬化症）患者的身影。那位患者被接上了人工呼吸器，通过眨眼向看护者传达信息以进行交流。现在回过头来想，我发现当时自己因为过于在意患者的病情而没能很好地提问。

从车站乘坐出租车到达医院之后，我们在一楼挂号处告知工作人员前来探视的目的，并询问了小岛私人病房的房间号。在顽症患者床位集中的那一层，约有 5 名护士巡视着各个病房。我感觉空气中弥漫着紧张的气氛，她们不能忽视患者们任何微小的异常情况。我们站在一间病房前敲门，推开门后两位女性的身影首先映入了眼帘。

她们分别是 61 岁的大姐惠子和 59 岁的二姐贞子。一进房间，我就知道她们是姐妹。因为姐妹俩的身高、脸型、笑容都一模一样。一看就让人觉得和蔼可亲。

惠子一边走近门一边开口道：

"宫下先生来了！不好意思，劳您大老远特意过来一趟。美奈，是宫下先生哟！"

在采访当中，我从未受到过如此欢迎。她们果然还是对我有所期许吧。不知为何，我总觉得有点尴尬。

向惠子和贞子打过招呼后，我看到了面对床前的电脑屏幕、身穿白色毛衣的一位患者，也就是小岛美奈。

她倚靠在已调好倾斜度的可调节床上，双手交叉放在腹部。与姐姐们不同，她没有任何情绪反应，而是一直从容地看着我。没有戴呼吸器，肌肤雪白光滑，看上去就是一位健康的女性，这是我对她的直观的第一印象。

透过大窗户，日本海尽收眼底，大片火烧云铺展开来。

"谢谢您特地从大老远赶来。那个，我没办法好好说话，真对不起啊。"

小岛说话的速度大约比普通人慢一倍，而且口齿不清。

由于构音障碍，她说的话中有些部分听不太清楚，但在理解内容方面没有问题。尽管准确地用文字来表示的话，应该是"特地、从大老远、赶来……"，但在本书中我将按自己所理解的内容进行记录。

两位记者和我在小岛旁边坐下。她黑框眼镜后面的那双狭长的眼睛沉着冷静，正微微地笑着。或许她已经习惯了与人见面，可以看出她透露出来的是一种让我感到安心的沉着冷静。我把录音笔放在床前的桌子上，开始慢慢地询问她过去的经历。

据悉，小岛出生在新潟，曾去韩国的一所大学留学，掌握了韩语，主要靠笔译和口译谋生。她在东京的高轮和户越生活了大约30年，虽说有过几次邂逅，但始终单身。

从45岁左右开始，她的腿脚突然变得不听使唤，渐渐地出现了口齿不清、身体疲乏等各种症状。她最终在2015年秋天去了医院，那年她48岁。精密检查后，她从神经内科医生口中得知自己患上了一种神经性顽症。

"渐渐地走路和说话都会变得困难起来。"

在被告知这一情况之后，小岛回到了老家，开始与大姐惠子一家人一起生活。

坐在我左边的《女性 Seven》的记者向小岛提出了第一个问题。

"请问您读完宫下先生的书后有什么感想?"

这个提问突然触碰到了我在意的点。如果她没有阅读拙著，我们也就不会在此相遇。我从未如此真切地感受到写书这份工作所带来的意义。我一边想着这些，一边仔细聆听小岛的回答。

"宫下先生在安乐死得以立法的荷兰和比利时取材，其中有针对实际通过安乐死离世的人们的采访，我对这些颇感兴趣。在荷兰篇中有一句'我是我命运的支配者，我是我灵魂的指挥官'，其实我也一直这么认为。"

我在荷兰采访时，因患痴呆而接受了安乐死的男性希浦·彼得斯玛的长子告诉我，他父亲喜欢这句话。希浦喜欢的这句 19 世纪英国诗人威廉·欧内斯特·亨利的格言，意思是自己的人生由自己掌控。

陷入重度痴呆的希浦希望在自己无法再做出明确决策之前离开人世，于是他在 25 名家人的簇拥下喝光致死药后与世长辞。在荷兰和比利时，即使是痴呆症或精神疾病患者，只要他们希望，也都可以成为安乐死的对象。

希浦的生存方式，在小岛看来是否很美?

"在宫下先生的书中也提到了东方和西方的差异，我觉得很有道理。我想把死作为自己的命运来操控，因此我觉得自己的生死观总的来说还是偏西方的吧。"

关于东西方生死观的差异，我在上一本书中从集体主义和个人主义的背景出发作了阐释。当我向希望安乐死的日本人询问理由时，会得到不想卧床不起给别人添麻烦之类的回复。日本人直到临死那一刻都会在意他人的目光，而欧美人则认为根据自己的意愿决定死亡方式是一种人权。据小岛透露，她被后者的想法所吸引。

虽然存在构音障碍，但精练的措辞使她的话听起来像是毋庸置疑的正确主张。面对逼近安乐死核心的小岛，我从一开始便避开了拐弯抹角的表达，试着问道：

"你真的想安乐死吗？"

小岛毫不犹豫地断然答道：

"如果现在有医生出现在这里，对我说吃一颗这样的药就能死，那么我会吃，哪怕是立刻。"

她对医院没有不满，与医生和护士都相处得很好，生命的危机也并不是迫在眉睫。房间里有电脑，能够自由地与外界联系。从两个姐姐温暖的目光可以想象出她得到了很好的照顾。她到底在担心什么呢？

"这是幸福，跟快乐是两码事。如果你问我是否幸福，我会说是，但如果你问我是否快乐，那就很难回答了。当姐姐来看我时，我有一种仿佛是回到了小时候的感觉。与他人沟通或是自己做些什么，（对于难以做到这类事情的如今的生活）我感觉不到快乐。"

在床前，惠子和贞子正专注于我们的谈话。小岛似乎在通过我们间接地传达一些平时不会对姐姐们说的话。"幸福但不快乐"，对于小岛用两个意思相反的词语组成的这句话，惠子和贞子是如何理解的呢？当我将视线转向她们时，惠子先开了口。

"我们姐妹三人讨论了很多。不管（妹妹）变成什么样子，我希望我们能在一起的想法始终不会改变。但当她就在我面前时，我意识到有一种痛苦只有她本人才知道。"

惠子有时会变得伤感起来，捂着眼睛说不出话。作为大姐的她发现妹妹生病后，立即把妹妹叫到家里，提出要照顾她。惠子的丈夫也欢迎小姨子住过来。不过，对于小岛来说，"被照顾"让她感到实在过意不去。

惠子继续说道：

"出于好心做的事对她来说却是痛苦。每次我做些什么，她都会说'谢谢''对不起'之类的话……我做的明明都是些理所当然的事，但当她对我说这些话时，我很难过。但是，一想到连这些（妹妹）也会有一天说不出来时，就更难受了。"

注定要过着卧床不起生活的人所抱有的苦恼，我想恐怕只有当事人才明白吧。我们经常听到这样的故事：即使平日里接受他人的"好意"和"善待"，但患者在开始过上病床生活的那一瞬间，就会觉得那是一种伪善，或者感到沉重的负担。

不管是看护者还是病人，即使知道彼此是因亲情而结合在一起的，也经常会闹矛盾。小岛打断大姐的话，开口说道：

"那个……我的家人对我要去赴死的决定还是感到不高兴。从亲情的层面上来说，我姐姐有着一颗温柔的内心，她希望我能活下去。当医生告诉我病名的时候，我做了两种心理准备。第一种是对卧床不起的心理准备。第二种是对慢慢走向死亡的心理准备。但总的来说，我更害怕要做卧床不起的打算。甚至连大小便的处理都要拜托别人，我却连说声'谢谢'和'对不起'都做不到。"

这就是一直过着优裕生活的人在突然无法保持这种状态的那一刻会感到的恐惧吧。对于小岛的两种心理准备，我的大脑能够理解。当然，无法切身体会。但我认为，她对余生的思考本身表现得很简单。

在东京生活时结交的朋友们担心她会向病魔屈服，于是想来探病。然而，小岛自己无法忍受让旧友看到那个努力工作、一家接一家地喝酒、爱说话的"昔日的小岛美奈"的变化。她拒绝了所有这些朋友的来访。

"每当有人来探望,我都不会好转,反而会变得更糟。我连正常说话都做不到,尽管他们会安慰我说没事儿。既然如此,我觉得还是不见面为好。"

这个病的可怕之处大概就在于,虽然病情发展缓慢,但的的确确会不断恶化。据说即使采用目前的医疗手段,也没有改善的希望。

如果我拖着一个正在慢慢失去机能的身体,是否还能给前来探望的朋友一个微笑?被鼓励说"没事儿"或者"会好起来的"反而会觉得很痛苦,这种心情可以理解。

小岛慢慢地开始习惯这样的对话,而我对她的构音障碍早已没有什么反应。虽然说话有点慢,音质有点紊乱,但我的耳朵甚至对这种节奏感到舒服。

她并不仅仅是淡然地谈论着症状和苦恼,偶尔也会提起一些出人意料的话题。"尽管有些难以启齿……"她一边做铺垫,一边继续说着关于金钱的话题。

"一旦得了像我这样的病,首先是无法工作、没有收入,但即便如此也还是要生活下去。简单地说,假设我的口袋里有 100 万日元。如果我被告知自己还有一年的寿命,那么我会制订计划来花掉这100 万日元。然而,我的预期寿命在互联网上写的是 9 年或者 10年,实际上也有人活了 20 年。这样一来,我就完全不知道这 100 万日元是要在一年之内还是在 10 年之内使用了。"

自己挣的钱自己花光,这就是她特有的思维方式吧。我不知道她有多少存款。更确切地说,我觉得像小岛这种性格的人,如果我直接问,她会给出回答,但在她的家人面前,我到底还是没能发问。

3

半个小时过去了。小岛终于开始具体谈及安乐死这一选择。

"我注册了 LIFE CIRCLE。"

据悉，2018 年 8 月，在这家医院住院不久，小岛就注册成为了瑞士 LIFE CIRCLE 的会员。

近年来，该机构的知名度不断提升。从其代表普莱西柯那里获得的数据显示，自 2011 年成立以来机构的推移变化为：2011 年会员数为 0 人（协助自杀死亡人数为 0 人），2012 年会员数为 56 人（协助自杀死亡人数为 3 人），2013 年会员数为 168 人（协助自杀死亡人数为 35 人），2014 年会员数为 375 人（协助自杀死亡人数为 53 人），2015 年会员数为 632 人（协助自杀死亡人数为 76 人），2016 年会员数为 957 人（协助自杀死亡人数为 83 人），2017 年会员数为 1171 人（协助自杀死亡人数为 79 人），2018 年会员数为 1379 人（协助自杀死亡人数为 80 人）。会员数一直在增加，但死亡人数自 2015 年以来却变化不大。这在很大程度上是由于机构代表普莱西柯的方针：与实施数量的增加相比，她更重视在保持数量的情况下向全世界进行安乐死的启蒙。

日本会员为 2018 年 11 人，2019 年（截至 4 月）17 人。但是，过去从未发生过日本人通过该机构接受协助自杀的案例。有统计资料显示，在世界知名度最高的 DIGNITAS 里，2015 年有 1 名、2016 年有 2 名，共计 3 名日本人通过协助自杀死亡。由于 DIGNITAS 几乎不对外公开信息，所以实际情况我并不是很清楚。DIGNITAS 的统计数据是按居住国计算的，因此也有可能是居住在日本的外国人。

在此，让我们先整理一下，为什么在日本不允许安乐死？

假设医生被患者要求实施安乐死并这么做了的话，就可能成为刑法第 199 条"杀人罪"的适用对象。该刑法规定了死刑、无期徒刑或 5 年以上徒刑的处罚。

安乐死的协助者和中间人也有可能被追究法律责任。教唆或帮助他人使之自杀，或者受被杀人嘱托而杀人者，根据刑法第 202 条（"嘱托杀人罪"）规定，处 6 个月以上 7 年以下徒刑或监禁。如果凭一己之力前往瑞士并最终完成安乐死的话，由于适用瑞士国内法，所以不会被问罪。因此，小岛希望去往瑞士。

她说自己已经完成了 LIFE CIRCLE 的会员注册。不过，注册本身是只要走程序谁都能办的。在这个时候，她甚至还没有作为患者被该机构所承认。如果只是注册的话，全世界的会员数有 1300 名以上。

在实际实施协助自杀之前，需要进行各种各样的审查。

注册后需将《医生诊断书》和《希望协助自杀的动机书》以英语、法语、德语、意大利语中的任何一种语言发送过去，然后由机构根据这些进行审查。

首先非常重要的一点是患者本人是否具备清晰的思考能力。与荷兰和比利时不同，患有痴呆症或精神疾病的人不属于协助自杀的对象。

在此基础上，患者要满足以下四个条件。

（1）有难以忍受的病痛。

（2）没有治愈的希望。

（3）没有患者期望的治疗手段。

（4）能够明确地表达意愿。

通过书面审查之后，患者终于要前往瑞士了。在那里，会由不同的医生进行两次面试。一旦确认患者的实际病情符合这四个条件，就没有什么能够阻止患者"启程"了。LIFE CIRCLE 的做法是在点滴中加入致死药，通过患者自己打开开关的方式来协助自杀。

让我们回到之前的话题上来。已经完成安乐死会员注册的小岛此时满怀期待。然而，由于没有收到来自瑞士的回信，她同时也感到了不安。虽然面带笑容，但说起这件事时，小岛言语无力。

"事情果然没那么容易推进啊。"

4

采访开始已经过去了一个小时。尽管谈话的内容太过沉重，但小岛始终保持微笑。

"我之所以一直微笑，是因为无论哭着度过还是笑着度过，我们的病都是一样的结果。既然如此，与其哭着让周围的人感到不快，不如笑着度过，无论是周围人还是自己都会感到快乐。仅此而已。"

至少在我面前，她没有露出不快的表情。我真的越来越弄不明白了。

——我能够理解你活下去的部分痛苦，但我无法想象此刻的你竟然要安乐死。你的笑容和才智让我感到困惑。

小岛又一边发出笑声，一边说出了残酷的话。

"可是，这真的是一种让人感到绝望的病。唉……唉，老实说，即使想到未来，也没有丝毫希望……"

尽管她经常微笑，但那只是为了不让周围人担心的笑容而已。

能否想办法把这个病带来的绝望变成希望？为了从绝望中摆脱出来，她希望安乐死。然而，这条路真的正确吗？我当时想着，她应该也能找到一条不同的路吧。

而且，我内心抱有这样的想法：不过，没事儿的。她应该不会就这样前往瑞士吧。

房间的电脑里播放着瓦格纳的歌剧《唐怀瑟》。火烧云消失了，天空被黑暗笼罩，日本海也不见踪影。

"小岛女士，请问您为什么会联系我呢？"

我试着这样问她。在实现安乐死之际，她想告诉世人什么？

她已经有了一个明确的答案。

"第一，从安乐死的必要性这一意义上来说，我希望能在日本社会掀起一场风波。请您用笔的力量来启迪大家。第二，就个人而言，我想请您成为我和 LIFE CIRCLE 之间的牵线人。不过，正如您在书中提到了个人的想法，您并不是安乐死的倡导者。而我是安乐死的支持者，还是顽症患者，我的目标是希望您能为我这类人的意见代言。……不，或者应该说这是我的目的？"

正当我不知如何回答时，大姐惠子略带尴尬地插嘴道：

"对不起啊。说起来有点怪，其实我们是想着，这次见到您也许能获取一些信息。"

看来姐姐们似乎理解妹妹对安乐死的想法。正因为如此，我才在刚一出现时就受到了她们如此热情的招待吧。

对于小岛的意图，我理应明白。然而，也许我对"前往瑞士"这一直接说法有抵触情绪，虚无感刺痛了我的内心。大概是因为我在瑞士见过众多人的死亡现场吧。

对于小岛提出的想请我成为她的牵线人这一愿望，我提供了一些并不怎么有价值的信息。

"您在网页上完成会员注册之后，我想对方会寄来申请用的资料。"

小岛似乎还没有收到相关资料。

于是她歪着头说："欸，那是不是我的地址弄错了呢？"接着苦笑道："我已经不知道还能不能去瑞士了。"

听到妹妹叹息的声音，二姐贞子问道："那就直接联系，我们还有向机构申请资料的方法，对吧?"我当时什么都没说。

似乎是为了维护姐姐们，小岛迅速补充说：

"我觉得姐姐们为我着想，相较于希望我活下去的情感，把重点更多地放在了我的痛苦上。"

可是，我不能把安乐死当作缓解痛苦的一种途径去推荐。

5

小岛似乎还抱有不能告诉周围人的危险想法。

她突然谈起了自杀这个词的定义。

据她说，"自杀"和"自死"① 之间存在很大的区别。小岛更喜欢后者的定义，强调讨厌自己杀害自己的这一定义，并举出了评论家西部迈的例子。

西部于 2018 年 1 月在多摩川溺水自杀身亡。根据前面提到的刑法第 202 条，将西部带往现场的男性朋友和电视台前职员被指控协助自杀（男性朋友被判处 2 年徒刑，缓期 3 年执行；电视台前职员于 2018 年 9 月被东京地方法院判处 2 年徒刑，缓期 3 年执行）。

"西部迈先生创造了'自裁死'这个词。起初我觉得这是一个非常好的词，因为可以解释为根据自己的裁量选择死亡。不过，'自裁'这个词本来就存在，西部先生把'死'字加上去变成了'自裁死'。'自裁'这个词也是自杀的意思。如果是这样的话，我也讨厌这个词。"

---

① "自死"即自愿死亡，在日语中是一个不把自愿死亡作为不道德或反社会行为加以谴责的术语。

她尽管想着求死，但不想被说成是"自杀"吧。

国外最近也有很多机构极力回避"协助自杀"（Assisted Suicide）这一名称，而改用"协助自愿死亡"（Assisted Voluntary Death）这一术语。即便自己选择死亡、将死期提前的行为是一样的，但因所蕴藏的精神不同，名称也会有所不同。当然，这也是为了回避来自反对安乐死的国家和宗教团体的压力。比如，由于天主教禁止自杀，所以不使用这个词是为了减少冲突。

"我觉得把这个写成报道有点微妙。"小岛先做了个铺垫，然后开始表露她的真实想法。

"因为照这样下去安乐死似乎很难实现，所以最近我每天都在查看自杀网站。如果有'我自己怎么也死不了，让我们一起去死吧'这样的内容，我就会想至少支付点车费，希望他们带上我一起。这就是我最近每天必做的事。"

贞子听到这里，脸上露出尴尬的表情，并插话道：

"但是最近不是有各种各样的人嘛。虽然我会说这很危险，请打消这种念头，但她本人每天都说还没有收到（来自 LIFE CIRCLE 的）回复……哎，不过关于自杀网站的话我权当耳旁风了……"

除了两个姐姐之外，其他家人是否理解小岛的想法？

"那您的父母呢？"

对于我的这个提问，贞子回答道："他们已经去世了。"

小岛在床上喃喃自语："嗯，是啊。"

"你们是三姐妹吗？"当我这样问的时候，贞子含糊其辞地说："我们家有种种情况，比较复杂。"此时，她们互相看了看，不知为何都不想谈及具体细节。

在惠子眼中，比自己小 10 岁的小岛是个怎样的孩子呢？"嗯，是啊。真的是……"以"真的是"开头似乎是她的口头禅。

"不怎么依赖别人，她从小独立性就很强。"

贞子总是想到什么就立刻说什么，不像大姐那样会停顿一下。她这样看待比自己小8岁的妹妹：

"她无论在什么方面都很优秀，是个勤勉好学的人。我不知道是不是因为我们的年龄差得远，她会以成人的视角看我们，给我们的意见也不像是小孩子提的。或许是因为心理年龄比较大，她总是试图去读懂别人的内心，说些'那个人是这样的啊，或者，贞子姐姐肯定是这么想的吧'之类的话。"

通过采访我了解到，选择安乐死的人都有一个共同特征，那就是独立、好学。更进一步说，有一定收入、没有孩子的人在希望安乐死的人当中很常见。看来在小岛身上，无论哪一点都符合。

像小岛这样认为自己的人生由自己掌控的人，不会把自己的死托付给他人。她盯着我说道：

"我的想法是，不要特意去管闲事，干涉别人的死法。"

她也意识到，并不是谁都有着和自己同样的想法。小岛并不想把自己的想法强加给那些和她一样患有顽症的人们。

"为了不夺走其他多系统（萎缩症）患者的希望，还请您在这一点上多加考虑。"

她想说的是，她选择的死终归是"个人的死"。在通过互联网认识的同病患者中，有很多人都希望活下去。她明白，无论病情如何，每个人都有各自认为的理想的死法。

在不想强加于人的这一想法上，我和小岛之间没有分歧。

小岛之所以能活到现在，是因为有玛尔济斯犬特拉皮科的存在。对于既没有丈夫也没有孩子的她而言，这只爱犬正是她的精神支柱，也是她活着的意义所在。她一边像介绍自己儿子一样展示特拉皮科的照片，一边沉浸在怀念之中。

"我在他5岁的时候收养了他。那时候，他身处恶劣的环境，就像一块破破烂烂的抹布。他也曾在枥木县①的一个爱护中心待过，之后便和我住在了一起。我这儿从来没有过男人的影子，他是唯一的男性。然后我们在一起大约生活了10年。从洗头、理发到其他的所有事情，我都为他做过。"

爱犬成了小岛人生的意义，即使在生病后她也没有放弃生命，而是继续生活着。她一边向我们展示当时用婴儿车载着特拉皮科散步时拍的照片，一边露出了开心的笑容。

"要是没有狗狗的话，那时候我还能走路，我想自己应该早已一个人去往无边无际的林海了。这样一来，就不会有处理遗体的繁重工作，我也打算只给家人寄封遗书。然而我没能这么做，那是因为有狗狗的存在啊。"

小岛在对话中多次提到自己没有男人缘。不过，如果看几张她以前的照片，对于姐姐们说的"美奈曾经很受欢迎"这句话也会表示认同。

她最初的邮件中还附上了自己穿和服的照片。和服非常适合她，照片很漂亮。我想，她应该不是想展示自己的容貌，而是想让我注意到她正以面目全非的样子度过每一天。

在我访问这家医院之前，小岛在往来邮件中对自己进行了如下的描述：

"您大概很容易想象出一个面容憔悴、步履蹒跚的人，但是，像我或者说患上跟我同样疾病的人，绝大多数都气色不错、面显富态。尤其是我，回到老家后体重增加了20公斤。这种疾病似乎通常不会导致体重下降，除非是晚期。"

---

① 日本的"县"为一级行政区，相当于我国的省级行政区。

小岛说，对于突然离开东京回到老家的自己，估计大城市的熟人们都在议论她是"下落不明的怪女人"。然后，她补充道：

"不过，世间大概就是如此吧。也没有什么人联系我，原以为手机什么的会收到更多的联系，但事实并非如此。哎，我想这也在某种程度上反映了我的人缘，可是人与人之间的关系还真是虚无缥缈啊……"

这一次，听着拉赫玛尼诺夫的钢琴曲，她的心稍稍平静了下来。眼前电脑屏幕上显示的是视频网站YouTube。小岛在YouTube上收集了很多歌曲。她说，自己已经把DA PUMP①的《U. S. A.》加入收藏，如果能够自由活动身体的话，她希望能像很久以前喜欢的舞者兼主唱ISSA那样跳舞。

这一天，我们最后拍了纪念照，并约定保持联系。以第一次见面的感受来说，我很难理解小岛为何对安乐死如此认真，甚至不由得认为今后她或许能找到活下去的希望。

如果有那样的笑容、幽默和才智，不就能从绝望中走出来吗？

然而，我后来知道了这个笑容的背后隐藏着深深的痛苦。

其实，她之所以选择住进这家医院，是因为病房允许使用电脑且具备良好的网络环境，完全是为了更新她的博客。在采访之前，我从她那里得知了有这么一个博客。尽管我想过要浏览一下，但是没有富余的时间。

我坐上从新潟开往东京的新干线，第一次慢慢地读着她的博客。在博客里，她花了几百页的篇幅描述自己几经曲折做出安乐死这一选择之前的日子。

---

① DA PUMP是日本男子歌舞演唱组合，1996年出道，团长是ISSA。

第二章　与孤独同行

1

博客的标题是《多系统萎缩症成了我的伴侣》。首次投稿时间为
2016 年 8 月 25 日。

　　我原以为自己以后也将独自一人生活下去，或者更准确地
说是一人和一犬吧。我并没有感到格外的寂寞。即使不能过奢
侈的日子，但只要有工作、狗狗、偶尔见面的朋友就足够了。

　　有一天，我出席了一个只有女性参加的饭局。当时的我大
概 40 岁吧。

　　在参加者当中，年龄最大的约 50 岁。虽然大家都很有魅
力，但是全都单身。我们总共有 8 个人。

　　可以说在场的几乎都是抱有结婚愿望的熟女吧。虽然大家
谈笑风生，但坐在我眼前的一位初次见面的年长离异者开始抱
怨每天的孤寂。她向我问道：

　　"你不寂寞吗？对未来不担心？"

我满面笑容地回答道：

"我的人生伴侣是孤独。我要和孤独一起走下去。"

听完，那个女人的脸开始明朗起来，两颊肌肉微微上扬，表情变得有力了。对于正感到困惑的她来说，或许这个回答听上去有一些可信度。

因为是从我这个年纪的单身女人这里听到的。

自那之后过了多少年呢？我后来会知道，原来自己的人生伴侣是脊髓小脑变性症。这是一个很难相处的对象。

据大姐惠子透露，小岛开始写博客是因为她得知一位同病患者在通过博客发布信息，她在阅读博客文章的过程中受到了影响。

"我听说为了同样患有这种疾病的人，那位患者把症状和康复方法等亲自经历的事情写在了博客上。但随着病情的发展，发布信息的时间间隔变得越来越长。所以，美奈开设了博客，想延续那个人的想法。"

在她的博客中，有很多与自身经历相关的记述，比如如何从政府获得帮助以及这样做的好处。也许是这个原因，她的博客的评论栏成了同病患者交流信息的地方。

当初，正如博客上的文章所说，她把自己的病理解为脊髓小脑变性症，后来才明确那是多系统萎缩症。这两种病同样起因于小脑异变，原本有着相同的病名。[①] 由于后者变性的部位除了小脑以外还涉及多方面，所以被命名为多系统萎缩症。该病好像不具有遗传性，但具体情况尚不清楚。

---

① 脊髓小脑变性症是共济失调、运动失调症状为主的神经性病变的总称，多系统萎缩症是脊髓小脑变性症的一种。但在日本《针对疑难病患者医疗等相关法律》（简称《难病法》）的疑难病目录中，多系统萎缩症是被单列为一项的，除该病之外的其他脊髓小脑变性症为另一项。

根据症状的强烈程度，多系统萎缩症可以分为三种类型。小岛所患的是橄榄体脑桥小脑萎缩症这一类型，往往会因无法保持身体平衡、走路时摇晃等问题而苦恼。多系统萎缩症患者全国约有1.2万人，其中七八成是这种类型的病症（来自疑难病信息中心）。

　　在接下来的博客里，她描述了自己在去医院之前经历的种种不适。

　　腿脚沉重、在平坦的道路上跌倒、经常掉食物、拿菜刀的方式不知不觉发生了变化、说话变得口齿不清、电脑打字接连出错……

　　此外还写着："喝一点酒就容易醉，刚一开始喝，马上就会变得口齿不清、脚步跟跄。我还一度非常开心，觉得容易醉是件好事，可以省钱……像个傻瓜一样。"

　　2015年9月左右，受头晕症状困扰的小岛去看了耳鼻喉科。她怀疑自己患上的是更年期综合征。医生给她做了听觉障碍检查、瞳孔移动检查等，但没有发现异常。另一方面，她没能按照医生的指示完成单腿跳。

　　医生说："这和更年期引起的症状不一样。我给你开一封介绍信，请去神经内科看看。"两天后，她去了综合医院的神经内科。除尿检和血检外，还做了心电图和脑部CT等，小岛被叫到诊室，唯一被确认有异常的是脑部CT。

　　据说，比小岛年纪稍轻的男医生在诊室里这样告诉她：

　　"你的脑部有令人担忧的地方。我和您家人一起谈谈这个情况好吗？"

　　"医生，无论什么情况，都请告诉我本人。首先，我自己的事情自己想第一个知道。"

　　看着医生苦恼着不作声，小岛开朗地说道：

　　"如果是需要考虑还能活多久的情况，那我必须要提前了解。以前无论发生什么事都是我一个人面对的，今后也可以一个人应对。"

"虽然不必考虑还能活多久的问题，但我觉得你有必要调整心情。你的小脑出现了萎缩。"

之后，她听医生解释了病情，除了思考之外的所有机能都将丧失，最后要靠胃造瘘管和人工呼吸器。医生说，如果看过《一公升的眼泪》这部电视剧就能明白。接着，医生还告诉她说："这种疾病虽然是进行性的，但也是迟行性的，所以进展非常缓慢。"

小岛神情恍惚地坐上车准备回家。听说她从停车场把车开出来时，在倒车的过程中撞到了墙上。她的脑海里闪过医生的一句话。

"开车时，你的倒车技术已经变得非常糟糕了吧，这也是特征之一。"

不知道事故是因为病情，还是因为精神上的动摇。所幸人没有受伤。

回到家后，小岛在 YouTube 上观看了电视剧《一公升的眼泪》。片尾播放了主人公泽尻英龙华的原型木藤亚也女士穿着运动服四肢着地爬行的照片。那样子太令人震惊了。

客厅里的手机铃声反复响起。

　　不用看也知道是谁打来的，是老家的姐姐（惠子）。唯一一个如此担心我眩晕问题的就是这个大姐了。她会说"你这眩晕不正常哦""信收到了，不过看起来不像你的字"，或者在电话里交谈的时候说"你大白天的就开始喝酒了？你的说话方式就像是喝醉了一样"之类的话，对我的变化非常在意。

小岛告诉大姐："我脑部 CT 有让人担忧的地方，所以后天要去拍核磁共振。"惠子从小岛的语气中感觉到了什么，于是紧追不放。

后来，我请惠子回忆了一下当时的情形。

"我曾经冲美奈生过气。我问她为什么大白天就开始喝酒？美奈露出一副似乎不明白我在说什么的样子。起初我还一直以为她是在糊弄我。当时在她身上发生的变化就有如此之大，而美奈好像认为自己是更年期综合征，觉得必须要增强体力。听说她走上一两个小时也不当一回事，一直在做运动。但是我觉得有些不对劲，一直非常在意。"

小岛接了惠子的电话，只说一定会报告结果，便结束了对话。

虽然病名要等到核磁共振成像的结果出来之后才能确定，但小岛对自己的病情几乎是确信无疑的。

让她放心不下的是爱犬特拉皮科。这原本是朋友养的狗，因为小岛实在不忍看它日渐消瘦且脏得像块破抹布的样子，于是便收养了它。

然后十多年过去了，心脏已经衰竭的特拉皮科即将迎来生命的终点。小岛试着比较了一下自己的寿命和爱犬的寿命。这个病确实会恶化，但速度很慢，未来不得而知。特拉皮科能养到什么时候呢？

> 姐姐应该会接受我的吧。接受没有结婚更没有孩子，无处可依的我。除了我以外，大家现在也都生活在老家。
>
> 理想的结果是衣锦还乡，而就我而言，是衣"病"还乡。

"衣锦还乡"这一表述与贞子后来的说法相符。

据贞子透露："我觉得美奈一直都有着很强的独立精神，她认为留在新潟不会有好的机会。但是，她并不是要放弃故乡，而是经常说自己将来要在新潟盖一栋大楼，让大家都能住在里面，请等等她。"

对小岛美奈来说，故乡是一个有着特殊意义的词。对于自己和家人的关系，她吐露出复杂的情感。

> 我离开了故乡。我讨厌家人之间的羁绊。自打记事起，我就经常忍耐，而且那时候很穷。等我注意到的时候，发现自己一直在看周围大人的脸色，他们一旦发生争执，我就拼命地想要去调解。
>
> 所以，我作为中和剂的能力很出色。
>
> 不过，这与其说是出于善意，不如说是当家里的空气中充满了黑煤烟时，小孩子的内心也会感到呼吸困难，因此想让自己的呼吸变得更加轻松一些吧。
>
> 不，一开始可能的确是出于善意。但是久而久之，我就会对大人的言行感到无比的疲劳，觉得让我感到疲劳的大人们很无情。
>
> 尽管如此，我还是拼命地作为中和剂在继续奋斗着。而赋予我这份能量的，正是我的好姐妹们。
>
> 特别是大姐，她牺牲自己，努力在家人之间起到桥梁作用。我是四姐妹中的老三。四个人的个性各不相同，面貌也不相像。
>
> 但是，我们关系很好。而且，我们各自用自己的方式来调和家庭关系中的煤烟。总的来说我的性格比较要强，早就已经下定决心，只要能靠自己的力量谋生，就一定要搬出去。

由于小岛的父母在她很小的时候就离异了，所以她不知道父亲的长相。

第一次采访时原以为她们是三姐妹，但我注意到这里写的是四姐妹。我觉得小岛把在我面前没有说出的事实都写在了博客上。正如我们在医院见面时贞子所说的那样，果然是"复杂的家庭"。

小岛自己切断了这种关系，她写道："以前什么事都是我自己做，而这次我变成了一个什么都无法独立完成的人。"回到故乡意味着要重新面对那些羁绊。

几天后，确认了小岛核磁共振结果的医生告诉她，病名没有变化。

小岛坦率地说："这种病就像用软刀子杀人一样，不是吗？我觉得这比被告知生命已所剩无己还要残酷。"

医生对"残酷"这个词有所反应，瞬间露出了不快的表情。

"你觉得残酷的心情我可以理解，但这是一种不会马上死亡的疾病，你内心应该也多少松了一口气吧？不说活到日本女性的平均寿命，但至少以你的年龄来说，除非发生重大事故，否则大概能再活 20 年呢。"

医生还说："不管怎样，不会马上死的，高兴一点吧。"医生露出温柔的笑容，小岛不想反驳什么。

走出诊室，结了账，小岛向药房走去。药剂师看到处方之后脸部抽动了一下。小岛从中看到了怜悯之情，她第一次切身体会到自己患上了一种要被人怜悯的疾病。

虽然小岛已经决定要去投奔姐姐惠子，但问题是该如何告诉她。只要和惠子取得联系，自己的病情就必然会传到其他姐妹那里。她想，既然如此，索性给所有人同时发封邮件报告吧。

抱歉让大家担心了。那个，我就直奔主题从结果说起吧。我得了一种叫脊髓小脑变性症的疾病。我的小脑好像已经萎缩了。听说这是一种身体机能会随着时间推移而慢慢丧失的疾病。

　　但是，思考的机能会一直保持清醒的状态。也就是说，大脑好像没问题。YouTube 上有一部电视剧叫《一公升的眼泪》，演员英龙华饰演主人公。我和那个主人公患上了同样的病。看过那个剧的话应该会很容易理解吧……

　　姐妹们很快联系了小岛。据说不仅是大姐，连二姐也提议要一起生活。小岛想法未变，认为居住空间更大的惠子家更合适，于是给惠子打了电话。

　　"能让我和特拉（皮科）一起在你家寄居一年吗?"

　　在后来的采访中，惠子回忆起当时的情形。

　　"我对美奈说，不要说一年什么的，来我这里就好了。她之所以说一年，好像是因为自己在心里考虑了各种各样的事情。据说她被（兽医）告知狗狗只有半年或一年时间了。"

　　那么，一年之后她打算怎么办呢?

　　"我觉得她应该是想自己结束生命吧，因为她那性格。"

　　惠子是姐妹当中最具包容性、最温柔的一个。不过，由于她为妹妹们的事情考虑过多了，所以在小岛看来有时显得太爱操心了。据说，在面对看似性格爽朗实则内心坚强的贞子时，小岛更加直接地告知了"一年后"的事情。贞子说道：

　　"'贞子姐，我得了这样一种病哦～'美奈就是用这种口气告诉我的。而我回了个'啊!'，也就没什么话可说的了。我又不能说'没关系哟'，而只能回答'是真的吗?'。"

　　小岛当时接着说道，自己无法忍受卧床不起，由别人帮换尿布，想在那之前死去。

　　"她这孩子问我，如果是贞子姐的话会怎么做? ……我记得当时自己回答说，我可能也会那么做。"

小岛的发言虽然也很有力量，但贞子不慌不忙、若无其事的回答也真令我感到惊讶。我不认为她们在糟蹋生命，即使是严肃的话题也要先说出口再开始思考，我觉得这是她们两人的风格。可以说她们是通过将问题显现出来的方式寻求解决办法的类型吧。

惠子是有丈夫的。在小岛看来，两人感情似乎很好。她写道："虽然我长期过着单身生活，但我想（通过一起生活）感受一下家庭的氛围。"

2015 年 10 月小岛的病名得以确定，11 月她决定搬到新潟。

在回老家之前，为了拿到去新潟医院的介绍信，她最后一次去见了神经内科医生。

"小岛女士，真是太好了啊。是吗？你的姐姐们分别向你发出邀请说一起生活吗？那真是值得感谢啊。今后你也会一直抱着感谢之心的，要感谢的事情会不断增加呢。"

小岛心中开始燃起复杂的情感。在博客里，她这样写下了当时的心情。

"比起考虑还能活多久的问题，更重要的是调整好自己的心情。"

"要感谢的事情会不断增加呢。"

这些都是 A 医生在我面前针对这个病说过的话，的确切中要害，不是吗？

尽管人们往往认为调整心情是临近死亡的人才必须要做的事情，但是听着 A 医生对病情的解释，我立刻明白了他说的并不是这个意思。

昨天还能做到的事，今天突然就做不了了……这样的事情今后会频繁发生。到了那个时候，不要拒绝，即使哭着也要接受。如果不调整好自己的心情，就无法应对每一次变化。

我并不讨厌致谢。倒不如说，我过去一直都喜欢表达谢意，甚至到了让对方感到厌烦的程度。

我之前的生活中到处都是"谢谢"这句话。

但是，比起致谢，我更喜欢被人感谢。当对方露出高兴的表情时，我感到心灵得到了难以言喻的净化。可是，今后自己做不到的事情会越来越多，而相应地必须请别人来帮助自己做。

当有人为你做了些什么的时候，自然会产生感激之情。

（被别人感谢的事情会越来越少，相反，要感谢别人的事情会不断增加。）

由于小岛的容身之处得以确定，医生似乎放心了。

他继续说道：

"可你还挺性急的啊。已经决定回老家了吗？说什么为了回老家医院，希望我尽快给你开个介绍信，真是个急性子啊。"

医生看着小岛的脸苦笑着。

2

大姐惠子的住处位于新潟市内。那是惠子丈夫的办公场所兼住处。

小岛搬进了一间 12 张榻榻米大小①的木地板房间，位于那栋楼

---

① 1 张榻榻米约 1.62 平方米，12 张约 20 平方米。

作居住之用的二楼。这间房足够容纳一台 55 英寸的大型电视、一个杂物柜、一台台式电脑。特拉皮科也一起住进了这个房间。大姐夫妇住在一楼。离二姐贞子家也就大约三四十分钟的车程。

小岛早上起床后，一定会带特拉皮科去散步。由于她的四肢逐渐虚弱，所以只能把特拉皮科放在婴儿车里推着走。走上大约 10 分钟的路程，便会来到一家熟悉的咖啡店。这家店不允许带狗狗入内，因此小岛会在外面木质平台的圆桌前坐下。

在这里，给特拉皮科喂食掺有心脏药的狗粮成了小岛每天的必修课。不知不觉地，这张桌子成了小岛的指定座位。

2015 年 11 月下旬，新生活终于安定了下来。一位知晓小岛病情的熟人送来了慰问品——霜降和牛。这位熟人一定记得她喜欢吃肉菜吧。

小岛对寿喜锅很有讲究。自制酱汁，并且有一套自己的烹饪方法。首先将锅充分加热，然后放入葱、白菜、芹菜，和肉一起烤过之后浇上酱汁。她希望照顾自己的姐姐和姐夫至少能品尝到这道美味可口的肉菜。

一切准备就绪。结束一天工作的姐夫一来到客厅便高兴地说："哦，今晚有美奈特制的寿喜锅啊。"

惠子也似乎想给妹妹面子，说道："多亏了美奈，我才能吃到这么高级的寿喜锅呢。"小岛自告奋勇地充当起了指导食材入锅顺序及吃法的角色，但病魔毫不客气地伤了她的自尊心。

首先，我把生鸡蛋磕破，蛋掉落到了碟子里。不，准确地说，是把生鸡蛋整个弄散了。生鸡蛋先是在我手里"咔嚓"一声被捏破了，然后蛋黄、蛋清和碎壳混在一起黏糊糊地滴落到碟子里。我失败了。

我感到非常尴尬，但很快便拿起了第二个生鸡蛋。右手拿着鸡蛋，左手接着盘子。我调节着力度，以为自己用生鸡蛋巧妙地击中了左手摁住的碟子，可是没想到力度太大，整个鸡蛋都磕碎了，以至于里面的东西溢了出来。

　　惠子姐姐慌了。

　　"唔？想不到磕鸡蛋的分寸还挺难掌握啊。"

　　我拜托她处理那些已经用不了了的生鸡蛋。

　　连生鸡蛋都磕不好的自己太悲惨了。小岛重振精神，准备用筷子夹起霜降牛肉。但是，她无法把肉一块一块地剥下来，就连蔬菜也夹不住。想着添加酱汁的事总能做得了吧，于是把容器倾斜了一下，可也没能顺利加进去，结果酱汁洒了出来。

　　最终，我把所有的事都交由姐姐来做。姐姐和姐夫一边蘸着各自碟子里搅匀了的蛋液，一边大口大口地吃着肉和蔬菜。

　　"哇，美奈，这样弄确实好吃啊。在家竟然也能做正宗的寿喜锅啊！"

　　姐夫说道。

　　"啊，太好吃了！虽然这么说有点对不住你（指姐夫），但是好的肉果然入口即化啊。谢谢你，美奈。"

　　惠子姐姐既顾及姐夫和我的感受，又想要给我俩留面子。

　　然而，我无法回答。我想好好地回应两人温柔的话语，但却说不出话来。相反，眼泪已经开始从我脸上滑落。

　　小岛泪流不止。她在心中无数次地喊着"停、停、停"，但却哭得越来越厉害，甚至开始打嗝。被泪水噎住的小岛微弱地吐着字。

"曾经的我……在大家像这样一起吃饭的时候……很擅长营造氛围……愉快的氛围……带头……让大家笑，可是现在却……只要吃火锅……总是负责……指导食材入锅顺序和吃法，可是现在却……对不起、对不起、对不起……我无法为你们做任何事情……"

容易感动的姐夫在我说到一半时已经哭了。姐姐向我靠得更近一些，手贴在耳朵上，生怕听漏了我的一字一句。

"美奈，你在说什么呢！我知道你是最痛苦的。你别在意这些啊！"

姐姐的语气变得强硬了起来。

"都是我的错……让惠子姐姐的耳朵听不清了……对不起……对不起，真的对不起。"

实际上，在后来与惠子的交谈中，我也曾不得不多次重复表述同一句话。因为她一定会把手放在耳朵上，再次问我："什么?"据说小岛发病后，惠子便患上了压力性耳背。

对此，小岛写道："我＝麻烦制造者，不是吗？我确实让惠子姐姐的听力衰减了。我＝让周围人变得不幸的人。"

似乎受到了一直在抽泣和道歉的小岛的影响，姐姐的眼中也涌出了泪水。惠子抽抽搭搭地说起来。

"我啊，只希望你能为我做一件事。不，不是希望你为我做，而是希望你为我改变。拜托你了，不要我每做一件事，都一一说谢谢。我认为自己所做的都是理所当然的事，但你总是说谢谢、谢谢。这让我感到孤寂，太见外了，不要再这么说了啊！"

我一边嚎啕大哭，一边思考着姐姐的这句话。然后，竭尽全力地这样回答道：

　　"可是……虽然你这么说……但这是礼仪，没办法啊。惠子姐姐你不也经常这么道谢吗？对姐夫也是……对我也是……对员工们也是……"

　　客厅里陷入一片沉寂。炉火关了，盘子里的肉和蔬菜一点儿也没有减少。

　　小岛搬来了一个月，这一天她第一次袒露内心。她一直认为自己是"无用的"，所以对姐姐和姐夫的举动一直表示感谢。她现在意识到，这给惠子带来了一种孤寂的感觉。尽管这段内容在采访中我也听说过，但实际上读到小岛的文字时，当时的情景清晰地浮现在眼前，令人百感交集。

　　据说，从第二天起，小岛每次得到姐姐的照顾时，还是会向她表示感谢。不过文中写道，为了让对方听起来感觉稍微轻松一点，她改用了"thank you"。

3

　　搬进来快一年了。当初之所以说"只待一年"是考虑到爱犬的寿命，不过特拉皮科的病情虽然正在恶化，但还算健康。

　　另一方面，小岛的病情确实在不断地发展。这说不上是进展"缓慢"，甚至连她本人有时也对恶化速度感到惊讶。一站起身来，便会感到头晕目眩，走路摇摇晃晃。电脑也不能连续打字超过40分钟，因为脑袋会发晕。

　　小岛在没有支撑的情况下很难行走，来往自己房间和客厅的楼梯也不能站着上下，只能一边蹲着，一边像尺蠖①那样行动。构音障碍越来越严重，说话的音色变得像漫画里的阿拉蕾②一样稚嫩。疼痛不时会袭击各处关节，有时是大腿，有时是小腿，部位每次都会发生变化，一到下雨时疼痛就会特别严重。

虽然出门的频率越来越低，但小岛的房间里有一扇大窗户，通过它可以感受到四季的变化。

就这样，小岛越过了冬天，迎来了春天，送走了夏天，时间来到了 2016 年 9 月底。当时，她收到了一封来自东京的朋友阳子（化名）的邮件。阳子拜托美奈告诉她真相，说她总是挂念着美奈。

从离开东京的那一刻起，小岛便切断了和许多朋友的联系，就当作是与过去诀别。她只和一个人偶尔保持着联系，那个人就是阳子。阳子是小岛以前的高尔夫球友，比她小两岁，已婚且有个年幼的女儿。虽然两人境遇不同，但她与善解人意的阳子很合得来。

阳子偶尔会在邮件中写下女儿的成长过程。小岛为她过上幸福的生活而感到由衷的高兴，但却一直隐瞒着自己的病情。

有时阳子也会询问小岛的生活状况，她想知道小岛为什么突然回到了家乡。而小岛则会写一些关于狗的事或者拉拉家常，敷衍过去。阳子也打来过电话，但小岛没有接听。阳子曾经跟小岛说过："美奈你写了很多关于我的内容，但却不说自己的具体情况。"

阳子明显地感觉到了小岛的异常变化。那天，她像是忍耐到了极限似的，给小岛发了一封邮件，说"希望你能告诉我真相"。她还

① 尺蠖的幼虫，形如枝，行动时身体上拱，一屈一伸。
② 阿拉蕾是著名漫画家鸟山明的成名作《阿拉蕾》（又译作《怪博士与机器娃娃》）的主人公，是个小女孩模样的机器人。

表达了想和丈夫一起去新潟的意向。

由于无法再隐瞒下去，所以小岛终于回复了。

首先，小岛告诉她，谢谢她一直以来的关心，看到她女儿的成长，自己也非常高兴。然后，小岛坦白了自己的病情，还有一些相关的事。比如，之前接到了多通电话，但每当看到手机屏幕上显示阳子的名字时，她都假装不在家，因为她为自己说话口齿不清而感到难为情。还有，她现在的情况是连走路都困难，有时不得不趴在地上一点点移动。但是，小岛告诉她不要担心自己。

小岛写道："虽然这个病让人很窝心，但这样想也无济于事，所以我接受了这个事实。我觉得即使你见到我，结果也只会让你对我现在的样子感到惊讶。最重要的是，我希望你能与你丈夫和女儿继续构筑属于你们的幸福……"最后，她以"抱歉吓到你了，请保重"结束了邮件。

阳子马上回了邮件，而且在一个小时内连续发来了三封。然而，仿佛这还不够，最终电话响了。

时隔一年再次听到阳子的声音。她一开口只说了一句："美奈，我好想听你的声音啊！"

我竭尽全力地回答说"对不起"。我们聊了多久呢？我想应该超过了 30 分钟。让我感到高兴的是，当我为自己说话缓慢让她着急而道歉时，她回答说"希望你不要在意这些"，并用正常的说话节奏与我交流。

尽管我知道是出于善意，但即便我解释说自己在接收信息方面不受影响，也还是会有很多人放慢说话速度来配合我的节奏。

阳子从一开始就用正常的语速跟我说话。尽管她斥责我对病情保持沉默，说我"见外"，但这一指责没有让我惧怕，倒不如说令我感到喜悦。

小岛在博客中写道，她不由得因阳子挂念的两件事而感动得流泪。

"美奈，手持智能手机是不是很吃力？智能手机挺重的吧。让我送你一个带麦克风的耳机和支架吧，这样一来就算把它丢在一边也能通话。"

小岛诚挚地接受了她的提议，之后请她寄给了自己。此外，阳子还挂念着一件事。

"你不想趁现在和谁说点什么吗？"

原本小岛和阳子，再加上与两人岁数相近的女性朋友优子（化名）和早希（化名）一起组成了一个中年女性团体。她们有时一起去打高尔夫，有时在各自家中聚餐。但是，小岛在被告知病情的一年前，因一些琐事与两人吵架，之后关系便渐渐疏远了。

小岛声音颤抖地说道：

"谢谢。其实……我很在意优子和早希……可是，以我现在的说话方式，就像是在博取同情似的，因此我不能和她们联系。而且，我觉得……她们也会因为对方是病人而不能如实表达自己的想法。……所以我很犹豫……不过，我又想，为什么当时自己摆出那副态度呢？……真的非常抱歉……我想道歉，我想说：'当时真对不起。'"

我一边抽搭一边说着，哭得就像小学三年级的孩子被人抢走了自己喜欢的零食或什么似的。而对此做出回应的阳子也在哭泣。

"嗯……嗯……我一直就在想你会不会这么想。我觉得美奈你应该会想对两人说些什么吧……"

阳子第二天立刻发来了邮件，说已经告诉了两人。据说两人都非常惊讶，颇受打击。然后阳子还说，希望美奈也给她们两人发封邮件。

小岛也不想托靠旁人，而是想亲自表达自己的想法，但她怎么也写不出来。

时间来到了第四天早上。首先，优子发来了如下邮件。

美奈，真的好久没有跟你联系了！当我听说你的近况时，真的不知道该说些什么。我一直以为你很讨厌我，所以没法轻易地联系你。没有人比你对我更温柔，同时也更严厉。

即使是现在，每次路过你以前住处附近时，我都会去找寻你的身影，想着你也许就在那家咖啡馆里。如果能给你的生活带来一丝安慰或慰藉的话，我希望能时常和你保持联系。我想再次见到你，想和你说话，发音什么的真的无所谓……

开朗且时而毒舌，很符合优子的行文风格。

优子沙哑的声音再次响起了。邮件中还包含了下面的话题。

还记得我曾经告诉过你我的朋友得了重病的事吗？那时候你是这么说的："就算优子你患上重病，被告知生命已进入倒计时，我也希望你不要把这件事告诉我。虽然你看起来能轻易地告诉大家，但是被告知的人也会心痛的，所以还是不要告诉我啦。"

听到这句话的时候，我觉得你真的很坚强。而且，你能如此体谅对方的心情，真是个不一般的人。所以，当我听说你把一切都告诉了阳子，还拜托阳子捎口信说想向我和早希道歉的时候，我反而感到很难过，我认识的美奈居然会这么做，真是令人难以置信。为什么你会变得如此软弱?!

希望你能够一直坚强下去。我不是在责怪你哟，你应该明白吧?!……我真的很高兴能和你再次取得联系，因为我惹你生气了，原本以为再也得不到你的原谅。不过，请不要在这种情况下道歉，我不希望你输给病魔!

小岛记得很清楚，她甚至还记得那天的天气。那是在附近的一家咖啡店聊天时的事。尽管两人在谈话中掺杂着一些相互挖苦的话是常有之事，但是当她说"就算被告知生命已进入倒计时，也希望你不要告诉我"时，优子的表情瞬间僵硬了。

恐怕就连小岛也没有想到这句话居然会落到自己身上。

几天后，早希也发来了邮件。上面写道："如果我们四个人能够像从前那样愉快地相互交流，那我真是太开心了。"

4

小岛每两个月去一次医院。话虽如此，由于这种病没有治愈的方法和有效药物，所以说到底不过是去做定期检查。

那是 2016 年临近年关的一天，下着寒冷的冬雨。小岛去医院时坐的是她姐夫公司的车。由小岛说的"帅哥职员"（富田先生）驾驶，因此取名为"帅哥号"。

小岛不能好好地撑住伞，从门口走到车子之间的 15 米路程，她一边淋着雨一边走着。姐夫他们很担心她，于是撑着伞跟在她身边照顾。

好不容易终于走到了车子跟前，但旅行汽车的上下台阶对她来说有点高。以前很容易就能坐进去，但这个时候她已经无法自如地做到了。即便右脚放到了台阶上，左脚也跟不上。尽管前倾的姿势起到了一定的助力作用，但依然很难。

"不行，我进不去。"

姐夫帮着抬起了小岛的腰部，车子才顺利出发。

出发后不久，我一边用手拂去外套上的雨滴，一边有点开玩笑地说：

"哇，（病情）看起来发展得挺顺利的。多亏了这点，一大清早被姐夫摸了屁股，富田先生还为我撑伞，久违地切实感受到自己是个女人啊。"

尽管我试着开了个玩笑，但内心却充满了不安。

（太可怕了！我不能独自坐上这辆车的这一天终于到来了！）

在"帅哥号"里，富田先生或许是觉得有必要配合我这无聊的笑话，他苦笑着回答说："虽然我不想说顺利，但（病情）确实是在发展啊。"

而姐夫在他旁边只嘟囔了一句"是啊"。

妹妹有纪（化名）在医院大门口等着。她是四姐妹中最小的一个，这是我看了小岛的博客之后才得知的。有纪虽然住在新潟，但和惠子、贞子的家离得有点远，日常接触的机会很少。

小岛一直以来都把这个幼时身体柔弱、与自己岁数相差较大的妹妹当作女儿一样疼爱。当看到连走路都似乎很辛苦的小岛时，有纪提议说："姐姐，要不坐轮椅吧？"尚未坐过轮椅的小岛点了点头。因为她知道自己在不久的将来不得不坐轮椅，而且对她来说，第一次坐轮椅让有纪来推有着特殊的意义。

实际上，有纪第一次用自己的脚走路的瞬间正是由小岛见证的。

那是小岛初中二年级的一个春天。因为是星期六，所以中午就放学了，她便急匆匆地赶回家，13个月大的妹妹正在家里等她。当时，小岛想让有纪自己走路，于是特意招手示意妹妹从有点距离的地方过来。虽然之前也尝试过好几次，但有纪都立马就摔了个屁股蹲儿。然而，就在这一天，有纪瞬间露出了一副乖巧的表情，摇摇晃晃地站起来走了两三步。

> 电视台策划的节目里有一档综艺叫《第一次跑腿》①，这样一来，有纪的这种情况就可以称为"第一步"吧。虽然这是一件微不足道的小事，但是有纪看着我的脸，第一次想要走到我这里，这让我感到很高兴。
>
> 自那之后过去三十多年……今天早上妹妹用轮椅推我，所以也可以称之为"第一次推一把"吧。
>
> 看着不断变换的风景，我想起了妹妹的"第一步"。

这一天，小岛在妹妹的帮助下接受了检查。因为丈夫的关系，从年初开始有纪便要搬去另一个县生活。在这之前，姐妹两人一起度过了特别的时光，这让小岛感到非常开心。

进入2017年之后，小岛的身体开始逐步恶化。首先，站立行走

---

① 《第一次跑腿》（日文名はじめてのおつかい，又译作《我家宝贝大冒险》《初遣》）是日本的一个纪实类真人秀综艺节目。拍摄团队悄悄跟在来自日本各地的小朋友身边，在孩子毫不知情的状况下，忠实地记录下他们人生第一次完成独自出门购物、送东西等任务的情形。

变得困难起来，在自己的房间里几乎都是"匍匐"度日。在 2 月 20 日的博客里她这样写道：

> 当独自在自己房间里的时候，我不介意用四肢趴在地上移动。虽然特拉皮科盯着我看时，我有时也会觉得难为情，但是我会想办法克服这种心理。问题是惠子姐姐在我房间里做事的时候，碰巧我想要去上厕所，这时我必须爬到可代替扶手帮助我站起来的小冰箱或杂物柜那里，然后不断抖动身子，花上很长时间在那里站起来。
>
> 在没有任何东西可作为扶手使用的地方，我无法依靠自己的力量站起来，哪怕是缓慢地站起来。因此，我必须要抓住什么东西。如果是在自己房间的话，可以抓的就只有杂物柜和小冰箱了。
>
> 我必须想办法匍匐移动到那里。
>
> 当我四肢着地爬行的时候，美发师铃木先生（化名）曾经不小心说出的那句"到处爬来爬去"在我脑海里浮现出来。铃木先生是个很好的人，还是个热心肠，天气不好的时候，他会特意开车来接我。
>
> 尽管我明白这一点，但他大概是不经意间说出来的这句"到处爬来爬去"给我带来的冲击至今依然存在。
>
> 第一次在姐姐身边匍匐移动的时候，我不敢看她的脸。
>
> 实际上还因为一边匍匐一边仰视太难，所以我尽量不这么做……
>
> 说实话，匍匐移动的时候，我的内心非常痛苦。不过，我不难想象姐姐看到这种情景时的心情。

这里出现的"铃木先生"是负责为小岛理发的美发师。正如文中提到的，他是那种会在预约当天开车来小岛家接她的人。因为他有个熟人也得了同样的病，所以对这个病也有一定的了解。然而，他不经意的那一句话却让小岛忘不了。

3月末，小岛外出时开始使用电动轮椅和步行器了。轮椅虽然很舒服，但设置时需要他人的帮助。从她自己房间的窗户可以看到邻近公园里的樱花，但即使是散步的好天气，外出也变得困难起来了。

5月初，根据上次检查时拍摄的核磁共振成像结果，病名从脊髓小脑变性变更为多系统萎缩症。小岛通过网络和书籍调查了自己的病情，并断定自己出现了全身疼痛和严重的构音障碍，这些是脊髓小脑变性症不应该出现的症状，而且她发现各种症状发展得也很快。

核磁共振成像显示，除小脑以外的脑干都已经萎缩了。胸部、肩部和手臂的疼痛尤为严重。由于各细胞正被疾病摧毁，所以小岛将这种疼痛命名为"摧毁之痛"，并形容肌肉疼痛的样子就像"蟹肉棒纵向裂开"似的感觉。

进入6月之后，她的博客里开始出现不好的迹象。

在题为《详细了解自己所患的疾病之后，我还是对人生进行了一番思考》（6月11日、12日、13日）的博客中，她披露了自己的人生观。

> 很早以前，我就一直认为人生就像一个舞台。
> 第1幕……在被赋予的环境中生活的幼年期、少年期
> 第2幕……由自己创造环境的青年期、中年期
> 第3幕……从工作中退下来的老年期，既可以坐下来慢慢

享受，也可以开启行进模式干劲十足

第2幕出乎意料地早早落下，而第3幕也早早地上演了。而且，我还没有进入老年期，作为演员的我甚至要扮演身患残疾的角色。按原计划的话，第2幕我本打算再演15年左右。

虽然从事口译和笔译工作，但小岛始终对儿童教育抱有兴趣。据惠子介绍，她似乎对帮助不幸的孤儿特别感兴趣，为了取得保育士资格，已经开始了相关学习。她应该是想在第2幕中从事这类工作吧。

在接下来的文字中，小岛说自己曾隐约想到把"延续生命"，也就是"留下后代"作为人生目标。她开始"有点后悔"三十多、四十多岁时没能实现这一目标，而在接近五十岁时，被告知患上了顽症。

小岛坦言，她非常感激大姐夫妇俩能接受身患不治之症的自己。而另一方面，在姐夫公司兼居住地的现住所里，当看到员工们精力充沛地工作，听到姐姐和姐夫幸福美满的对话时，她有时也会感到孤独和空虚。

每个人都有各自的想法。尽管我也想过，得了像我这样的病，不用经历养育孩子的辛劳倒是更好。但是即使如此，倘若人生目标只设定在人丁兴旺上，那对我而言也未免有点太过寂寞了。不过，过去我从未找到过，也从未找过除繁衍后代以外的人生目标。

就算想做些什么，我也已经做不了了。身体是资本，但这个身体却不能自由活动。我甚至不能正常地使用筷子来吃饭。

如果不从违心下场的第2幕内容里找到其他的人生意义和

目的，那么我将不可能从沼泽中爬出来。

小岛的枕边开始摆放关于"安乐死""自杀""死后的世界"之类的书籍。惠子曾经问她："为什么要读这种书？"她当时回答说只是想增长知识而已。然而，小岛也并不是一味地悲叹不已。她还写到自己曾读过一位同样患有多系统萎缩症的患者的博客，接触到一个让她深感认同的想法，即"人生的目的在生物学上是'留下遗传基因'，但在哲学上是'感受幸福'"。

> 对幸福的这种希求其实就等同于追求幸福，但坦率地说这个范围很广，无论什么样的人基本上都适用。
> 例如，不断追求过于简单的、瞬间的幸福，结果尝到了空虚的滋味，或者尽管结婚了但与配偶性格不合而一直忍受。即便如此，也都算是追求过幸福。因为无论在哪种情况之下，都曾设想过"比现在更好"的情况。

小岛开始觉得，自己迄今为止的人生，其实一直都在不断地追求幸福。

据说自从读了该患者的博文之后，连日因焦虑引发的呼吸困难等症状也减少到了每月一两次。

在6月26日的博客中，小岛提到了当时已过世的自由播音员小林麻央的讣告，并同意她留下的主张："疾病并不是代表我人生的一个事件。"

8月，由于每次大小便进出房间开始变得困难起来，所以在房间里安装了一个便携式厕所。还有一个原因是，病情导致便秘严重，已经无法应对突然想解手的情况了。

她写下了由于来不及去厕所而请惠子帮忙处理大小便的事，并说道："我既没有勇气将自己的弱点暴露在人前，也没有信心去习惯接受别人照料我大小便。"

5

爱犬特拉皮科的存在既是小岛寄居老家新潟的理由，也是小岛活着的希望。

2017年10月17日，特拉皮科与世长辞。原本心脏就不好的爱犬那段时间开始食欲不振，急剧消瘦。去世前一天傍晚前后，特拉皮科开始拼命挣扎，身体因周期性发作而颤抖。到了第二天早上，大家意识到特拉皮科很难再次显现出活力。

> 我拜托姐姐给动物医院的医生打电话。
> "希望医生出诊，来实施安乐死。"
> 姐姐一脸茫然地回看着我。
> "……虽然我知道没有安乐死和出诊服务……但我们还是要敢于尝试啊。因为再这么痛苦下去的话，特拉皮科真是太可怜了……"
> 姐姐默默地点了点头。其实我原本想自己打电话，但我已经完全无法正常说话了。就算好不容易开了口，也只会说得生硬失礼。我觉得用这种说话方式去拜托别人是没有效果的。
> 不一会儿，姐姐便从楼下再次来到我的房间，有点高兴地告诉我，动物医院的医生决定过来一趟。

结果在兽医来之前，特拉皮科就咽下了最后一口气。小岛和惠子放声大哭。

在与特拉皮科一起度过的 15 年里，虽然经历了各种各样的考验，但由于特拉皮科的存在，小岛都经受住了。小岛有时将自己与爱犬的关系称为"母子家庭"。

为了照顾"孩子"，小岛一直避免离家。这就是她一直都没有去做住院检查的原因。特拉皮科的死意味着小岛与疾病的斗争进入了一个新的阶段。

2017 年 11 月，小岛住进了当地的大学医院，这和以治疗为目的的住院不同。这次的目的是为了确诊多系统萎缩症，并收集研究数据。

不仅是大脑，食道、胃等全身各处都接受了检查。这是为了检查患者是否能够很好地吞咽食物，是否能够摄取营养等。此外，她还学习了理科、语言、劳作等方面的全面康复训练内容。

从 11 月 11 日发表的一篇博文中可以窥见她的心境。

今天和昨天截然不同，天气很糟糕。要问我是否更喜欢蓝天，现在的我可不一样了。以前确实更喜欢蓝天，但现在不是这样了。每天和特拉皮科一起坐在轮椅上散步的时候，我还是更喜欢蓝天的。

天气什么的已经无所谓了。

医院里开了一家小书店，小岛在那里买了将近 20 本书。其中一本就是桥田寿贺子的《请让我安乐死》（文春新书），这也是近来在日本引发安乐死是非争论的原因之一。小岛还写了读后感，留待下一章介绍。

为期两周的住院检查即将结束时，主治医生报告了检查结果，确定为多系统萎缩症。另外，小岛得知，自己所希望的遗体捐献和器官捐献很难实现。另一方面，她被告知：为了今后的研究，病理解剖是可以进行的。

小岛写道："我不由得感到遗憾难受，感叹自己的身体无法捐献遗体或提供器官。但我同意进行病理解剖，因为如果可以的话，我非常乐意自己能成为几乎还是未知领域的多系统萎缩症的研究材料。"

此外，医生还把一个问题摆在了小岛面前。

"虽然您希望入院或入住福利设施，但现在的情况是两者都很难。因为有许多比您病情更严重的老年人，而且以日本目前的医疗状况来看，您不可能比那些已经完成申请并在等待的人更早被接收。"

因为是家人，所以小岛一直受到惠子的照顾。然而，她其实受不了这一点，但今后也别无选择，只能待在家里与病魔作斗争。

尽管只在医院生活了两个星期，但一回到惠子家的房间，她便感受到了体力的下降。她不禁感到自己的病情每天都在恶化。

自从再也不用担心爱犬之后，小岛开始积极利用上门康复派遣服务和家访护理员等政府援助。她还开始使用日间服务，接受洗澡等服务。其他用户大多是老年人，混在他们中间，年轻的她显得尤为突出。

小岛11月的博客中有一篇题为《突然喷发，周围人大吃一惊！》的文章。该文记录了为确认人寿保险的住院特约而请负责人来家里时的情况。在完成自我介绍之后，她一边介绍身边的姐姐，一边忍不住说道：

"姐姐是全日本最善良的人，但同时也是感觉最迟钝的人。"

惠子在一旁露出惊讶的表情。小岛也不知道自己为什么会开口，但她已经无法停止对姐姐的谩骂。

"惠子姐姐很温柔，所以就算我的尿布上全是屎尿，你也会微笑着给我换。这点我是知道的。虽然我知道，但我不想让你这么做！我再也不能自己拉屎撒尿了！"

"你不知道我有多少次在厕所暂时性失明然后失去知觉或是摔倒吧？并不是安装了便携（作者注：便携式厕所）就没问题了。要挪到便携那里也很困难，把尿布和裤子拉上拉下也要费劲全力。这些事你都不知道吧！"

"特拉皮科死后的某一天，我一进到这个房间马上就听到你说'啊！我也深深地感受到了过去自己原来一直都被特拉皮科治愈啊'之类的话。……说得是，因为现在就算来这个房间，也只有一个患病的老女人了。"

小岛一边抽泣一边诉说着。人寿保险的负责人愣住了。她继续说道：

"如果我处在惠子姐姐的立场，即使不说什么也会去厕所安一个电铃。为什么你这么迟钝呢！"

惠子虽然感到困惑，但她向小岛表示歉意，还一个劲地向人寿保险的负责人低头道歉。惠子为自己的健忘和上厕所的事道歉并做出了解释。可是，当小岛对这一切提出辩驳时，惠子沉默了，因为她觉得再说什么也没用了。

小岛听清了惠子在闭嘴之前小声说的这句话：

"很抱歉我在很多方面非常迟钝，可我也一直很担心，怕做过头了会伤害到你的自尊心……"

小岛脑子转得快，且善于体察他人的情绪。而惠子尽管也许不机灵，但却是一个什么都能接受的温柔女性。两个人的个性以这样的方式发生冲突，实在是不幸。也可以说，小岛擅长理解别人，但却不习惯被别人理解。

"没必要在别人面前爆发，有需要时每次跟我说这样做或那样做就好了啊。"但是，据惠子透露："她看上去很难过，所以我没能说出口。"

文中写道，自那以后，惠子的看护方式发生了翻天覆地的变化。她所做的一切都建立在小岛无法做到的假设之上。小岛也开始更加直接地提要求。

临近12月末的某一天，小岛去医院做这一年最后一次体检。去年是妹妹有纪陪她去的。第一次坐上轮椅的日子正好是整一年前，现在已经到了没有轮椅便无法移动的地步。这一年她和惠子、贞子一起去了医院。

　　医院的轮椅连头枕都没有，所以由于体力不足，我的脖子开始摇晃得厉害起来。我想把脖子靠在某个地方，于是就靠在了墙上……但是，轮椅的突起部位和墙上的扶手都很碍事，以至于我没有办法把头靠在墙上。我的头够不着墙壁。

　　正当我发愁的时候，惠子姐姐注意到了。于是，她把我们姐妹各自的包收集起来，堆在突起的扶手上。包成为了靠垫的替代物，我的头终于可以靠上去了……

　　等我回过神来，发现三个包都快要掉了。我这不是正在用肩膀和脑袋拼命地按着包吗……不是包成了靠垫的替代物支撑着我的头，而是我支撑着包。而且，还是三个包……

　　"那什么，这不就是小学生放学时候的身影嘛，猜拳输了的孩子要背所有人的包的那种情况。"

贞子姐姐附和道："啊，我懂我懂。"

"我觉得现在的自己看起来就像那样。你们看上去是不是像一群过分的大妈在虐待坐轮椅的人呢？"

我结结巴巴地说完便哈哈大笑起来，惠子姐姐和贞子姐姐也哈哈大笑，并慌忙把包放回了原处。

然后，惠子姐姐把自己的手放在我的后脑勺上说：

"你靠在这里看看。"

不管怎么说，把脑袋靠在别人手上这种事，即使是厚脸皮的我也做不到。"靠吧，没关系的""不用了"，就在我们这样争论着的时候，我的名字被叫到了，轮到我接受检查了。

无论在什么样的环境里，都会拿好笑的事情取乐，这就是我们家的家风吧……虽然只是去医院就诊，但对我们姐妹来说，这已经成了一个比较大的活动。虽然没有任何的好转，每次去都只会失望，但是我非常喜欢和姐姐们一起笑着度过的这段短暂时光。

从年初以来，发文数量就一直在减少。似乎是身体机能的下降使小岛连写博客这种日常嗜好都变得困难起来。

【2月17日《能乐面具》】

咦，好像有点奇怪啊……最近我常有这种感觉。对于这一点，在接受助浴员佐藤女士（化名）的各种帮助时，我从怀疑变成了确信。

写起来还挺难为情的，我身上穿的衣物全部要拜托佐藤女士帮我脱掉。因为我自己没办法做到……这种时候，我一定会跟佐藤女士说：

"连这样的事都要拜托你，真对不起。"

　　我非常自然地说出这种道歉的话。不过，上次我只说到了"这样的"，之后就喘不上气，不能发声了。因此，"对不起"这个词也就没法说出来了。最重要的词却……

　　我必须把话说得更简短一些。我想如果"对不起"是一个核心词汇，那么就只能用这一个词了。（略）我说话真的非常困难。

　　虽然我知道自己说话困难，但现在似乎终于连表情都做不出来了。说对不起时的心情和表示感谢时的心情应该是不一样的，但我不管说什么，脸上的表情都一样。如果跟前有一面镜子，看着自己的脸，我应该会觉得不舒服吧，因为那脸"简直就像一张能乐面具"。

　　就个人而言，我喜欢表情丰富的人，尤其喜欢那些拥有美丽笑容的人。

　　只要接触到充满温暖和生命力的笑容，我就会感受到一种难以言喻的令人安心般的温暖，那不是什么大道理，我感受到的是某种包容感。

　　我即使再怎么努力，也无法给对方带来具有包容感的笑容了。我这张像能乐面具似的脸……

　　尽管这绝不是我所喜欢的，但即使是做出这样的一副表情，其中也包含着我每一次的快乐或悲伤。

　　2月17日，在写下《能乐面具》的同一天，小岛以《短暂休息前的问候》为题，宣布她将暂停更新博客。据说是因为用电脑打字成了一种负担，她觉得自己"与其说是在支配时间，不如说是在被支配"。暂停前的最后一次博客更新是在3月8日。

此后，她在 3 月 25 日更新了一篇文章，告诉大家以脊髓小脑变性症和多系统萎缩症患者为对象建立的信息交流网站已经启动。除此之外，在 5 月 14 日之前她再也没有更新过博客。

在这段时间里，小岛几度徘徊在死亡边缘，她曾四次自杀未遂。

6

其实，与小岛初次见面时，我就听说了自杀骚动的事。她坦然地告诉我，自己曾数次试图上吊自杀。对小岛的采访是在医院进行的，据说她从家庭护理转向医院生活的契机之一也是自杀未遂。

不怕被误解地讲，坦白来说，我并没有把这件事看得那么严重。在此之前，我也曾多次采访过试图自杀的顽症患者。

对一个人来说，决定死亡不是一件普通的事情。尽管如此，只要是以"未遂"告终，我就会想象那人一定还对生活有所留恋。

但是，在像这样阅读她的博客，深入了解她内心世界的过程中，我不断地改变以前的想法，认为实际上并非如此。下面的事情并未写在博客里，而是我基于事后对惠子、贞子的采访再现的。

那是 2018 年 3 月末的某个白天。

惠子在打扫二楼小岛的房间时，在被子下面发现了一条长围巾。这条围巾非常怪异，它由好几层围巾编成了绳状，以此增加强度。

惠子有一种不祥的感觉，她向小岛追问，但小岛只是一味地坚持说"没什么"。惠子考虑到自己就此心慌意乱对小岛的精神状态也不好，于是拿着围巾下到了一楼。她立即给贞子打了电话，告诉她自己很担心小岛。

贞子接到电话后，察觉到了妹妹的想法。她开车赶来了惠子家，提议希望三个人一起谈谈。当时是中午一两点钟。

小岛起初还故作平静，但很快就表明了自己的真实想法。

"只有现在了，只有现在能做到，我已经没有力气了啊。我又不能拜托惠子姐姐和贞子姐姐你们，对吧？所以我自己来……"

小岛一边哭泣，一边多次告诉姐姐们要"自己来"。

惠子不知道该如何回应。看到惠子为难的样子，贞子说道："把围巾还给她吧。"这并不意味着贞子希望妹妹去死。不用说，恰恰与此相反。贞子后来表明了自己的真实想法："无论怎么藏围巾，只要她本人想做就能做。我觉得除非改变美奈的想法，否则阻止她也没用。"

面对抽泣的小岛，贞子继续说道：

"可是，你想自杀却没能死成的话怎么办？你现在又没有力气，死不了的话会更痛苦的哟。剩下的我们又该怎么办？"

小岛回答说："可是没有别的办法了啊。"

据说那时，姐妹之间第一次提起了安乐死这个话题。贞子已经在网上查找了一些信息。她告诉小岛："还有一种叫安乐死的办法。"贞子原本以为自己提出的是一个让小岛放弃自杀念头的替代方案。

小岛似乎也研究过安乐死，她说："但日本人不可以哦。"听到这句话，贞子回应说："知道了，我也会去查一查的，在此之前你可不能自杀哦。"以此让小岛向她作出承诺。

小岛因此显露出了平静的样子。惠子和贞子说"请不要再这样做了啊"，小岛也回答说"知道了"。谈话本应就此结束。

当天晚上，小岛用强度更高的长筒袜上吊自杀。

她把长筒袜挂在开关窗户用的突起物上试图自杀。但腿上没有力气，站不起来。她沿着墙壁爬行，终于到了窗户前。

惠子虽然身在一楼，却一直留意着二楼的动静。一想到此刻小岛在做什么，她就心神不宁。不出所料，她听到一声巨响，于是立刻跑上楼，发现脖子上缠着长筒袜、满脸通红的小岛。

由于长筒袜的弹性，小岛的脚已经着地了。据惠子描述："我解开了长筒袜，和她互相拥抱着，不停地哭泣。"

两人接着开始争论。

"你不是答应过我们的吗?!我们说了会去查找安乐死的信息，所以你要好好等着!"

"惠子姐姐，我只有现在的机会了啊!如果你为我着想的话就请装作没看见吧!"

"这我不可能做到的!"

小岛渐渐地平静下来。她无力地说："好吧，姐姐，因为我很清楚自己已经做不到了。"

但是，惠子觉得妹妹的意志很坚强，一旦下定决心就一定会反复尝试，直到完成为止。她的这种猜疑在第二天得到了证实。

这一次是在白天。尽管惠子总是挂念妹妹，一直注意看着她，但因为要出门去买东西，便离开了几十分钟。在出发前，她提醒小岛："你可是答应了我们的哦。"对此，小岛也表示："我已经没那力气了。"

但当惠子快步赶回家，从楼梯向小岛的房间望去时，看到门外夹着一个类似围巾结的东西。这次围巾的一端被系成了球状，小岛似乎是坐着用套索的技巧把它挂在了门的上部。然后就这样关上了门，试图上吊自杀。围巾的位置比上次的高，如果发现得晚，她可就要丧命了。

贞子再次被叫了过去。

交谈的内容几乎是重复前一天的。这次还提到了拙著，并且说到了瑞士机构 LIFE CIRCLE 也接收外国人的事。然而，小岛对日本人远渡瑞士，是否真的能够实现安乐死半信半疑。

然后，同样的上吊自杀事件又发生了一次。再一次以未遂告终。

惠子回忆道："那真的是地狱般的日子，是人间地狱。"她知道就算劝小岛也没用。

"美奈跟我说，如果她现在不结束生命，就会卧床不起，难道惠子姐姐希望这样吗？我当时想着这孩子在说些什么呢！因为她知道被这么问到我是没办法回答的。不过，说这话的她本人应该更难受吧。"

事情还没结束，接下来是镇静剂。

4月4日晚上10点左右，在一系列自杀事件发生后，二楼的小岛对惠子说今天想喝点酒，希望她拿点冰块来。两人在小岛的房间里喝了一会儿酒。看到小岛平静的样子，惠子觉得今晚应该没事，于是下到了一楼。之后，小岛用泡盛^①吞服了104片镇静剂。

贞子先说。

"美奈会上网查各种药品对什么部位好，对什么症状有用，然后自己在电脑上记下来列出清单。她跟医生说'睡不着''有疼痛感'，并把清单交给大学医院的医生。这个镇静剂就是其中之一。但她没有吃而是一直默默地攒起来了啊。"

接着惠子说：

"我后来问她，得知据说网上好像写了100片是致死量。但是，考虑到失败的风险，她还是先试图通过上吊来自杀。似乎是因为药可能会留下后遗症……"

根据小岛的说法，104片的数量是考虑到"万一"。当然，意思是"为了防止万一100片也死不了的情况发生"。

第二天早上，惠子探视了一下小岛的房间。一边开窗换气，一

---

① 泡盛是琉球群岛特产的一种蒸馏酒，其中日本冲绳地区的泡盛最有名。

边确认妹妹的情况是她每天必做的事。她发现小岛手捧着照片睡着了，那是一张爱犬的照片。因为照片离她的脸很近，所以惠子以为她是边看照片边睡着的。被子也盖得整整齐齐。

但随后她发现了异常情况。她的鼾声比平时大很多。

"美奈，美奈，你没事吧？"

抚摸她的身体也没有反应，眼睛也不睁开。当看向她的嘴唇时，惠子发现上面沾着白色粉末状的东西，像一条线似的。

惠子瞬间想到她可能是吃了药。尽管惠子知道她保管着大量药物，但却不知其意图。如果把这些药全部吞下去的话，可以想象会发生什么。于是惠子立刻下楼，催促丈夫过来看下，因为情况可疑。

丈夫一边喊着"美奈，美奈"，一边拍着小岛的脸颊，她却没有反应。

于是他们叫来了救护车，小岛被送往大学医院。她在医院整整两天都没有醒来，恢复意识后仍然酩酊大醉。面对医生的提问，她自称是"34岁"，并说起了过去的话题。然后过了一会儿，她从梦中回到了现实世界。她没能死成。小岛痛恨这个现实。

尽管没有发现任何后遗症，但她却再也没有回到惠子家。

＊

至此我们可以了解到的是，小岛一直以来以她自己的方式直面这个迟早会让她失去全身自由的可怕疾病。

虽然博客读者有时嘲笑她夸大其词，但在我看来，她把所有的羞耻都暴露出来，在文章中表达了她不加修饰的真实情感。

没有任何强加于人的话，她只是把响彻内心的声音和充满讽刺意味的幽默一起写了出来，不是吗？夹杂着玩笑的对话，就是我所了解的小岛本人的模样。

博客的口吻非常明快，许多读者都觉得不可思议："为什么能保持如此积极的态度?"然而，小岛暗示自己并不"积极向上"，而是"面向当下"活着。她写道，尽管从自己的博客中不能拾取"希望"的要素，但她也不想在"绝望"中徘徊。在此基础上，她向读者展示的只有"当下"这一现实的想法。我觉得"面向当下"这一看待问题的方式确实符合小岛的风格。

还有一点直接体现了小岛的性格。那就是在博客开头多次写到的如下表述：

"我甚至不想用自己的想法去影响谁。因为每个人都有自己的思维方式。"

关于生死观，我曾和小岛交谈过，即使彼此的意见不同，她也决不会露出诧异的表情或者对我加以批评。她只不过是始终主张遵从自己生死观的选择。

另一方面，我在采访中没有了解到的部分也显现了出来。

小岛和东京时代的朋友们之间的交流其实一直没有停过。她在博客中写道，朋友们关心她，并曾多次联系她。在采访中，她说"朋友们没有联络她"，或许只是半自虐式地在讲述，想要传达自己的残酷遭遇。小岛似乎无法轻易舍弃过去，也就是她的朋友们。

虽然这里没有写到，但是在博客的评论栏里有很多读者的留言，小岛也和他们在网上交换了意见。其中有一个人后来对小岛的安乐死起到了决定性的作用，但我在此不做赘述。

此外还有与采访不一致的地方，即构音障碍的情况。小岛在每个月的博客里都会感叹自己的发音逐渐恶化，无法正常说话。但我对她缓慢而深思熟虑的说话方式完全没有抵触。

在表情方面也是如此。虽然她看似难过地写了自己说话内容和表情的不一致、无法好好微笑等情况，但实际上并非如此。我可以清楚地回想起小岛的表情，她一边说话一边垂下眼角，"哈哈哈"地笑着的表情。

　　小岛大概是对自己日渐衰弱的身体感到失望。我还觉得，她所怀有的情感与姐妹、朋友、医生以及像我这样的其他人所怀有的情感之间恐怕存在着差异。

　　被残酷病魔折磨的小岛将自己定位为给惠子"添麻烦的存在"就是一个典型的例子。因一直受到照顾而感到压力的小岛冲惠子破口大骂等场景让我们感受到她性格中的刚强。与此同时，我们也能看出她在精神上有着无法估量的痛苦。然而，惠子所怀有的应该是与"被麻烦"不同的情感。

　　不管怎样，作为一名博文撰稿人，小岛似乎已经决定，如果未来无论如何都是黯淡无光的话，那么她将面带笑容，内心哭泣地度过余生。我在反复采访的过程中体会到，她的这种立场并不会只停留在博客空间里。

第三章 祝你好运

1

在此，我想介绍另一位希望安乐死的人。事情发生在小岛发来第一封邮件的半年前。

2017年12月23日，即《安乐死现场》出版仅10天后，我身在巴塞罗那，一名男性最先联系了我。他叫吉田淳（化名），在关东近郊经营着自己的生意。当时我在推特上公开个人邮件地址没多久，这是拙著出版以来第一次收到来自读者的信息。

> 冒昧打扰，非常抱歉。我叫吉田淳。
>
> 初次联系就说我自己的事情真是不好意思，其实10月底我突然被诊断为癌症晚期，之后住院约1个月，目前正在家里尝试抗癌药治疗。
>
> 出院时，我在网上搜索一些信息，正巧了解到宫下先生的著作《安乐死现场》刚发售不久，于是就拜读了一番。（略）
>
> 另外，我和宫下先生是同时代的人，在长野和西班牙也都

有过居住经历（均为 1 年左右），所以我任性地认为自己所看到的东西应该和您比较接近，于是先通过推特联系了您。不知消息是否顺利地发送了出去？

尽管有很多问题想咨询您，但我想先请教一下瑞士机构 LIFE CIRCLE 的情况。另一个名叫 DIGNITAS 的机构似乎在日本互联网上知名度更高，所以我立刻给他们发了一封邮件咨询入会事宜，但是由于接下来是圣诞节假期，所以我不知道什么时候能得到回复。

如果您方便的时候能给我回信的话，我将非常感激。您也可以采访我。非常抱歉在圣诞节前夕发来如此冗长的内容。（略）几年前我也曾和巴塞罗那的朋友一家一起过圣诞节。大家像家人一样欢迎我，真的很开心。

顺祝 Feliz Navidad。

正如我之前提到的，我并不会回复每一位读者，但这次的留言我无法视而不见。吉田和我属于同一个时代的人，曾在我成长的长野和西班牙生活过。

我采访安乐死，并将其出版成书，而他身患晚期癌症，并以此为由试图与我取得联系。尽管我们出生在同一个时代，眺望着同样的风景，但却走上了完全不同的道路。一想到二者此刻的交叉是多么不可思议，我的内心便被他的话语所打动。

DIGNITAS 于 1998 年在瑞士成立，是世界上最大的协助自杀机构，拥有来自多达 102 个国家的 10382 名会员（截至 2020 年 12 月 31 日）。据悉该机构还协助外国人自杀，自创立以来协助自杀的人数为 3248 人。

三天后，我决定给他写回信。

信中我表达了对他发来拙著读后感的感谢，并对他目前的健康状况表示关心。此外，还告诉了他我在采访中经常感受到的想法，即"每个人都有各自的生，同时每个人也都有各自的死"。最后我写道："我对彼此相似的背景很感兴趣。如果有什么我可以为你做的，请告诉我。¡ Felices festas y muchísima suerte！"吉田在文末用西班牙语说了"圣诞快乐"，作为回应，我也用西班牙语回复他"节日快乐，祝你好运"。

第二天下午，吉田立刻给我发来了长文，讲述了他的具体情况。现在回想起来，文章措辞非常有礼貌，很好地体现了他的性格。

　　谢谢您的联络。您回信的内容让我深受感动，再次向您表示感谢。

　　今天，我还收到了来自 DIGNITAS 的国际邮件快递。由于我一直以为即便能有回复也要等新年过后，所以对我来说，像是在收到您联络的同时收到了圣诞礼物似的。

　　我觉得今后（也包括我健康状况方面的因素）要想到达那里，恐怕还会有不少障碍，但令我感到不可思议的是，我身上开始涌现出了食欲和活力，想要设法努力健康地活下去。真是不可思议啊！

　　我在今年 10 月底被诊断出患有癌症，11 月进行住院手术（切除大肠癌），12 月出院，目前在家里接受抗癌药治疗。

　　从病情来看，尽管大肠癌已被切除，但癌细胞好像已经转移到肝脏，并扩散到了全身。不过，就我的感觉来说，除了更容易感到身体上的疲劳之外，并没有什么特别的疼痛感。随着时间的推移，连我自己都觉得转眼间发生了这么大的事，真的很不可思议。（略）

您知道某某县的某某医院吗？我作为行政人员曾经在那里工作过大约一年时间。那家医院有一栋专门用来照顾那些与父母分离的重症身心障碍儿童的病房。

虽然无法用语言表达，但我认为自己在那里看到的和感受到的经验应该也影响着我目前的心态吧（当然不仅仅因为这个）。（略）

因此，我想了解瑞士的两个机构 DIGNITAS 和 LIFE CIRCLE 从申请入会到实施协助自杀所需的平均时间等信息，以提前把握一下时间概念。

您采访的 LIFE CIRCLE 据主页上介绍，由于目前申请入会者很多，需要花上 6 至 8 个月时间等别人取消预约。这样的话，果然还是需要 1 年左右的时间？（略）

事实上，我此刻的心情是想去巴塞罗那向您请教请教，哪怕是立刻！几年前我去那里的时候，看到当地人在沙滩上打排球。真想再去看看啊。

请多关照。

吉田将我的回信和 DIGNITAS 的国际邮件快递比作"圣诞礼物"。一个是来自安乐死相关书籍作者的信息，另一个是来自帮助实现安乐死的机构的资料，这对组合要是到了不了解情况的人手里，肯定会大吃一惊，但是他却很自然地认为这是一份礼物。

值得一提的是，他仅仅因为收到了安乐死机构 DIGNITAS 寄来的资料就庆幸离死亡又近了一步，还说自己"开始涌现出了食欲和活力"，并将其描述为"不可思议的事情"。我从过去在采访中遇到的患者那里也听说过，他们会因为在安乐死机构注册而获得安心感，认为随时可以死亡，所以我能理解这种感觉。

吉田于 2017 年 10 月被告知病情，尽管次月便接受了大肠癌切除手术，但是癌细胞已经转移到了肝脏。一想到他在毫无预兆的情况下突然知道了自己人生的期限，我就心痛不已。听说由于几乎没有自觉症状，所以他并没有什么失望感，但果真如此吗？

从字面上可以看出，他对等待安乐死抱有不安。长文底部附有来自 DIGNITAS 的两封信件的照片，分别写着"为协助自杀所做的准备工作"和"致 DIGNITAS 会员"。他似乎是认真地在推进准备工作。

然而，我只是一个采访者，不是安乐死机构的中介。在除夕那天，我给他发了一封可能让他感觉冷漠的回信。

在表达了我对他身体状况的关注之后，对于他在安乐死机构注册一事，我发表了一些无关痛痒的感想。然后，关于注册后的流程，我回复道："除例外情况，好像最少需要两三个月的时间。虽然会说英语最好不过，但只要英文水平达到能进行沟通（确认本人意愿）的程度应该就不会有什么大问题。不过，翻译诊断书之类的工作可能会比较麻烦。"

如果他联系我是为了寻求实现安乐死的建议，那么应该会感到失望吧。我回复说，年后的 1 月份我计划从西班牙回国，如果方便的话想和他见面。最后，我写道："祝你在日本愉快地度过一个美丽的新年。我在除夕夜的钟声里为你祈愿……"尽管或许他不可能愉快地度过，但那是我由衷的祝福。

收到吉田回信的时间是在年初的 2018 年 1 月 3 日。

新年快乐！感谢您在岁末年初的百忙之中回信。另外，劳您挂念我的身体状况，实在是不好意思。

尽管我未曾想过自己能熬过这一年，但我的身体状况还算正常，这一点连我自己都觉得不可思议。（略）从精神层面上看，从在这边的诊所发现肿瘤到等待各项检查结果的那段时间，我的情绪可能最不稳定。而在检查结果显示是癌症之后，我的精神状态倒是相对稳定了。我觉得尽管这或许和我过去的人生感受及经历有很大关系，但还有很大一部分原因是我在身体状况方面几乎没什么感觉，而且通过您的书我了解到 DIGNITAS 和 LIFE CIRCLE 等机构，看到自己在最后时刻还有除医院以外的其他选项，还能抱有在此之前尽力而为的想法（这是一种不可思议的感觉，就像是最后的希望一样）。作为我来说，我想趁现在还能动的时候先把该做的事情做好。

听说您将于 1 月中旬返回日本。如果您有时间的话，我想一定和您见个面，向您请教。

我有很多事情想问他。为什么想要安乐死？虽说他这是癌症晚期症状，但应该还有各种可供选择的方案。

另外，我还非常在意他家人的想法。他的家人是否真的知道他希望以安乐死的方式死去？

2

2018 年年初，我暂时回国。1 月 24 日，我们在吉田家附近的咖啡店碰面。

一进店，我就用眼睛寻找像吉田模样的人。当我朝里面的座位走去时，他似乎注意到了我，于是把口罩拉下一半，并轻轻地向我点了点头。他身高约 175 厘米，和我差不多，戴着一顶针织帽和一副银边轻型眼镜，身穿红茶黄三色格纹针织衫。

我点了一杯高级浓香咖啡，而吉田的桌上已经放好了奶茶。他的下唇似乎有点肿。后来他告诉我，这背后有好几处口腔溃疡。

他浅黑色的纤细手指正在颤抖，再加上他刚结束抗癌药治疗不久，所以看上去有些疲惫。

"去年（2017 年）10 月，因为腹泻和发热持续了大约一个月时间，所以我去了诊所。经胃镜和大肠内视镜检查发现胃里没什么问题，但大肠里有肿瘤。诊所建议我去大医院检查，然后一检查就发现是大肠癌。"

吉田被介绍到大医院，并立刻接受了精密检查，结果发现比大肠癌更严重的是癌细胞已经扩散到了肝脏。当时，他已经处于肝癌很难进行手术的状况了。

他立即办理了住院手续，并于 11 月 17 日接受了大肠癌手术。

"医生的方针是，先做大肠癌手术，恢复正常饮食。医生告诉我说，由于肝脏的情况更为严重，所以为了接受抗癌药治疗，首先必须要增强体力。"

尽管大肠的手术进行得很顺利，但医生告诉他，即使做了大肠癌手术，也不能从根本上解决问题。于是，他自然而然地开始意识到死亡的存在。术后，医生直接告诉他生命已经进入倒计时阶段。关于当时的想法，吉田这样说道：

"我没能亲自问医生自己还剩几个月时间。尽管我知道情况很严重。最后，我不是在手术后立刻被告知的，而是从之后的化疗师口中得知了自己还能活多久。他告诉我，如果不采取任何措施，我还有两三个月的时间。不过，我被告知可以选择是否服用抗癌药。就我的想法，因为害怕副作用，所以希望在自然状态下迎接剩下的 3 个月。"

如果仅听这些内容的话，我并不认为会和安乐死相关，但吉田的话却朝着令人意外的方向行进了。

"我 12 月 11 日出院，一个星期之后去了菲律宾。我想在圣诞节之前去，因为到时候哪里都会贵得住不了。"

我以为这是为了享受剩余日子而采取的行动。然而，当我询问吉田出国的理由时，他却给出了一个惊人的回答。

"因为听说那里容易弄到手枪，所以我去宿务岛待了短短的一个星期。"

原来如此。他已经做好了自杀的精神准备，这是被宣告余生之后产生的自杀念头。我该如何看待这一跳跃性思维？尽管吉田回顾当时的心境说："反正我的身体也撑不了多久了。"但我只能认为当时他精神上处于混乱的状态。他试图扣动扳机，在瞬间结束这一切。不过，事情并没有那么容易推进。

"那里并不是陌生的外国人随便走一下就能弄到枪支的地方。我会说一点中文，所以还和当地的中国协调员约见过。"

后文我还会提到，吉田有在中国留学的经历。他利用自己的语言能力，委托当地的一名中国协调员帮忙采购手枪。不出所料，该男子试图让吉田打消念头。

"等一下，中国有可以治疗癌症的中药，你试试怎么样？"

看来即使依靠这个中国人也不可能弄到手枪。既然如此，他就想尽办法试图用别的方法自杀。他想过用酒店房间里的浴袍带子勒住脖子，或者晚上沿着海滩散步时把自己沉入大海等方式。然而，他没能做到。

按理来说，这个时候应该向着生的方向想想了，但吉田却不同。作为自杀的替代手段，他找到了安乐死这一选项。在菲律宾逗留期间，他通过在智能手机上搜索发现有安乐死这回事，于是立刻访问了 DIGNITAS，索取相关资料。当时受桥田寿贺子发言等影响，该机构的知名度在日本有所提高。

12 月 20 日，他刚回国不久便收到了来自 DIGNITAS 的机构注册用申请书，距他在菲律宾索取资料才过了几天时间。

"我觉得自己找到了新的希望。以前从来没有想过安乐死，但一旦知道自己生命的终点已明确临近，就不得不对如何结束自己的生命做出选择。"

在收到国际邮递后，他似乎很快便找到了我写的关于瑞士安乐死的那本书，并在读完后立即给我发送了邮件，就是之前介绍的那封。

自杀之后转向安乐死。这种变化虽然不禁让人感到有些操之过急，但我并没有发问。我不能轻易地去讨论一个濒死患者的心境。

从菲律宾回国后，吉田开始了抗癌药治疗。因为在完成安乐死之前，他想延缓病情的恶化。同时，他也一直在推进安乐死的手续。

在此让我们回到刚才的疑问。在急于寻死之前，他没有考虑过其他的选择吗？

"现在想来，缓和照护或许也是一个可能的选项。只是由于当时医生说我还剩两三个月的时间，所以我试图在年底前结束一切。"

我不由得认为这个回答存在逻辑上的跳跃。虽说他被告知生命只剩两三个月了，但这并不能成为放弃缓和照护的理由。当我问他这个问题时，他终于告诉了我自己的真实想法。"虽说只是个大致印象，但我认为缓和照护未必能消除 100% 的疼痛。我想要做到尽可能地去除疼痛和痛苦，我也是这么跟医生说的。我想尽可能没有疼痛地生活，想保住性命。我想要保持 QOL（Quality of Life，生活质量）。我不知道缓和照护是否能与我的期望相匹配。"

吉田还说，他很担心自己到了开始感到痛苦的时刻，是否能够使用缓和照护病房。

"实际上，现在医生建议我申请缓和照护病房。虽然我也已经申请了，但好像有很多人在等待。"

我明白吉田想说的是什么。尽管如此，我还是很在意他谈到"只是个大致印象"的缓和照护。

我认为日本人不知道缓和照护不仅可以消除肉体上的痛苦，还可以消除精神上的痛苦。当然，这可能并非100％，但缓和照护作为平稳迎接临终的手段，在欧美已经是固定项目了。

希望安乐死的日本人似乎抱有这样一种印象，认为缓和照护是一边掩饰痛苦一边与病魔作斗争。另一方面，他们认为安乐死是一种可以让人安息的方式。尽管我对此持怀疑态度，但在此不提及。顺便说一句，在缓和照护方面技术先进的英国将为安乐死立法的国家视为缓和照护落后国。

要在这里指出吉田的知识不足是很简单的事情。但是，我意识到问题的根源实际上更深。他的关注点并不是"想不受痛苦地死去"，而是朝着"想在遭受痛苦之前死去"的方向。为什么他如此执着于提前死亡呢？我觉得其中是有原因的。

吉田淡然地继续说着，并把茶碟旁的曲奇放进嘴里，和奶茶一起品尝。

目前，他每两周接受一次抗癌药治疗。注射抗癌药之后的头两天，他在家里接受静脉滴注，利用从锁骨附近埋入皮下的端口，直接将营养灌入。多亏了这种治疗，他的体力得到了恢复，他反复说："很不可思议，没有自觉症状。"但他还说，自己通过抗癌药治愈的可能性只有1％。

他前往宿务岛试图自杀，但失败了。下一个目标是无论如何要在瑞士接受安乐死。这一切都由他独自策划，看不到围绕着他的家人的存在。疾病、自杀，还有安乐死，他有可以商量的对象吗？

自开始采访安乐死以来已经两年了。我逐渐确信，家庭关系会给患者最后时刻的选择带来很大影响。

"能告诉我关于你家人的情况吗？"

当我这么一问的时候，他的表情开始变得忧郁起来。不知为何，我意识到他可能有难言之隐。

"我父亲和妹妹还在。母亲是全职主妇，几年前去世了。妹妹结婚后离开了家，现在和我在同一个屋檐下生活的只有父亲。不过，菲律宾的事和安乐死的事我都没有告诉父亲。所以，我独自一人思考并采取了这样的行动。

"您在书中提到，多数情况下处于不和睦的复杂家庭或家庭关系当中的人会选择安乐死。说实话，我的家庭也是这种感觉，处于所谓的无法顺畅交流的状态。"

这句话透露出其家庭情况的复杂性。他提到的拙著原话"复杂家庭或家庭关系当中的人会选择安乐死"说的是，因家庭关系不好而体味孤独的人对安乐死的期望更加强烈。

当然，这要具体情况具体分析，与患者的患病程度也有关。

3

据说吉田从小就想当警察。由于附近有个巡警岗亭，所以他经常与警察交谈，或许是受此影响，他也喜欢看刑侦剧。

进入大学的法学院之后，他的志向未曾动摇，一直继续努力准备考试。然而，他在校期间参加的警察招聘考试没有通过。尽管毕业后也曾再次尝试，但接连两三次落榜。同样希望成为警察的朋友们一个个都考上了，只剩下他一人。

吉田觉得这事很蹊跷，于是托关系打听了一下警察考试的内情。

结果他被告知自己是因为家庭情况而难以成为一名警察。尽管我具体询问了所谓的情况是什么，但他并不知道问题出在哪里。

实际上，这样的背景调查究竟在多大程度上影响到了警察招录，尚不得而知。在此值得注意的是，吉田本人认识到自己不得不因家庭情况放弃成为警察的梦想。这件事给吉田今后的人生蒙上了一层阴影。

作为警察招聘备考的延伸，吉田参加了公务员考试，并且通过了。然后，他和从高中时期就相识的女性朋友结了婚。之后，他作为行政人员去到地方医院工作，但很快就决定辞职。

此外，他还做好了离婚的心理准备，并起了要去中国留学的念头。

这是一个过于唐突的决定。据吉田说，他会这么做是因为认为"自己或许有可能过上另一种人生"。

吉田觉得如果自己能当上一名警察，就不会从事现在的工作。他还认为如果能当上警察，就不会和妻子结婚。尽管他一直带着疑虑生活着，但当妻子对他说"将来想要孩子"的时候，他再也无法掩饰心中的违和感。

尽管在我看来，正因为没有当上警察才能和妻子结合在一起的积极看法才是自然的想法，但吉田的想法完全相反。他变得非常痛苦，以至于认为自己已经无法继续待在日本了。他没有告诉妻子离开的理由，便只身去了北京。

"我不说，也说不出口。我觉得一旦说出来的话，在自己内心就等同于承认了什么似的……我决定尽可能地去到远一点的地方。由于当时留学费用还算便宜，所以我决定去中国，打算从头来过。"

在北京完成语言学习之后，他没有回日本，而是在北京和上海各工作了 2 年。他在日本人投资的健身俱乐部任行政职务，还负责介绍日本教练。加上留学时间的话，他在中国一共度过了 5 年时间。

在此期间，他与妻子正式离婚。两人没有见面，仅通过邮寄资料的方式办完了手续。

"真的非常抱歉啊，要是我能好好地说出自己的理由就好了。那时我在中国，而她在东京。由于彼此的距离一直是拉开的，渐渐地也就不联系了，当觉得差不多时机成熟的时候便分手了。尽管这并不是一种默契……"

他一直抱着对前妻的愧疚感生活着。在那之后的十几年里，他们都没有再联系过。直到如今被告知患有癌症，这份愧疚感早已转为了断念。

他的前妻已经再婚了，现在正过着幸福的生活。据说他没有告诉前妻癌症晚期的事情和希望安乐死的想法。

2009 年回国后，吉田又去了西班牙西部的一个城市学习语言。留学的动力原本来自他在中国期间认识的西班牙朋友，而他却爱上了这个"整座城市都像美术馆一样的国家"。

2010 年回国后，吉田成立了个人工作室，以在日本的外国人为对象开展工作。据说虽然号称能用中文和西班牙语两种语言应对，但需求方绝大多数是中国人。自从他被发现患有癌症之后，工作室便一直停业。

4

尽管吉田和父亲住在同一个房子里，但两人几乎不说话。

虽然他告诉了父亲自己患上癌症的事，但父亲也没怎么跟他搭话。吉田说："在他心里，我的死活不会改变任何事。"另一方面，据他透露，自己和妹妹是可以敞开心扉的关系，住院期间妹妹经常跑来探望自己。

"从妹妹的角度来说，她是善意的。所以我才会感到为难……"

与这番言语相反，他看上去有点高兴。至于安乐死的打算，他并不打算跟妹妹说。

"我想等一定程度上定下来了，在最后的最后也许会说，但在准备工作结束之前，我大概不会说。"

尽管我没有清楚地告诉吉田，但我的立场是，对于无法告知家人的患者，不推荐安乐死。

在国外，医生在实施安乐死时，最容易引起纠纷的情况就是事先没有征得家属同意。即使是尊重个人意愿的国家，也并不意味着可以无视家人的意愿。只有得到了家人的理解，患者才能安心地启程。

我再次问道。

"所以你的意思是，会等买好去瑞士的机票之后，在最后一刻才告诉家人吗？"

"就时机而言，是的。"

"如果到时候遭到反对，怎么办？"

吉田脸上露出为难的表情，回答道：

"嗯……不过，我自己倒是很想去。就算妹妹反对，我也不会放弃。"

虽然他是一个自我意识很强的男人，但从他的表情中可以感受到孤寂。吉田频繁地或是向前弯腰，或是把双手放在臀部后面挺直腰杆。这可能是由于他的身体状况。或者，这与疲劳无关，而是一聊到尴尬话题就会下意识地改变姿势或摇晃身体。

吉田打算在 DIGNITAS 注册。

他把手伸进包里，开始翻找什么东西。他打开取出的茶色国际邮件信封，把几张写着"预先指示"（Advance Directive）的纸放在桌上。这些是DIGNITAS寄来的资料。

其中有"病情是否没有好转的希望""死期是否临近""认知能力是否有问题"等条目，以便DIGNITAS评估他是否为适合实施协助自杀的患者。

除此之外，上面还询问了是否得到了必要的治疗，以及"允许还是禁止死后捐献遗体""允许还是禁止在死后切除器官用以器官捐赠"等问题。

会员要在这些问题上进行勾选，以确认本人的意愿，但吉田说英语阅读对他而言本来就很困难。他好像拜托了熟人翻译，以推进相关手续的办理。

即使申请通过了，如果连最基本的英语或德语都不会说的话，现场交流会受到影响。吉田一边懊悔"要是能更加努力地学习英语就好了"，一边也已经开始准备迎接这一挑战。

"我认识一个会说英语的人，也可以拜托她和我一起去。不过，因为最后必须亲自在一定程度上表明自己的意愿，所以这真是让我很头疼啊。"

我不太清楚通过翻译实施的安乐死是否被允许，感觉这应该会交由协助的医生判断。由于DIGNITAS机构始终贯彻拒绝采访的方针，所以我们无法得知该机构的具体政策。英语语言能力问题是任何一个希望安乐死的日本人都会担心的问题。

但更让吉田感到不安的是，他的身体能否坚持到安乐死的那一天。曾经有位已与我约好要接受采访的加拿大患者在飞往瑞士的飞机上身体状况恶化，最终不得不在经停地折返，于自己家中去世。

这种情况在晚期癌症患者身上尤其可能发生。正因为如此，吉田才接受了当初曾试图拒绝的抗癌药治疗。

他的病情也确实因此稳定下来了。尽管他曾一度以为自己活不过这一年，但现在还保持着表面上的健康。虽然结果有些本末倒置，但难道就没有必要重新考虑去瑞士的问题吗？

"虽然我感觉自己的状态没有那么严重，但医生的判断是病情并没有发生变化。因为尽管由于抗癌药的作用癌肿瘤可能变小了一点，但原本我就处于非常严重的状态。作为我个人来说，嗯……"

最终身体将无法自由活动。如果这样的话，他似乎考虑尽早在遭受痛苦之前采取措施。

"反倒是更想趁现在去。因为要是等体力不支了就去不了了。趁现在去的想法，嗯，还挺强烈的。"

这句话传达出他本人要决定自己最后时刻的意愿。如果进一步深入解读这个意愿的话，或许可以认为，他的人生因自身无法改变的家庭原因而偏离了轨道，因此他有种想亲手为自己的人生画上句号的执念。

尽管我也知道不能将这一观点普适化，但我感觉与欧美社会相比，日本人更注重面子，生活中会注意避免扰乱集体生活。希望接受安乐死的日本人像桥田寿贺子一样，有时会说："如果有一天会卧床不起给别人添麻烦的话，我想在那之前安乐死。"

他是否也有这种"麻烦论"的想法？

"也许会给人添麻烦这种想法难道不是自己脑海里的想法吗？比如，假设电车里有婴儿在哭，这是否真的构成麻烦呢？应该既有人觉得这是麻烦，也有人并不这么认为的吧。不过，当事人自己会认定大概别人会觉得这是个麻烦。"

吉田还表示，这之所以是日本特有的文化是因为没有宗教规范。接着，他继续说道：

"其他国家的话，有宗教戒律会规定不能做的事情。比如伊斯兰教会规定不能喝酒。但是，除规定之外的事情是相对自由的。日本没有这样的戒律，所以只能自行判断所有的行动准则，对吧?"

因为我们经常会不知道该怎么做，所以才会过度地在意别人的眼光。吉田说，这就是"麻烦论"这种感情的根源所在。他似乎认为对别人的目光过于敏感的日本社会是不正常的。这也与桥田寿贺子的想法不同，因为她是不想给别人添麻烦才选择安乐死的。得知这一点之后，我尝试着这样问道：

"假设你受到你父亲或妹妹的看护，你会觉得这是麻烦吗?"

吉田给出的回复与我想象的不一样。

"不，作为家人，这不是理所当然的吗? 嗯……因为如果是我的话，也会去看护他们的。我不觉得被照顾是麻烦。不过，我也有时候会这样想。"

既会有得到家人帮助的情况，也会有因家人而无法从事理想工作的情况。他似乎想这么说。不过，先不说这类猜测，我能感觉到他内心是希望得到家人看护的。

我们进入咖啡店已经快两个小时了。我不想让正在接受化疗的他勉强硬撑，也不想让他抱有莫名的幻想。我觉得如果在这里说出自己的期待和不满能让他获得一些安慰的话，那就足够了。

我和吉田约定在我离开日本之前再见一次面，然后便目送一边把手伸向口罩一边走出店门的他。

5

一周后，在同一家咖啡馆，我和吉田再次见面。在我看来，他的身体状况似乎没有恶化，反而有些好转。我坐在座位上，看着他的脸，先开口道：

"你的口腔溃疡好了吧？"

吉田猛地睁开眼睛。

"是啊，上次是我第一次出现口腔溃疡。"

"你的脸色似乎也比上次要好……"

"是的。尽管会出现抗癌药物的副作用，比如手指冷得有点刺痛之类的，但几乎感觉不到因病情引发的症状。这真是件幸事，所以挺微妙的吧。就我来说，不知该说是相当复杂呢还是该说不可思议呢，嗯……"

所谓复杂，大概是想表达没有体力的话就去不了瑞士，但只要有精神就没有必要去瑞士吧。

吉田对前一周的谈话半途而废感到遗憾。因为话题一转到家人身上就变得漫无边际了，所以我很在意他是否明白了我的意思。他再次强调了安乐死这一选择的重要性。

"年轻时我曾经觉得，就像出生时无法选择生命的开始一样，我们也无法选择生命的终结。然而，随着各种医疗技术的发展，人的寿命已经不再是自然安排的问题。如果达到一定年龄，人就会根据之前积累的经验、工作，以及家人和朋友关系等形成相应的人生观、生死观、宗教观等。换个表达的话，或许可以称之为尊严。

"由于现在的情况和出生时不一样，所以最后怎么死也不完全是自然的，我认为应该考虑到个人的尊严问题。但是，我觉得人的生、死、生命，不完全是自己个人的，而是一个社会性的东西，因此有关于这方面的讨论是很自然的。"

这个想法比上次更加精炼。在我看来，他自己的生死观在过去一周里得到了很好的梳理。

这一天，我们两人都点了咖啡。似乎是怕被周围的人听到对话内容，他压低了声调，继续说道：

"因为这是性命攸关的事，所以要说是'选项'的话也许会显得言语轻浮，但我觉得有（各种各样的选项）更好。如果可以根据个人意愿和情况决定自己的最后时刻，那才是有尊严的死，对吧?"

吉田说希望看到一个可以接受安乐死这一选项的社会。他还说，为此自己想要着先鞭。

我试着向他表达了个人的期望，即如果他在瑞士接受协助自杀，我也想在现场见证他的临终时刻。当然前提是他能独自走到那一步的话。

吉田听后微微一笑，说道：

"从根本上来说，我希望您能做些记录什么的，并在一定程度上予以公开，以便其他人能往好的方向发展。如果能在这方面提供帮助，我非常乐意。"

如果说我没有抱着想要进行采访并记录下来的想法，那是骗人的，但其中也有一半是希望陪在这个孤独的人身边。

然而，吉田还没有完成申请。

"所以，就我而言，希望尽早做好准备。先不说具体什么时候，我想尽早到达这一阶段。希望情况是到了最后我只要遵从自己的意愿就好。"

我和吉田就此分别，并于数日后回到了欧洲。

我到了巴塞罗那之后，对他接受我的采访一事，发邮件向他表达了谢意，并收到了他的回复。他在邮件中写道："我在菲律宾认识的中国向导偶然联系了我，听说对方要来东京，我们将在下周见面。我必须当面表达感谢。因为前阵子刚说到过这件事，所以感觉真是不可思议啊。"

他应该是想告诉那位中国向导幸好自己没有自杀吧。他是否会提及自己目前正在为安乐死做准备呢?

我已经有一段时间没有见到吉田了。3月份,我试着联系了他,但不寻常的是他没有回复。不知他的病情是否发生了突然的变化?对于他的病情,我毫无头绪。

5月,当我告诉他我将在下个月暂时回国时,他终于给我发来了一封邮件。

> 谢谢您联络我。
>
> 这边现在是黄金周的最后一天,连日都是初夏般炎热的日子。我也会出去散散步,或者买点东西,而不是一直待在家里。
>
> 说实话,尽管由于我未曾想过自己能活到现在,所以对于该做些什么有点困惑,但是我正以自己会比预计的活得久一些为前提,一点点地推进死后的资产整理等工作。(略)
>
> 至于DIGNITAS,在注册成为会员后,我目前正在准备医疗记录,但由于需要医生的协助,所以要花一些时间。
>
> 您将在6月份暂时回国是吧,期待能再次见到你。
>
> 再次感谢您的关心。
>
> 今后也请多多关照。

据吉田自己透露,他的身体状况也没有发生太大的变化,似乎也能走出家门散散心。曾经说不知道是否能熬过年末的他,反倒因为活到了半年后的黄金周而感到困惑。不过,他似乎已经完成了DIGNITAS的会员注册,目前正在准备安乐死的相关手续。他希望安乐死的想法没有发生动摇。

6月30日,在告知吉田我将暂时回国的消息之后,我收到了他的回信，并了解到他的病情。总之，回信来得很快。

> 感觉病情时好时坏。正好前天接受了治疗，医生说抗癌药在有些部位起了作用，在有些部位没有起作用，情况比较微妙。不过，抗癌药确实出现了副作用，尤其是手脚麻痹感严重，处于感觉非常迟钝的状态。

几个月前见到吉田时，他还说"没有自觉症状"，但最近却因药物的副作用而感到苦恼。另一方面，他似乎也在稳步地推进瑞士之行的准备工作。

> 至于 DIGNITAS 那边，手续正在逐步推进，原本我认为最难的医疗记录提交也已经基本完成，接下来只要提交自己写的家庭及健康状况报告就差不多可以了。

之所以从 1 月份开始花了 5 个月的时间，是因为他找了译者来翻译机构寄来的资料，从用日语理解全文开始做准备工作。这反映了他一本正经的性格。

要提交的资料只差最后一步了。然而，这 5 个月的时间对吉田这种不知何时病情会骤变的患者来说，实在太过漫长。本来一天都不该浪费的，但实际情况却是远远超出了他所预期的提交期限，想必他这段时间感到了焦虑吧。

7 月 8 日上午 10 点，约见的地点是一家家庭式餐厅。他积极地表示："一定要见面谈一谈。"

我一走出车站，家庭式餐厅就在眼前的大楼里。他到得总是比约定的时间要早。10 分钟前他给我发了一条手机短信："我在最里面靠窗的座位。"恰逢周日上午，我一进去就看到店里挤满了拖家带口的客人。当我走向里面的座位时，吉田像往常一样直起他那使不上劲的腰，起身向我打招呼。

当时已经是夏天了。那天他戴着一顶棒球帽，身穿灰白相间的横条纹 T 恤和棕色的阿迪达斯裤子，脚上穿着一双看上去很轻便的徒步鞋。

暂且不说他的打扮，我立刻注意到了他的巨大变化，脸消瘦憔悴了许多。

我坐了下来，不由得看着桌上。有西式炒蛋、培根、香肠、吐司和沙拉。尽管他好像才开始吃，但我觉得他一大早就非常有食欲。

吉田用颤抖的手端着杯子啜了一口咖啡。他说的第一句话是那句熟悉的台词。

"我的手脚都麻木了，触摸这个屏幕也没感觉，不过身体本身并没有什么自觉症状。"

他一边指着手里的 iPad 屏幕，一边对我说道。据说他连书和杂志的页面都无法翻动。手脚没有知觉这一点在 1 月份见到他时就是如此，是药物的副作用造成的。没有自觉症状这句话或许是真的，但从他的样子来看，显然已经不再是 5 个月前的身体了。

"我以前觉得肉很好吃，但现在却感觉不到。以前喜欢炸猪排、炸鸡块、汉堡这类食物，但现在好像完全不觉得这些东西好吃……"

吉田说，医疗记录是从医院拿到的，多达数百张，塞满了一个纸箱。他还说已经完成了将其中 6 页核心内容翻译成英文的工作，剩下的工作就是准备生活报告（写明想要接受协助自杀动机的申请书），其中必须包括自我介绍、家庭情况、申请协助自杀时的意向确认。他说这些资料都将请中国朋友翻译成英文。

然而，尽管只要再加把劲就能完成，不安感却一天比一天强烈。

"我完全不知道什么时候可以安乐死。因为出国前一天身体也可能会出现不适，所以我一直非常担心。"

据说还有一则来自 DIGNITAS 的消息一直困扰着他。

"欧洲人权委员会有消息称可能不再允许协助自杀。瑞士有可能在 11 月前举行公民投票。如果是这样的话，我很担心会变成什么样。因为无论如何我都想在被禁止前实施（安乐死）……"

我不知道有这样的动向，之后也没能确认。周边各国对安乐死和协助自杀发出反对声音也不是最近才有的。尽管这样的事情时有发生，但荷兰和瑞士从未有过修改法律的举动。然而，确实有一些宗教组织在试图抑制逐年增加的安乐死。

吉田的脑子里一定充满了不安，他期盼着早日前往瑞士。

"由于现在他们要求进行（新药的）试验，所以我觉得自己的病情变得相当糟糕了。以往的药物已经全部试完。要是有人问我安乐死的日期选在 1 个月后好还是半年后好，我会毫不犹豫地回答 1 个月后。"

据他透露，自己失眠的夜晚也越来越多。他说自己平时早上 8 点起床，晚上 11 点上床睡觉，但如果睡不着的话，就会一整天都处在熬夜的状态。他在自己的房间里，到底会想些什么，做些什么呢？

我穿梭于世界各地，过着相当自由的生活。吉田既不能工作，也不能外出游玩。尽管我们是同一代人，也有一些共同点，但所处的境况却完全不同，隔着桌子相对而坐的我们，彼此或许并不能相互理解。我大概也给不了什么好建议。

尽管如此，有一件事确实让我担心，那就是吉田与他家人的关系。即便我再次询问，他还是重复回答说不知道父亲在想什么。

吉田点的早餐套餐没怎么动筷子。然而，我们餐桌周围充满了家人团聚的说话声和笑声。

家庭式餐厅里的气氛让我感觉太过异常。他是如此的痛苦，而大家却都在笑。这种落差让我难以忍受。

"我和家人在根本的价值观上太不一样了。父亲对眼前的事情完全视而不见。"

"眼前"似乎是指他躺在病床上忍受痛苦。

他的愤怒中充满了悲伤。我很难理解他想去瑞士一个人迎接死亡的心情。然而，导致这种心情的背后原因似乎是他与父亲的关系。

吉田应该一直都很孤独吧。尽管他把父亲当作坏人看待，但反过来也可以看出他想和父亲彼此之间建立更多联系的心情。如果说吉田对安乐死的想法有什么让我无法接受的地方，那就是他没有得到家人的理解。

我对提起口罩遮挡住嘴的吉田说："我们今后也继续保持联系吧。"他回答道："我可能还有事要拜托您，请多多关照。"

"有事要拜托"意味着什么？他是否开始制定具体计划，要和我一起去瑞士？消瘦的他用尽全身力气推开出口的门离去了。

6

正是在这一时期，我参加了一个以安乐死为主题的论坛。

这是一场三人对谈，由从癌症患者的角度出发提倡安乐死的摄影家幡野广志、作为缓和照护医生从事临终医疗工作的西智弘以及我共同参加。

幡野广志才35岁，是一位朝气蓬勃的摄影师。他在2017年11月发现罹患癌症，2018年1月被诊断为多发性骨髓瘤。当他询问主治医生还能活多久时，被告知"中位数是3年"。

多发性骨髓瘤是一种血癌，即骨髓中一种被称为浆细胞的产生抗体的细胞发生癌变。所谓浆细胞，是指属于白细胞之一的 B 淋巴细胞接触细菌、病毒等病原体后，为了攻击它们而改变了形状的细胞。

该病最常见的症状是脊柱、肋骨、腰骨等骨头疼痛。高钙血症会引发恶心、食欲不振、意识障碍，另外有害物质的增加导致血液循环受阻，还可能引发耳鸣、头晕、视力障碍和肾功能不全。据国立癌症研究中心称，这种疾病在 40 岁以下人群中罕见发病，日本每年每 2 万人中有 1 人发病。

为了除去已扩散至脊柱的肿瘤，幡野从 2017 年 12 月开始接受了约 2 个月的放射治疗。自 2018 年 5 月以来，他一直在持续接受抗癌药治疗。

自从发现这个疾病之后，幡野便开始采取行动，向全世界倡导安乐死。尽管我觉得他似乎也受到了日本当时日益高涨的安乐死讨论的影响，但好像这背后还和他曾经在东海大学医学院附属医院就医的经历有关。

1991 年，日本首例由医生给患者实施的"安乐死"就发生在这家医院。当时在该医院工作的一名 34 岁的医生在患者家属的一再要求下，给陷入昏迷状态的癌症患者使用了氯化钾。为此，这位医生于 1995 年被判处有期徒刑 2 年，缓期执行 2 年。实际上，当时的患者罹患多发性骨髓瘤。据说幡野将那位患者的结局与自己的重叠在了一起。

主办对谈的是担任一般社团法人"日本 MEMENTO MORI① 协会"代表的内科医生占部麻里。"安乐死"一词开始在日本传开的这个时候，占部想从更现实的角度来推进这场讨论。

---

① MEMENTO MORI 是拉丁语，意为"记住你终有一死"，也译作"向死而生"。

她在邀请函上写道："在我的内心，并不想在'死'这个词上附加诸如安乐、尊严、平稳这样的形容词。这是一个许多人都会死去的时代。如果我们都能抱有每个人的死都有其意义的想法，我们的社会就能变成一个可以接受多样性的社会。"

　　我对占部的想法深有同感，每个人都有自己的活法和死法。我既不觉得某名人这样死去就了不起，也不觉得自杀就悲惨，而是认为每个人生命的终结都存在着只有那个人自己才能做出选择的理由。

　　2018 年 7 月 3 日，在对谈之前，我们在占部家中碰头。当被请到客厅时，我发现一位男士已经在长桌前坐下了。他叫西智弘，是一位 38 岁肿瘤内科缓和照护医生，在川崎市立井田医院工作，一直在媒体上报道临终医疗的现状。

　　尽管这是我们的第一次见面，但放在桌上的拙著贴有许多浮签。西说，"我读了宫下先生的书，了解到日本和欧美在生死观上的差异，"接着他说道，"我也对安乐死问题持反对的立场。"

　　在我的印象中，缓和照护医生的工作在日本并没有得到民众的理解。这一想法在我与吉田淳的对话中得到了加强。

　　在我看来，日本人似乎误以为缓和照护病房是"死前去的地方"，缓和照护等同于"放弃治疗"。井田医院老年患者较多，且有缓和照护病房据说也被人说成"那里是等死的地方"。西向患者做自我介绍时，患者会以"不想见缓和照护医生"为由对他敬而远之，这种情况似乎时有发生。

　　像这样常常被社会误解的所谓的缓和照护，到底是什么呢？西对此进行了通俗易懂的说明。

　　"一言以蔽之，就是要减轻痛苦。不仅要减轻身体上的疼痛，还要减轻精神上的痛苦。对于哀叹没有再活下去的价值的患者，我们会一起思考他们为什么会这么想，并采取行动试图缓解他们的痛苦。"

缓和照护医生通常从考虑抗癌药治疗的阶段开始参与。一些患者宁愿做好承受药物副作用的心理准备也想使用抗癌药，而另一些患者因不愿意受药物副作用的困扰而选择不做抗癌药治疗。评估每位患者的个性和生存方式，并考虑治疗方案也是缓和照护医生的职责之一。

在缓和照护当中，有一种叫做"临终镇静"的医疗措施，可以让人安详地走向死亡。该措施为缓解因身体抵抗治疗而产生的痛苦，会给患者使用镇静剂等。比如说，对晚期癌症患者用药，通过降低其意识水平使者从痛苦中解脱出来，与此同时，守护其走向死亡的自然过程，就属于这一医疗措施。

我提出了一个简单的疑问。

"临终镇静和安乐死有什么不同？"

关于二者之间的差异，西再次用通俗易懂的语言进行了解释。

"我认为临终镇静并不能替代安乐死。总之，其理念是让患者在最后的几天时间内在睡眠中度过，所以在临终到来之前的过程当中还是会有痛苦。而安乐死则是在这种痛苦来临前的阶段进行。"

就在西和我聊得正起劲的时候，一个脖子上挂着相机、留着浓密胡须的男人走进了客厅。

"您好，很高兴见到您。对不起，我迟到了。"

我的耳边传来了让人感觉舒适且安心的声音。他就是摄影家幡野广志。这时，正在厨房准备做饭的占部和她的女性朋友穿着围裙过来打招呼。幡野有着一副健硕的体格，据说抗癌药治疗导致他体重增加了。他的病情一看就和吉田淳的不同。

幡野和吉田几乎在同一时间被告知患上了癌症。前者是在 2017

年 11 月，后者是在同年的 10 月末。然而，两人给我的第一印象却大相径庭。幡野属于乐观开朗、活在当下的类型，而吉田则属于比较悲观的类型，但他会认真地思考问题。尽管这只不过是我的印象而已。

我们三人围坐在桌前，一边品尝着占部她们亲手做的料理，一边用啤酒干杯。幡野也在西和内科医生占部面前，高兴地解渴润嗓。在吃饭喝水方面，他看上去似乎没什么问题。他会认真倾听对方的发言、会开玩笑，也时常露出笑容。

幡野说自己想向 DIGNITAS 提出申请，但并没有带着一副苦涩的表情。他就像是觉得理所当然似的说道："日本也应该承认（安乐死）。"

7

幡野广志究竟是个怎样的人？

幡野出生于东京都立川市，中学时搬到邻近的昭岛市，现住在八王子市，居住区域没发生什么大的变化。当机械工程师的父亲同样身患癌症，在他 18 岁时就去世了。母亲曾是一名护士，在综合医院和诊所工作过，现在仍然住在昭岛市。比他大三岁的姐姐住在立川市，是一名家庭主妇。

据说从孩提时代开始，他就缺乏协作精神。尽管那时周围的人都沉浸在纸牌游戏和索尼家用游戏机 PlayStation 上，但他并不喜欢和朋友一起做些什么。在团体运动和合唱比赛之类的活动中，他的行为都让人觉得很不像话。初中时，他经常翘掉合唱班的练习，有时会溜去书店。上了高中之后，他学会了打工挣钱，就连学校都懒得去了。

18 岁时，他用打工攒下的钱开始了摄影。那年去世的他的父亲也是一位摄影爱好者，据说幡野从小就拿着父亲的照相机玩。

2010 年，他拜广告摄影师高崎勉为师。2011 年结婚。2012 年，他在爱普生公司主办的 "Photo Grand Prix" 摄影大赛中获奖。2016 年 6 月长子诞生。在病魔袭来之前，他的工作和个人生活都很充实。

在此，我们来看一下他开始出现在媒体上的经过。

这一切始于 2017 年 12 月 26 日他在网络上发布的一篇文章《我患上癌症后意识到的事》，刊载于 "幡野广志的博客" 上。这篇文章瞬间俘获了读者的心。

我得了癌症。

由于父亲死于癌症，所以我一直想着自己也会患上癌症，但觉得 34 岁还是太早了。

因为我的脊柱上有肿瘤，而且肿瘤溶解骨头，导致剧痛并且压迫神经，所以我的下半身也出现了轻微的瘫痪。

剧痛甚至曾经让我想到自杀，以致夜不能寐，无法保持平常心。多亏了缓和照护的医护人员和研发出强力止痛药的研究人员，让我现在能够平稳度日。

和妻子结婚之后，我所幸有了一个非常可爱的儿子，还有得知我的病情之后为我流泪的朋友。我休了一个作为社会人很难享受到的长假，深深地沉浸在肤浅的兴趣中，并把自己喜欢的事情作为了事业。虽然对于幸福的看法多种多样，因人而异，但我可以自信地说自己的人生是幸福的。

因此，即使面对死亡也没有遗憾。由于我已经接受了现在的一切，所以我认为自己还是比较沉着冷静的。然而，尽管如此，在被诊断出癌症的那一天，我想到将要被留下的家人，哭了一整晚。

文章的前半部分简单地叙述了一个沉重、痛苦而又复杂的事件，非常符合幡野的风格。他看起来并非那种会把烦恼积压在心底的人，总的来说，更像是一个不怕批评，一直坚持自己主张的人。我一见到他，就觉得他的思维方式与我相似，尤其是沉浸在自己的兴趣爱好这点上非常相像。

但是，我们之间也存在明显的区别。我无法断言"即使面对死亡也没有遗憾"。我的人生真的没有遗憾吗？不，我是正因为有遗憾，才有更加想活下去的想法。和他不同的是，我很可能不只花一个晚上流泪，而是要一直哭上好几个月。

我在他身上唯一能读到的遗憾，就是对自己可能会抛下家人这件事上。他在博客中继续写道："如果我的妻子或儿子患上癌症痛苦不堪的话，我想我将无法保持理智。即便我可以忍受自己的痛苦，却对自己最重要的人的痛苦还是难以忍受。"

他的博客大部分是儿子优的日常生活照，以及他作为一位父亲的想法。

此外，他还写道，成为摄影师是"命中注定"。至少，自高中毕业以来，他把勉强坚持下来的爱好变成了主要职业并且维持了生计。如今他似乎在拍摄儿子的同时也在关注自身的癌症命运。他博客的最后部分流露出这样的想法。

我曾经一直在思考什么是好照片，然后发现答案是这个照片要能正确传达拍摄者想要表达的心情。虽然意识到这一点时有些晚，但因为我还能按下快门，所以又觉得也并非来不及。

如果说身患癌症是命中注定的话，那么成为一名摄影师或许也是命中注定。把我的心情传达给儿子，也许就是为了这个，我才选择了摄影人生吧。也许是为了这个时刻，我才一直坚持学习摄影的。

每天都能随心所欲地拍摄自己喜欢的拍摄对象，我感到非常充实。而在死亡面前，我才看清真正重要的东西。尽管有些讽刺，但直面死亡让我切实感受到自己还活着。

找到什么是好照片的答案之后，我的脑海里又涌现出活着是什么的疑惑。现在的我希望自己至少能在找到这个问题的答案之后，再好好地死去。

占部开始在桌上摆放日本酒和烧酒，我们一边喝得微醺，一边爽快地决定了对谈的内容。话虽如此，但也没有必要规定讨论的方向。我来谈谈安乐死的实际情况和自己的想法，西介绍一下缓和照护和临终镇静的现状，幡野说说作为癌症患者的痛苦和对医疗的不满就可以了。要是能在现场展开激烈讨论就好了，我们三人就此达成了一致意见。

有件事我想事先问一下幡野。从刚才听他说的内容来看，他似乎没怎么把安乐死和临终镇静区分开来。他所追求的死亡，实际上是什么呢？

"幡野先生，您为什么想要安乐死呢？听您的描述，我感觉也可以通过临终镇静的医疗措施来实现，这样不行吗？如果幡野先生所追求的是不伴随疼痛的临终，那么就不必如此拘泥于安乐死了吧。"

在我的记忆中，此时的幡野似乎还没有给这两个选项确定优先顺序。他小声嘟囔了一句，或许只是表现出赞同我的样子：

"是吗？这样的话临终镇静也是可以考虑的哦？"

8

对谈在热浪袭来的 7 月 16 日于川崎市内的高愿寺举行。聚集的听众们在热气弥漫的寺院内，汗流浃背地倾听着我们的谈话。

起初，为大致了解赞成安乐死的人数，我请大家举手，然后大约有一半的手映入了我的眼帘。这是脱口秀等节目开始演讲前的固定提问。

幡野一开口就宣布："我想在瑞士的 LIFE CIRCLE 进行安乐死。"没想到他会选择 LIFE CIRCLE，我一直以为他会申请DIGNITAS。听到这句话，我心里产生了一种异常的不安感。

幡野是从哪里知道 LIFE CIRCLE 的呢？在商议阶段，他还没有读完拙著。也许是读完之后从"DIGNITAS"转到了"LIFE CIRCLE"。暂不说这个，但我觉得还挺棘手的。

对安乐死持反对立场的西开始提到自己为什么要坚持这一立场。他说原因有两个。

"一个是因为我认为这样的话缓和照护等消除痛苦的技术发展将停滞不前。另一个是因为我认为在日本还没有形成可以讨论死亡话题的土壤。"

西是一名医生，如果赞成安乐死，他就会失去在缓和照护内科工作的意义。尽管这是医疗从业人员一方的观点，同时符合这方的利益，但也是出于西强烈希望民众能够更加了解缓和照护这一医疗措施的心愿。然而，医疗从业人员这方的利益正是幡野不满的根源所在。

"得了癌症之后我最先想到的是，自己的生命到底属于谁？在这个过程中，我意识到一点，就是患者、家属和医疗从业人员都有着各自不同的目标。我认为应该优先患者的目标。”

听众们一边听着幡野的讲述，一边连连点头。也许正因为这些话出自癌症患者本人之口，才让大家感受到了一般人无法触及的痛苦之深和愿望之强烈。他们的眼神看上去仿佛在说，既然幡野本人说想安乐死，那就让他安详地死去不就好了吗？

对于听众在多大程度上理解“安详而轻松的死”①，我有些不太明白。在讨论的过程中，我试着这样问与会者。

“如果您理解尊严死和安乐死之间的区别，请举一下手好吗？”

在日本，所谓的尊严死，多指由于“暂缓或终止延命治疗”而导致的死亡。尽管有一半人举手赞成安乐死，但在这个问题上却只有几个人举手。也就是说，这证明了安乐死和尊严死在人们的印象中是相互重叠的。如果将“安详而轻松的死”视为安乐死，那么临终镇静也可以引向同样的结果。注意到这一事实的西，给出了他惯用的简明易懂的解释。

“缓和照护技术可以消除几乎所有的疼痛，且该技术有种方法叫临终镇静，目的就是缓解痛苦。临终镇静是指在临终前的数日里，为缓解痛苦，给患者服用最低限度的镇静药物，使其失去知觉。而安乐死则是通过使用致命剂量的药物来结束患者生命，因此二者存在明显的差异。”

对此，也有很多与会者点头表示赞同。但是，幡野却露出一副不太接受的表情，向西发问道：

“即使患者到这种情况时表达了希望采取临终镇静措施的意愿，但如果家属在最后一刻说他们还是希望不要实施镇静，那么就不做了吗？”

---

① 原文是“安らかで楽な死”，日语中“楽”即轻松之意。这是对“安乐死”三个字的词解。

西一脸为难地回答道：

"如果存在家人反对的情况，实际操作中很难无视这点而实施临终镇静治疗。"

幡野听后非常沮丧，嘟囔着抱怨道：

"果然……对于自己所期望的临终时刻，患者的意愿得不到尊重，这的确是个问题，对吧。这样一来，结果就是让患者痛苦，因为他们不能以自己想要的方式死亡。"

西承认，临终镇静过程中的自主性问题是日本未来需要解决的一个重要课题。与安乐死不同，临终镇静无法按照患者的意愿加以实施，而是完全交由医疗从业人员和家属来判断。然而，西明知这是不利于自己专业领域的发言，但却也这么说道：

"我也了解到，安乐死的存在是基于人生已经非常努力了、想要就此结束等积极的想法。如果讨论的结果是这种想法已深入人心，安乐死在日本也是有必要的，那么我认为可以承认。"

最后阶段的讨论主要集中在日本人是否有能力对自己的死亡做出明确的决定。我的观点是，日本独特的价值观会使得人们因在乎世人看法或为避免给家人带来麻烦而选择死亡，在这种情况下安乐死的立法是很难的。对此，也有人边擦汗边点头。

在结束对谈之前，我想再一次向听众确认。

"赞成安乐死的人请举手。"

和两小时前相比，情况有了很大的差别，此时只有能数得清的少数人举手。看到这种场面，我有了自己相应的理解，即在日本目前的情况下，应该讨论的问题大致可以分为两个。

一个是让民众更加了解安乐死和尊严死的区别。另一个是让人们知道，"安详而轻松的死"不仅可以通过安乐死，也可以通过缓和照护来实现。

第二天，为了制作贴身拍摄幡野的纪录片，在高愿寺活动中也曾参与拍摄的 NHK 事业公司（NHK Enterprises）的节目制片人大岛隆之给我发来信息："正如西先生昨天说到的，我也认为在年轻一代中，越来越多的人拥有自己的价值观，能够划分清楚他人与自己之间的界限。在推进采访的过程中，我一直在思考，在对死亡的讨论还不够成熟的日本一下子就跳到安乐死的问题是否过于追求速度而忽略质量？我希望通过幡野先生的摸索，制作出能让观众开始独立思考的一档节目。"据说他的父亲因肺癌在幡野就诊的东海大学医学部附属医院去世。

在欧美社会生活过的我非常清楚，只为社会和他人而活的日本人必定是疲惫常伴左右。对于代表年轻一代向世人展示生活姿态的幡野引起许多人的共鸣，我也可以理解。我想对这种呈现出新趋势的生死观进行采访。

在结束与幡野、西的对谈之后，我回到了西班牙。

7 月 31 日，在与癌症晚期患者吉田淳在家庭式餐厅见面约三周后，身在巴塞罗那的我收到了他发来的一封邮件。由于我拜托他一旦身体出现变化就请联系我，所以我有一种不祥的预感。

感谢您前些日子的会面。非常高兴能见到您。

正如上次跟您说的那样，我现在已经把医疗相关资料寄给了 DIGNITAS，正在等待对方的答复。但是，说不定我可能没有时间等待他们的回复了。

从病情来看，上天留给我的时间很少，现在我已经开始做临终前的各种准备，比如与朋友见面等。

就我而言，想尽快去瑞士，但是现在必须要评估我的病情。即使我很快获得批准，也可能只是勉强赶上做决定。

我要感谢宫下先生您给了我诸多关怀、照顾及希望。如果我收到 DIGNITAS 的回复，或者我的病情发生了进一步的变化，我会再联系您。真的非常感谢您！

我把这理解为一封"告别邮件"，留给他的时间恐怕不多了。在三次会面中，他反复提到的恐惧最终变成了现实。他肯定是体力衰退，去瑞士也变得困难起来。他还没有和 DIGNITAS 预约好协助自杀的日期。即便已经预约了，也必须要再坚持几个月。

这就是安乐死的现实。瑞士是世界上唯一一个接受外国人进行安乐死的国家（在荷兰如果是拥有临时居住资格的外国人也可以进行安乐死），但患者所在的国家离瑞士越远，其愿望得以实现的概率就越低。如果是在德国和法国等邻国，既可以省去为申请资料所进行的翻译工作，又完全可以仅依靠汽车进行移动。据 DIGNITAS 统计（截至 2020 年 12 月 31 日），德法两国的总实施人数分别达到约 1400 人和 400 人，这与上述地理方面的情况有着很大关系。

亚洲各国的实施人数之所以低，不仅仅是因为欧美和亚洲的生死观存在差异。物理上的距离和时间也是不利因素。我觉得正因为如此，那些声称"想去 DIGNITAS 安乐死"的名人给了不了解实际情况的日本安乐死寻求者过度的希望。安乐死在理论上是可能的，但要达到这个目的，需要花费超乎寻常的时间和精力。把剩下的宝贵时间用在那里让我有种空虚感。

对于吉田的这封邮件，我想写一个能让他提起精神的回复。

"吉田先生，您的人生有属于您的'应有的状态'，我不应该掺和进去。但是，如果通过我能够做些让您更加安心的事，希望您不要客气尽管说出来。"

最后，我写道："我知道您很艰难，但请加油！"

我忍不住要抛出"请加油"这句话。这也许是因为我此刻很健康，并没有意识到死亡。尽管我知道这些鼓励的话语对那些没有希望的人来说有时会起到反作用，但如果没有这些话，日本社会就很难得以成立。至少在我所能驾驭的语言当中，没有与"加油"相对应的正确说法。我觉得倘若有这样的说法，在欧美社会也会非常方便。

　　此后，我没有收到吉田的回信，也没有办法知晓他是否读过我的邮件。

　　自从发送了那封邮件，他就时常存在于我脑海的某个角落。然而，我的时间渐渐地被分配到了别的事情上——也就是对小岛美奈的采访。因为她的情况有了意想不到的急速发展。

第四章　焦虑与混乱

1

去新潟采访完小岛美奈的一周后，我在逗留的东京都大田区公寓里，一大早因几年前患上的唾液腺结石病突然恶化，发展到了需要紧急住院的地步。

唾液腺结石是一种在唾液腺（主要在颌下腺）中形成结石的疾病，如果不加以治疗，会引起肿胀并伴随剧烈疼痛。我之前曾接受过手术，摘除了直径为 2 厘米的结石，但过了几年又复发了。

我半夜跑进了东邦大学医疗中心大森医院（大田区）的急救中心，医生告知，如果肿胀持续下去，呼吸道将会受到束缚，因此要在脖子上开刀。

每顿饭都有流食提供，我在医院过了 6 天把流食吞入喉咙的日子。住院期间的 10 月 1 日凌晨，大型台风 24 号袭击了关东地区。我当时一边听着粗暴而令人不快的"咣当"声，一边担心陈旧病房的玻璃窗是否会破裂，在不安当中度过。三小时后，暴风终于平息，我拿起了《女性 Seven》，其中有关于小岛的报道。

在超老龄化社会的日本，关于"人应该如何死"的讨论是不可避免的，该报道基于这样的理念，介绍了小岛的话。

"对想死却不能死的我来说，安乐死就像是'护身符'一样的存在，是上天留给我的最后一道希望之光。"

"……你会对处于我这种情况的人说些什么呢？应该也说不出'请努力活下去'或者'去死吧'这类话吧。我觉得是无话可说的。

"这样的人该如何活下去？希望世间没有疾病的人也能稍微想一想。"

我一边翻阅着杂志，一边想起了她。

第二天早上，我收到了她在 LINE 上发来的信息，其中附上了如下邮件内容。好像是小岛的朋友看了周刊杂志之后写给她的，而她把这封感想文转发给了我。

"比起在这里表达自己的感受，我更希望更多的人能读到这篇报道。（略）寻求安乐死的人并不是软弱的人。我觉得假如那里有光的话……在抵达那道光之前，人生将发生改变。有关你的这篇报道迈出了很大的一步。我知道你讨厌催人泪下的煽情之举，可我还是哭了。真希望有更多的人能够思考一下！"

在这位朋友的感想文之上，小岛还加上了自己的话：

"这个内容比什么都让我感到开心，我想一定要告诉为我写下这篇报道的各位。真的非常感谢！"

中途转院到横滨市立大学附属医院，做完唾液腺结石的摘除手术之后，我的身体状况瞬间得以恢复。第二天早上，我又立马开始了工作。大概在这个时候，对临终关怀进行报道的媒体人开始联络我。

其中一位是 NHK 制片人笠井清史（53 岁）。

他把临终关怀作为毕生事业，一直在持续进行采访。在读了拙著之后，他似乎想就安乐死和我交换一下意见。我们的第一次见面约在了 10 月 15 日，地点在新潮社大楼前，笠井特意从涩谷赶来了神乐坂。

我所认识的大多数媒体人在约见时都倾向于指定一个对他们自己而言方便的地点，而笠井似乎优先考虑的是不造成我的负担。

他的目标是再次在日本正面报道安乐死问题。据说自从 2000 年在"NHK 特别节目"中推出安乐死特辑之后，NHK 还没有在大型节目中深入探讨过这个问题。

我能够理解作为公共广播对安乐死进行报道所遇到的障碍之大。因为从 1990 年代后期至今，安乐死一直是日本医疗界的一个禁忌话题。

1995 年，日本做出了世界罕见的安乐死判决。事件发生在 1991 年的东海大学医学部附属医院，如前一章所述，正是摄影家幡野广志就诊的那家医院。时年 34 岁的一名医生被患者家属要求停止治疗。虽然起初医生没有答应，但由于患者家属一再诉说"不忍心再看到患者痛苦的样子"，医生最终给患者注射了肌肉松弛剂，致其死亡。这起事件作为日本首例由医生亲手实施的"安乐死事件"被广泛报道。

医生被判处有期徒刑 2 年，缓期执行 2 年。从案件发生到审判，他一直备受批评。因上一本书的采访，我曾去见过这位医生，发现他是在有关安乐死的法律制度和指导方针不明确的情况下涉足实施安乐死这一行为的。在患者死后，他单方面地接受了审判，这让我感到同情。

在横滨地方法院的判决当中，公布了允许安乐死的四个必要条件。

（1）有难以忍受的肉体痛苦。

（2）死亡不可避免，且死期迫在眉睫。

（3）为消除痛苦用尽了方法，且没有替代手段。

（4）患者本人明确表示希望安乐死。

这在当时是划时代的，即使从全球角度来看也是如此。既然这不是法律，那么必定是处于灰色地带的，但即便如此，只要满足这四个必要条件，就可以被视作不触犯刑法。

然而，此后医学界关于安乐死的讨论完全没有得到推进。其中一个原因是，在得知当事医生受到有罪判决的结果之后，一线医生们变得颓丧了。另一个原因可能是，缓和照护的进步使临终期的疼痛变得可控，安乐死的必要性也就逐渐减弱了。

参与"NHK 特别节目"和"NHK 现代特写节目"制作的笠井表示，他想制作一期节目，让观众思考何谓基于本人意愿的"有尊严的死"。

65 岁及以上的老龄人口超过 3500 万，护理人员及疗养设施不足等问题正不断涌现。在这样的背景之下，人们对临终关怀的关注度也越来越高。我感觉到，似乎不仅限于 NHK，各大媒体也都在为了考察以往不曾关注的"临终的理想状态"而进行相关题材的摸索。

听完我对各国安乐死的情况介绍之后，笠井表示如果可能的话，他还想报道一下瑞士的安乐死现场。我给了他一份《女性 Seven》的报道，想着或许能起到一点参考作用。第二天，笠井给我打来电话说想和小岛美奈取得联系。于是，我把笠井的意思转达给了小岛。

在与笠井见面后的第二天，也就是 10 月 16 日，我离开了日本。

刚抵达巴塞罗那，便立刻收到了小岛在 LINE 上发来的回复。

我一直担心宫下先生的病情，正准备在 LINE 上发信息问候，结果我不小心感冒了，在床上躺了一段时间。然而，在这种时候却先收到了您的联系，我真是很过意不去啊……听说您的身体已经康复，而且也回到了巴塞罗那，这真是再好不过的事情了。太好了！

NHK 特别节目和现代大特写是我非常喜欢的节目，自然毫不犹豫地愿意接受采访，但是在接受宫下先生及相关人员的采访之后，我的构音障碍变得更加严重了。事实上，现在的情况是别人都很难听懂我的话，或者说是我说话都很困难……所以，要从我的话里抓住要点是很难的哦。

对于安乐死以及多系统（萎缩症）的所思所想，我都写在了自己的博客里，请笠井先生先过目。如果之后他还想和我本人见面，那就有劳您安排了。最后祝您身体健康，事业有成！

小岛的文字里总是充满了对我的关心。然而，我想其实她并没有余裕去担心别人的病情或是道谢吧。我一边读着她的信息，一边感到有些尴尬。

我把小岛的联系方式告诉了笠井。

2

她说自己在博客中已整理出对生与死、多系统萎缩症以及安乐死的想法。在这里我试着选出一些与之相关的部分。

首先是对桥田寿贺子《请让我安乐死》一书的感想（发布日期2018 年 1 月 12 日）。

对这本书，我曾经产生过质疑。正如"如果想在给别人添麻烦之前死去，那么只有安乐死了"这段话所象征的那样，桥田在谈及自己死亡动机时举出了"给别人添麻烦"这一点。我的质疑就是针对这一姿态的。我认为这与始终将"死亡权"作为个人权利提出的欧美社会完全相反，实际上是一个具有日本社会特点的观念。

而小岛又是如何解读的呢？首先，她赞同桥田的意见，即"要求安乐死的当事人本人的意愿是最重要的"。尽管如此，她也表达了与桥田观点的微妙差异。

> 桥田女士还提议将"身为老年人"作为附带条件，但我认为更应该着眼于当事人是否希望安乐死，而不是仅限于老年人。
>
> 对于当事人的意愿确认问题，桥田女士提出希望在当事人没有认知方面问题的时候，由医生和律师为主要成员组成的团队来讨论安乐死的利弊。团队中还要包括社会工作者、心理咨询师等。
>
> 而我觉得准许安乐死会是一件困难重重的事情。
>
> 因为即使是由团队来进行当事人的意愿确认，一个人思想的核心毕竟还是只有当事人自己才会知道。

至于认为没有必要在意是否是老年人这一意见，小岛这样说道：

> 大约两年半前，当我被告知病情时，尽管没有被宣告余日不多，但我觉得自己已经被宣告了余生，即大致被告知今后的人生将会怎样发展。
>
> 桥田女士也已经过了九十，我想她对自己今后的时日也差不多有一定的心理准备了吧。
>
> 她和我对"余生"都没怎么抱有期望，这一点我们是共通的。也就是说，我们两人都没有把自己与死亡的距离预估得很

长。但就她在《TV TACKLE》① 中所言，我认为我们两人在对死亡这件事的温度和感受方面似乎存在差异。当然，这点我在这本书的某些部分中也感受到了。

小岛在此指出的桥田的言论，是桥田在同时期参加的一档讨论节目中的一段发言。据说在该节目中，北野武和"爆笑问题"② 的太田光等参加者阐述了对安乐死的各类见解。而在播放了一名要实际实施安乐死的外国患者的影像资料之后，桥田作了发言，大致意思如下。

"我希望能在自己不知情的状况下获得医疗处理。因为我知道吃了这个会死，或者打了这个（针）会死，所以不想自己下达指令。"

我们再次回来继续看小岛的博客。

我们试着将死亡这件事的温度假设为 100℃，那么由于患上了这个病，我现在能感觉到它在 80℃ 左右。然而，恐怕桥田女士最多只感觉到了 50℃ 吧……尽管这听起来似乎有些狂妄自大，但我确实有这种感觉。

居然想在自己不知情的状况下，让医生把能导致安乐死的致命剂量药物送入自己的体内……尽管自己在精神层面确实可能会轻松一些，但是这可能会把责任硬推给医生。

这样我也会担心遗属和医生之间可能会发生纠纷。

对我而言，痛苦和苦恼一定会来临。如果能消除或减轻这些，我不介意自己下达指令让药物进入体内。

---

① 即《北野武的 TV TACKLE》，是由朝日电视台制作的一档综艺节目。
② "爆笑问题"是日本的一个漫才组合。漫才类似中国的对口相声。

我觉得小岛和桥田对安乐死看法的不同之处在于，是按自己的意愿做决断，还是以他人的意愿做决断。只要是当事人的意愿，那么由此产生的痛苦和责任就应该由当事人自己来承担，想必这就是小岛的想法吧。值得关注的是，这一想法还考虑到了医生的立场。

　　桥田既想避开痛苦，又想避免临死的恐惧。我认为在她的想法里有种观念横亘在前，即为了不给别人添"麻烦"而希望死亡的观念。

　　　　判断麻烦与否的，归根结底还是当事人。

　　　　尽管桥田女士和我都把看护人作为这种情况下需要考虑的对象，但麻烦与否应该由看护人自己来判断吧。

　　　　说实话，我也不希望接受别人的照顾，比如帮我处理大小便、负责我的饮食等。

　　　　给别人添了麻烦，我感到很抱歉。

　　　　但是，我觉得麻烦与否毕竟不是患者能决定的事情。

　　　　作为接受看护的一方，我认为在接受别人帮助处理大小便的同时，有必要确认自己的感受，是否抱有即便如此也想要活下去的愿望。

　　日本人在生活中比其他任何一个民族都更在意对"麻烦"的想法。尽管这本身并不是什么坏事，但很难确切地了解周围人会在多大程度上感到被打扰。小岛能够在显现出这般理解的基础上思考安乐死的问题，实在令人惊讶。

　　那么，小岛所说的"确认自己的感受"究竟是什么呢？我想从下面的博客中应该可以窥见一隅。

【2018 年 6 月 4 日《通往死亡的岁月》】

正如这种疾病的症状各不相同，患者的想法也因人而异。我也不想用自己的想法去影响任何人，因为每个人都有各自的思维方式。

我认为，迎接死亡通常是需要一定时间的。而这个时间一般来说是一段不快乐的时期。当然，也有接受现实、与死亡对峙的当事人与周围人都平静地度过这一时光的情况。

但是，至少在迎来或大或小的平和期之前，想必都会经历一段纠结期吧。另外，诸如当场死亡或者像睡着一样咽气的这类死法，痛苦时间是短暂的。

我对其他疾病知之甚少，因此无法进行比较。然而，就我这个疾病而言，不快乐的时期过长。难道就可以轻易地将其划分为"没有生命危险"吗？

即使忍受痛苦，也只要生命尚在就好了吗？

【7 月 13 日《概括性标题》】

我看了各种各样的博客，无论哪一种都会刺激我内心的褶皱，或者说是喜怒哀乐。我读了很多顽症患者，尤其是相同疾病患者的博客。我觉得有一位患者的博客标题概括性地总结了这类疾病患者的人生。

《尽管身患脊髓小脑变性症，但我必须活下去》

距离我第一次看到这个标题，已经超过两年半时间了。当时，我的内心突然一下受到了强烈的震撼。

这并不意味着我同意它，而是因为无法认同，所以感到困窘。

但是，这就是现实吗？……

必须要活下去吗？……

6月4日的博客《通往死亡的岁月》反响似乎尤为不错，通过博客开始相互交流的脊髓损伤患者和顽症患者都纷纷在评论栏留言或是发来邮件。

其中有人说"是在一年后也好，是在第二天也罢，只要能从痛苦中解脱出来，我愿意和死神签订合同"，而另一方面，也有人说"即便是爬着也要活下去"。

【8月9日《胃造瘘管手术、气管切开手术与活着　第2篇》】

我既没有做胃造瘘管手术的打算，也没有做气切（气管切开）手术的打算。我不打算做。

对于"就算现在马上去死也没关系"这句话，咦，还是有点惧怕……

对于"即便是爬着也要活下去"的姿态，也感到惧怕……

无论是活下去还是死去，都让我叹息不已，可我不打算做胃造瘘术和气切手术，并且也已经向姐姐和姐夫传达了这个意思。

当我第一次被告知这个病的时候，不，是从我三十岁出头的时候开始，我和大姐每年新年按惯例都会就"万一我今年生病去世"的话题交流，我们两人的共同之处是都选择不维持生命、不举行公开葬礼。

随着医学的进步和顽症患者生活质量的提高，胃造瘘管手术不再仅用于延长生命。

从元旦开始就说这种话的中年姐妹，不由得让人觉得有些瘆人吧，但每年正月我们都会相互确认"万一的情况下"各自的意愿，确认之后若无其事地把年糕汤什么的一下子吃光。

因为不知道人生路上会发生什么……

无论是姐姐还是我自己都万万没想到，多系统这种顽症会降临在我身上。

人生啊真是让人捉摸不透。

三天后，小岛毫不掩饰地开始写下安乐死这一选择。

【8月12日《胃造瘘管手术、气管切开手术与活着　最终篇》】

我一直在尽自己的努力站稳脚跟，想办法让安乐死成为可能。虽说想要站稳脚跟，可我连踩实软土的脚力都没有，所以辛苦是显而易见的。

我摇摇晃晃地已经没法正常站立了。我原本考虑也谈一谈安乐死，但又想着要不等眼看快要打好基础的时候再来写。

总之，我担心时间不够了，这种焦虑感时常萦绕心头……尽管对自己身体的各个部位日渐虚弱感到惊愕，但我对安乐死倾注了很大的兴趣。（略）我已经很饱了。也许有人会说我缺乏生命力，但我的人生之胃已经满到快要撑破了。以前我曾在文章中写过人生的波动幅度很大，因为不管是好事还是坏事都是一下子突然来临的。

我就不详细描述了，只是一直尽吃些油腻重口的食物，可能有点儿腻烦。（略）尽管也有人认为还有很多可以做的事情，但归根结底，还是要日复一日地不断做减法。这也做不了了，那也不做了……从过去能做的事情里不断地被减掉做不到的事情。不断做减法的日子是很凄惨的。

因为只要继续做减法下去，无论如何都会不断地减少……

9月16日，也就是我第一次见到小岛的四天前，她以更加积极的姿态写了一篇希望安乐死的文章。

【9月16日《安乐死的时机　凡事，时机都很重要①》】

凡事都有"就是现在"这样一个时机。在很多情况下，时机会先于内容等决定成败结果。

其实，由于我想成为实施安乐死的对象，所以用英文发邮件咨询了瑞士的某个机构能否让我注册。然而，我并没有收到回信，甚至不知道对方是否读过我的邮件。

于是我便独自解释道，让我注册也是要看时机的啊。

【9月19日《安乐死的时机②》】

从患上这个病之前的相当早的时候开始，我就对安乐死这一话题特别感兴趣。总的来说，我对安乐死可能还是持有积极的看法。

换句话说，我从很早以前开始就支持安乐死。后来得了这个病，便越发赞成安乐死了。

不过，我觉得有人反对安乐死也是很正常的事情。另外，还有人哪边都不站，处于无法判断的立场，这也是理所当然的。

由于患上了在目前看来还不可能治愈的多系统疾病，我被迫过着极其不方便的生活。哪里也不去，只是每天都望着窗外的景色。

腿、胳膊、脖子、腰等几乎全身都有疼痛感。通过说话与人沟通的这种交流方式对我而言很困难，舌头发硬、说话不利索的状态几乎到了晚期，我变得非常沉默寡言。当我试图抓住某样东西的时候，又会让好不容易抓到的东西飞走，敲键盘的时候也满是错字或假名文字转换错误，手指僵硬得动不了……没办法，花了不少时间。（略）

（就这样维持现状吧，我不希望迎接早上的到来……）

我有一种想给现实画上句号的倾向。

但另一方面，也存在这样一些人，对吧？他们即便和我患上了同样的疾病，或者尽管种类不同但也患有严重的顽症，在病情进一步恶化的极度痛苦中仍不放弃"活着"的信念。我并不是从哪种更为正确的角度来看待这些，而是认为二者的存在都是很自然的事情。

我自己对"活着"这件事绝非要放弃。

只是，自己一边忍受重重苦痛，一边还要让周围人受累，我真的无论如何都没能找出这样活着的意义。

她并非放弃生存而后选择安乐死，而是谈到自己虽背负种种痛苦却依然直面生活。只是在此基础上，她没能找出活着的意义。在我看来，这两者之间存在着很大的区别。

3

我想简单提一下自己在欧洲生活的理由。

自从20多岁时在西班牙完成研究生学业并在当地报社担任记者以来，我一直以法国南部和巴塞罗那为据点开展工作。成为自由职业者之后，我对工作不再挑三拣四，日本出版社和报社的需求也自然而然地变成了报道英语、西班牙语、法语圈的各类事件。我现在还留在欧洲也是为了工作。不过，可以说即使从个人生活的角度考虑，我也已经习惯了在地中海气候下的生活。

这一时期，在法国，有 28 万名"gilets jaunes"（黄马甲）在各地积极展开游行活动，以抗议总统马克龙在油价飙升的情况下强制提高燃油税的决定。在法国也有据点的我被困在了从巴塞罗那到法国边境小镇勒布尔的高速公路上。为了争取个人的权利，即使给社会添麻烦，也要斗争到底的精神在这个国家根深蒂固。

而在邻国西班牙，对于将实行独裁政权的佛朗哥总统的遗体从坟墓中挖出并迁移的政令，再次展开了抗议运动。我曾前往做过一次采访，但对不惜挖出遗体也要让死者赎罪的现政权工人社会党确实感到疑惑。

在欧美的生活也超过了 25 年，我对社会产生疑问的瞬间越来越多。我是否正在慢慢地回归自己的原点？祖国和故乡真是令人不可思议的存在。在与小岛不断进行交流的过程中，我开始更深入地思考日本人的生死观。

话说回来，小岛同意接受 NHK 采访的 LINE 还有后续。在我上面提到的信息发来约一个小时之后，她又给我发了另一条消息。

不好意思，因为私事冒昧打扰。我上周三往 LIFE CIRCLE 的账户里汇入了注册金。在见到宫下先生大约两天后，我收到了回信。尽管必须要做的事情我都做了，但对见到宫下先生两天后收到回信这点，我还是不禁感到惊讶。

该不会是您帮我说了情？……我还有不到一个月的时间就要出院了，正在考虑是否要在出院之后便前往瑞士……

小岛似乎很高兴在我们见面两天后收到了来自 LIFE CIRCLE 的回复。对她来说，来自总部的邮件就像是一束阳光照进来了的感觉吧。在这一阶段，她只是完成了会员注册费 50 瑞士法郎（约 5700 日元，1 瑞士法郎＝113 日元）①的转账程序，还没有支付协助自杀相关的各项费用。小岛似乎以为我"帮她说了情"。这种误解还是必须避免的，我完全没有对 LIFE CIRCLE 那边作过任何介绍。

小岛如今正试图选择安乐死这一选项。即使不能实现，对 NHK 的笠井来说，她看上去也应该成为贴身跟踪采访拍摄的对象。我对这一点也持相同看法。

从这个时候起，小岛、笠井和我三人便开始通过各种方式保持联系。虽说如此，但这么做的目的并不是实现患者的愿望。作为采访小岛的一方，我们很清楚自己的立场。就我而言，由于已经离开了日本，所以无法直接对小岛进行采访，只得通过笠井的联络，不断确认小岛的动向。

笠井似乎多次往返于东京和新潟之间。他推着轮椅带小岛去了水族馆，还通过国际电话告诉我小岛很开心。

据说小岛对接受采访一事曾有过犹豫，也与笠井发生过冲突。

小岛在博客中写道："在从看水獭（笔者注：参观水族馆）回来的路上，顺便去了趟超市，买了两罐碳酸酒②和开心果。因为我不得不说些难以启齿之事，所以决定借助酒劲。（略）在病房的桌子上，我和制片人（笠井先生）一起喝了酒。"

所谓"难以启齿之事"，就是小岛想要谢绝采访。然而，笠井也不可能就此退缩。于是，在两人对话的过程中双方各执己见。最终，两人正单手拿着碳酸酒激烈讨论的场景被护士发现，医院方面严厉

---

① 折合人民币 300 余元。
② 碳酸酒是以日本烧酒为底酒，兑入苏打水（碳酸水）后调制的鸡尾酒。

地训斥了两人一顿。

关于这件事，小岛在博客中写道："尽管为了以防万一，我找了乍一看很像果汁的那种酒，（略）但罐上写着商品名'微醺'[①]。"这段经历就像是在修学旅行中被发现违反校规，然后受到老师责备似的。小岛和笠井之间即将诞生一种类似战友般的关系，这点从博客中也可以窥见。

我觉得所谓电视纪录片，说得极端一点，就是把每一个场景的画面连在一起制作而成的东西。而这些画面的连接方式，也就是结构和剪辑，流露出制作者的意图。然而，我认为最为重要的可以说是画面所具有的强大力量。不言而喻，强有力的画面有时本身富有意义，存在偏离制作方本意的风险。

由于我有时会担任电视台国外外景拍摄的协调人，所以也了解如果仅仅停留在采访者和被采访者的关系上，就只能拍到一些司空见惯的画面。

为了打开对方的心扉，倾听对方自然的声音，采访者与被采访者之间有必要建立一种特别的关系。可以说是让对方感觉不到自己在接受采访的那种关系吧。这不仅限于电视采访，在拍摄影像时，被采访者的态度也会清晰地反映在电视画面上。

为了获取小岛的信任，笠井不惜花费大量时间和精力。在我看来，他似乎是在采访者所能做的极限边缘拼搏。每次通过国际电话听说小岛的情况时，我都变得想要尽可能地去帮助笠井。

安乐死这个题材本来就非常难处理。如果在报道方式上没有把握好平衡，则有可能引发意外的事态。我和笠井就如何进行慎重报道的问题进行了多次讨论。

---

① 该品牌是三得利旗下的低度酒精饮料，在中国的正式注册商品名是"和乐怡"。

在对安乐死的看法上，我们之间存在分歧。然而，我开始渐渐地认为，持有不同观点的人追逐同一主题能够为日本的观众和读者提供很多东西。

事实上，在这一时期，承接 NHK-BS 节目的另一家电视制作公司也委托我协调 LIFE CIRCLE 的采访事宜。

这档节目计划在 BS 频道播出，打算访问安乐死的执行医生普莱西柯，以报道国内外患者希望走向死亡是出于怎样的想法。

为此，在临时回国期间，我多次与负责节目的制片人长友祐介等人见面并讨论节目策划。该节目的播出时间只有 10 分钟，对于要播放安乐死的瞬间来说太过短暂。如前所述，过于强烈的画面有时也会存在偏离制作方本意的风险。

于是我们最终得出结论："把拍摄焦点放在以普莱西柯医生为中心的患者和家属之间的纠葛故事上，而不是安乐死的瞬间。"

我跟普莱西柯预约了采访日程，定在了从 11 月 12 日开始的六天里。

与此同时，我也在为笠井的节目跟普莱西柯反复磋商。这个节目也是一样，相较于安乐死这一行为，更希望追寻小岛思想变化的轨迹。另一方面，在我没有与小岛进行直接交流的三周时间里，她似乎与 LIFE CIRCLE 取得了多次联系。当然，详细情况我并不了解。

然后，事态开始朝着意想不到的方向发展了。

4

事态开始发生转变是在 11 月 8 日。这一天，普莱西柯通过邮件把她和小岛的通信内容发给了我。我不明白她的意图是什么。

这边在 3 月之前都没有空隙，因此无法执行您的协助自杀。由于无法执行，所以请试试 DIGNITAS 或者 EX International。

　　　注册费这块尚未支付，我再等等，因为有时需要两周以上时间。我们将向您发送指引，但请您理解在 3 月之前很难执行。

　　　　　　　　　　　　　　（以下来自普莱西柯的邮件均为拙译）

　　后来我问大姐惠子，她说："好不容易收到了艾丽卡（·普莱西柯）医生的回复，但回答是注册后要等几个月的时间，为此我妹妹有点失落。"因此，小岛在给普莱西柯的回复中好像大致表达了"不知道自己的精神状态可否维持到明年 3 月"之类的意思。

　　LIFE CIRCLE 的做法并不是在会员完成注册之后由机构给出日程方面的建议，而是患者在注册成为会员之后再次告知自己的病情，由普莱西柯根据病情的严重程度给予回复。

　　邮件中说"3 月之前都没有空隙"，但这并不意味着到了 3 月就可以进行协助自杀，而只是说"让我们 3 月以后再讨论吧"。不用说，对于小岛的事连机构审查都还没进行。

　　普莱西柯所说的 DIGNITAS 是之前介绍过的瑞士的一个协助自杀机构。EX International 是另一个协助自杀机构，总部设在瑞士中西部的伯尔尼，会员数比 LIFE CIRCLE 略少，其官方网站只有德文版。

　　小岛看到这封让她期待落空的邮件之后，可能是受到了太大的打击，于是联系了我。西班牙时间正午之前，我打开手机，发现小岛发来一条 LINE 消息。这是她时隔近一个月再次与我联系。

　　关于 LIFE CIRCLE 我有点问题想请教您，同时也想告诉您一些事情，尽管我知道您很忙，但请给我一点时间。

　　我发邮件给 LIFE CIRCLE 告知希望安乐死的时间，"一个月之后"果然还是太早了是吧?(略)但对方回信说 3 月之前没法帮助我……也就是说,在明年 3 月之前都不能给我实施安乐死。或许只要对方能帮着实施就很好了,但作为我来说感觉明年 3 月太晚了。

用英语进行交流、收发邮件还是不方便。我深深体会到自己的想法不能立刻用语言写出来是非常不方便的。

这是一篇让人感到焦虑和不安的文章。在给我发 LINE 消息的同时,小岛似乎还用英文给普莱西柯发送了如下邮件。

在这个国家,生的自由是有的,但死的自由很不方便。贵机构对像我这样的人来说是非常重要的存在。(略)我通过日本的大银行汇去了 50 瑞士法郎。我的家人们都赞成安乐死。这个病情发展得很快,需要紧急处理。我几乎卧床不起,也不太能发声说话。因此,我想在贵机构完成安乐死。

就在我考虑怎样联系小岛的时候,再次收到了普莱西柯发给小岛并 BCC(一种将邮件内容与多人进行信息共享的功能。但是,邮件的收件人〔在这种情况下是小岛〕并不知道还有其他收件人)发送给我的邮件。也就是说,普莱西柯把写给小岛的邮件也同我进行了信息共享。

能否请您考虑一下如下建议?

如果情况紧急的话,您可否在宫下洋一的采访日,即下周四(11 月 15 日)过来?届时,可否让他采访我们的体检面谈和协助自杀的部分内容?这样的话,11 月 13 日下午您可以到瑞士吗？我还没有拿到您的报告。您是否已寄出医疗报告（医生诊断书）和个人信函？出生资料稍后将请您面交给我们。另一个候选日期是 12 月 1 日，但也许这个的可能性较低。

我吓了一跳，然后脑子一片混乱。13 日仅仅是 5 天之后。普莱西柯说是让小岛寄个人信函，可听说他们连小岛的病历等都还没有进行正式审查。尽管如此，可为什么事情进展得这么快呢？

普莱西柯的邮件里写着我的名字。可以理解为，协助自杀的日期是为我的采访而设定的。如此一来，让小岛死期提前的，就成了我这个记者了。

最重要的是，普莱西柯误解了我的意思。在和长友一起做的采访当中，我拜托普莱西柯的内容既不是要拍摄小岛的纪录片，也不是要现场采访协助自杀，而是想拍摄来瑞士的其他各国患者的内心纠葛。

我觉得她是不是把长友的节目和笠井的节目弄混了？可即便如此，为了我们的采访而把小岛的协助自杀提前到一周后，这也太荒唐了。

我立刻联系了笠井，他也动摇了，声音颤抖着。

"啊?! 下周？真是难以置信！不管怎么说，这也太快了!"

比起我们这些采访者，小岛本人应该是最吃惊的吧。小岛恐怕会认为 13 日已经来不及了，所以会拜托定在另一个候选日 12 月 1 日吧。

小岛应该回复了这封邮件，而针对小岛的回信，普莱西柯在 11 月 10 日进行了回复。我也都通过 BCC 的方式收到了这些邮件。

美奈女士，虽然 12 月 1 日星期六不行，但是 11 月 28 日星期四没问题。因此，11 月 26 日星期二的傍晚请到巴塞尔。

您觉得这样行吗？这是我们唯一的可能。

下面是小岛发给普莱西柯的邮件（11 月 12 日，原文为英文）。

谢谢您的回复。感谢您答应了我急切的请求。我可以在 26 日进入巴塞尔，28 日接受安乐死。谢谢您的多次回复。这样的话，28 日我就可以死去了对吧。谢谢您。

两小时后，普莱西柯给小岛的答复如下。

当然没问题啦。11 月 26 日到达，可以在 28 日死亡。由科琳娜·波恩（秘书）检查现有资料和缺少材料。医疗报告已经寄出了吗？这个必须提交给别的医生。护照复印件和出生证也可以在 28 日以后提交。

想必小岛看到这封邮件之后大大地松了一口气吧。我后来从惠子那里听说了当时小岛的情况。这是在去探病时发生的一幕。
"（回信）来了！说是 11 月 28 日。"
看到小岛若无其事地说着，惠子不禁有些不知所措。小岛还说道：
"即使这样，我也已经回信跟医生说了可以。因为要是再过段时间的话，我的身体也可能就动不了了，而且一旦拒绝，下次都不知道要等到什么时候了吧。"

5

11 月 12 日，我离开巴塞罗那，降落在瑞士的巴塞尔。横跨三个国家的巴塞尔-米卢斯-弗赖堡欧洲机场很麻烦，如果弄错出口，入境地就会不一样。要是弄错了而从法国那边出去，就无法进入瑞士——因为有铁栅栏，无法从中穿过。不过，我已经习惯了。

早到约两小时的长友此时正在瑞士出口处的咖啡馆里用着电脑。他不但没有露出什么疲惫的表情，反倒是看上去有股要从这里开始打起精神准备采访的干劲。

我们乘上巴士，从机场前往市区，大约 20 分钟到达中央车站。穿过卡嫩费尔德公园，进入斯帕伦林大街后，我探头看向右手边的小道。因为在我第一次来到巴塞尔的隆冬时节，曾经见证过协助自杀的旧设施就在那里。

从中央车站开始乘坐有轨电车。也许是因为这个国家很富裕，即使不买票上车，大概也不会有人来验票。

走在街上会发现有专门做奶酪火锅的餐馆、高级手表店、雪茄专卖店等，洋溢着名流众多的城市所特有的那种氛围。

从位于马尔克特广场的市政厅出发，慢慢地走在莱茵河上的莱茵中桥上。桥头有一家酒店。这次首先要进行的是将在 NHK-BS 频道播出的纪录片的采访工作。

跟普莱西柯约定的会面地点是市内的一家餐厅。先行到达的我们在等待时，远远地看见她拖着行李箱走过来。我问了句"刚旅行回来？"，她给了一个令人出乎意料的回答。

"是从医院回来。我住院了。因为有点疲劳，所以打了点滴。"

她似乎不想谈论自己的病情，我也没怎么追问。她看上去还挺精神，能提着行李箱从医院出来，所以我觉得应该没必要那么担心。

普莱西柯不紧不慢地谈论着和长友的采访安排。

我事先发邮件告诉过她："这次（和长友的）采访，请绝对不要提美奈的事。"正如我之前所说的，普莱西柯肯定是把 NHK-BS 长友的纪录片和NHK笠井对小岛美奈的贴身跟踪采访混为一谈了。本来就都是NHK的采访，而且我也都参与了，所以大忙人普莱西柯弄混了也是情理之中的事。

在这次采访中，一旦开始谈论小岛美奈的事，整个采访安排也会跟着乱了。另外，小岛美奈的话题将成为首个被公开的日本人安乐死案例，我们想避免消息在这个时间点扩散出去。

普莱西柯向我承诺："我知道了，洋一。我不会谈论这个的。"然而，在采访的间隙，有一点我必须要确认。

"之所以把美奈的协助自杀日提前，是为了我吗？"

她的眼睛在那一瞬间惊讶地抽动了一下，然后她很有礼貌地回答道：

"我知道你在意这个问题，但不用担心啊，因为这完全是我和美奈之间的约定。之所以突然提早时间是由于原本安排的患者去世了，于是就有了一个空缺。所以，没关系的啦！"

听到她这么一说，我就放心了。万一她说"是为了你"的话，估计我立刻就会中止采访。因为我自认为曾多次向她说明自己不应该介入此事。

我决定在这六天里专注于长友交给我的工作。

拍摄想要挑战安乐死的患者们的内心纠葛，这是我们的目的。有很多希望安乐死的人从日本给我发来邮件，只要看看他们的邮件内容就会知道，不少人误以为在瑞士等待他们的是"安乐的死亡"。然而，实际上来到瑞士的患者也有着各种各样的内心纠葛，还有患者因不确定安乐死是否真的合适而犹豫不决。

我们希望通过展示这些心理活动，让日本观众也了解到安乐死的真实情况。这个方向是正确的，其中不存在任何谎言。但是，我始终心情复杂，好像自己对长友隐瞒了什么似的。

——长友先生，其实，可能很快就会出现第一个安乐死的日本人。

长友在短时间内去了协助自杀的机构，录制了对普莱西柯的长篇采访，并亲自躺在床上尝试了模拟体验安乐死。此外，他还去到一位希望接受协助自杀的多发性硬化症女性患者家中拜访，并坚持每天对瑞士人进行街头采访。

在 LIFE CIRCLE 里，包括普莱西柯在内的三名医生每周都会进行两次协助自杀的工作。如前所述，每年有约 80 名患者离世。也许有人存在误解，认为只要注册成为会员并成功到达巴塞尔，就能实现安乐死。但是，其实在最终面谈时，也存在协助自杀请求被拒绝的情况。

这次，在采访中我碰巧遇到了这样的场面。

一位德国女性在丈夫的陪伴下来到了瑞士，并在协助自杀的前一天与普莱西柯进行了面谈。

该患者不仅患有事前向 LIFE CIRCLE 申请时所述的心脏疾病，现在已经明确她还患有抑郁症，并且没有进行治疗。

而患者的孩子几天前也曾给普莱西柯打来电话：

"我母亲不应该死。医生，请您想办法阻止她。"

经过面谈，医生认为不能结束患者的生命。不对仍有生存机会的患者实施协助自杀，这是普莱西柯的原则。

机构在检查诊断书和协助自杀动机书之后，会决定一个预约日期，并将患者叫到巴塞尔来。也就是说，没有被召唤的患者原本就不具备接受协助自杀的条件。

我原来也一直认为，只要能走到来瑞士和普莱西柯面谈这一阶段，就一定能获得协助自杀。然而，事实并非如此。

长友想要制作的作品方向已经确定下来了，即并不是每个人都能轻易地希求安乐死。想要的节目素材几乎全部都齐了。

新年后的 1 月 20 日，NHK-BS1 频道的纪实节目《地球写实》中播出了《直面生死：一位瑞士医生的内心纠葛》。尽管这是一部 10 分钟的短纪录片，但情节的发展想必从正面意义上背离了观众的想象。该节目似乎大受好评，长友在电话里高兴地说："我们也看到了将安乐死作为长篇节目来制作的可能性。"

6

在瑞士逗留期间，我与一位名叫臼井贵纪的日本女性安排了见面。

这一切始于我在 11 月初收到的一封电子邮件。据说臼井在大型 IT 企业工作了四年半，并于 2018 年 10 月独立出来，今后打算开创新事业。她发邮件给我是想商谈开发一款应用程序，在日本人最后的日子里为他们提供支持。这个中介业务的内容还包括安乐死，应用程序也打算取名为"入殓师"。

以前我也收到过旅居国外者发来的电子邮件，大致意思是希望为日本人的安乐死提供支持。对方说想开拓日本人不擅长的英语翻译业务，在向瑞士提交申请的过程中提供帮助，并问我这方面业务是否有需求。那封邮件内容很笼统，所以我没有回复。但臼井的邮件里附上了一份更加具体的业务提案。

只需通过回答 15 个问题，你就能知道自己理想的生命终结方式，并能够轻松地做好准备以迎接生命的终点。

根据每位用户的年龄、健康状况、期望的生命终点（A～C），提供最佳的解决方案和实际操作。

选项 A 是"哪怕只有1%的机会，也想延长生命"，B 是"想在没有痛苦的情况下迎接生命的终点"，C 是"想立刻就能轻松下来"。该提案以这类从患者视角出发的选项开始摸索具体对策。而且，这些解决方案不仅限于国内，还可以根据需要提供在瑞士机构的注册服务及出国援助等。

该提案的设想是：根据患者所处的环境和本人的意愿，是安乐死、尊严死或是缓和照护等，由应用程序导出终末期的最佳方案。这也被描述为"帮助人们在不给周围人添麻烦的情况下迎接死亡"。这实在是一个非常现代和高效的创意。

臼井给我和普莱西柯分别发了电子邮件以讨论这项业务。她好像从普莱西柯那里听说了我即将去巴塞尔采访的事。根据我的经验，普莱西柯有个非恶意地共享信息的习惯。

总之，臼井的电子邮件给我的印象是非常积极的，因为她说自己可以去任何地方。

"就我个人而言，尽管安乐死本身的对错问题还有待商榷，但是我认为目前安乐死应该作为选项之一。如果您愿意和我见面，那么无论是在日本、西班牙或者瑞士都可以……"

虽然我认可臼井极为热情的态度，但也预料到长友的工作会让自己抽不出时间，而且更重要的是我担心这会让普莱西柯的脑子更加混乱。

另外，我无法接受用应用程序来简化人的最后时刻并将其与商业联系起来。说起来对于 IT 行业的工作，我本来就帮不上忙。

我向臼井表达了自己没法积极回应她提案的意思，然后在收到第一封邮件的三天后，臼井回复我说："您太以自我为中心了。"然而，又过了三天，她说自己"将在 15 日与艾丽卡医生见面"，并告诉我她决定飞往瑞士。

如果普莱西柯做出了这样的判断，那这就不是我该掺和的事情了。我觉得她们两个人能推进业务发展和开发工作就行了。

　　在与长友的采访过程中，普莱西柯问我："（臼井）贵纪说要来，让她和我们一起去看看采访现场怎么样？"半信半疑的我回答说："我对她的事业没什么好印象。"普莱西柯一脸疑惑地看着我。

　　"为什么呢？我倒是觉得她的想法挺有意思的。我想一定要和她谈谈。"

　　正当我和长友在协助自杀的设施内进行拍摄时，臼井到了。

　　她身穿淡蓝色毛衣、黑色牛仔短裤和深蓝色长款羽绒外套，一看就是个活泼的女性。

　　为避免打扰我们的拍摄，她坐在最里面的座位上看着，并在普莱西柯的采访过程中认真地做着笔记。拍摄结束后，普莱西柯开车把我和长友送到了最近的车站，然后直接折回去见等了很久的臼井。我不知道她们进行了怎样的对话。

　　第二天，由于我忙于和长友一起做的采访，所以没和臼井见面。听说她为了推进业务交流，也约好了和一起运营 LIFE CIRCLE 的普莱西柯的哥哥见面。最终，我们再次见面是在第三天的 17 日。

　　臼井赶到我和长友入住的莱茵河畔的酒店，和我们一起边吃早餐边谈。我直截了当地问臼井：

　　"贵纪女士构想的事业很有意思，是要作为生意来经营吗？"

　　"是的。"她精神抖擞地回答道。我对她那有气势的声音抱有好感，但一想到她接下来要开始的事业性质，又觉得别扭。

　　"艾丽卡医生说我的想法很有趣。我给她看了英文版的'入殓师'，她说觉得非常好，并表示会支持我。"

　　长友和我相互对视了一下。对于将安乐死作为商业的一环，长友似乎也无法掩饰他的困惑。

臼井接着一一列举了安乐死中介业务的具体方案。

　　"必要的流程是固定的。从医生那里获得的同意书、LIFE CIRCLE 的入会和资料的填写、出国准备等等，这些流程我都想代为办理。如果算上前往瑞士的花销，费用本来就很高了。这样想来，我就希望确认一点：这边收取手续费的话是否有可能作为生意来经营。

　　"另一点是，我想既然要从事与人的死亡相关的工作，就不能不与要送客户去的地方（LIFE CIRCLE）建立关系，于是就来见艾丽卡医生了。"

　　我一边看着正条理清晰地作解释的臼井，一边在想这位女性有着我所没有的商业嗅觉。我感到惊讶的是，尽管同样以安乐死为对象，但我们所动的脑筋却完全不同。

　　臼井的这种心态是怎么来的？听说她之所以想到从事与死亡相关的生意，和她最喜欢的祖父之死有关。每次去父亲老家，臼井就一定会和祖父下象棋，爷孙俩就是这般关系。和被社会上的条条框框束缚住的父母不同，祖父非常支持臼井去挑战，并对她的一切表示赞扬。

　　几年前，看到祖父在 93 岁时去世的情景，臼井直面了人的死亡。在医院去世的祖父衰老得厉害，已经到了即使有人和他搭话，手指也几乎不能动的状态。甚至到了不知道自己是否在痛苦的地步。在祖父面前的时候，臼井脑海中不断闪过"人活着意味着什么""假如父母被插管，而我受托判断是否要继续这样插着，那我会怎么做呢""爷爷自己会想要怎么办呢"等等想法。

　　臼井想把从祖父的死中涌起的感情转化成有用的东西。不是为自己，而是为别人。

　　"贵纪女士……"

长友把刀叉放在桌上喃喃自语。

"尽管这份热情很了不起，但通过帮助别人度过最后时刻来赚钱这种想法，我觉得不对。"

这是我们两人一致的意见。我和长友分别表达了各自的想法。

"我觉得贵纪女士做这些会让想来这里的患者高兴。但是，即使帮助这些患者是善意的，可最终将人的死和钱挂钩是不道德的。不过，如果是无偿进行的话，那就另当别论了。"

"比起这个还有更值得关注的问题，日本有 1000 万人可能会孤独死，这些人的尸体在死后好几个月才会被发现。我们应该关注防止这种情况发生的社会纽带，这样才是为日本着想。"

当我最后抛出"基本前提是你的生意可能会构成犯罪"这句话时，贵纪说道：

"的确，我想做的事在日本恐怕会被认为是协助自杀，触犯刑法。所以，我正犹豫该怎么办，但我认为这对那些需要支持的人而言是非常有用的。"

能对人的最后时刻的决断做出贡献的事业对世界是有益的，她的这一信念似乎没有动摇。不过，关于这个事业的形式，她还很迷茫吧。我们彼此道别，相约下次再会。

7

与长友的采访接近尾声时，一种不安掠过我的脑海。

——被拒绝协助自杀的德国患者身上发生的事，是否也会在小岛美奈身上发生呢？

采访间隙，普莱西柯告诉我诊断书还没有送到瑞士，她甚至连小岛要逗留的酒店名都尚未听说。她和不会说英语的小岛之间在交流上似乎也存在问题，没有加深相互理解。不仅如此，据说从某个时间点开始小岛连邮件都不回了。

长友在拍摄协助自杀设施的内部装修时，普莱西柯在厨房对我说：

"洋一，到底怎么样了？我完全联系不上她。就算让她来巴塞尔看来也不行哦。只能祈祷她还没买机票。"

"关于这一点，我也不清楚。我想这不是我该干预的事。"

话音刚落，普莱西柯又补充了一句。

"可是，按照现在的情况什么都做不了。能不能帮我转告她至少不要去买票？"

如果小岛来到巴塞尔，面谈后最终被告知不能实施协助自杀，到时她会遭受怎样的打击呢？在此之前，我想先说明一下现状。

在和长友工作的休息时间里，我给笠井打了一通国际电话，传达了我的个人想法，包括机票的事情。

"小岛女士的协助自杀可能实现不了。虽然说不上原因，但我总觉得几率甚至不到 50%……"

我没能直接说出让小岛不要去瑞士。因为从一开始我就决定不干预小岛的判断。但是，我确实表达了对她不顾周围人反对执意要来瑞士的担忧。即使来到瑞士，也有可能无法实现安乐死。到那时她会如何行动？我根本不愿意去想。

11 月 17 日晚，结束与长友的工作回到巴塞罗那的我，决定给小岛发送以下这封电子邮件。

在那之后您过得怎么样？新潟应该已经开始变冷了吧。巴塞罗那今年总是下雨，很少用伞的我都不得不去买了把新伞。

到今天为止的这六天，我去了一趟巴塞尔，还见了艾丽卡医生。她有点担心您的情况，想最后确认您是否真的能在约定的日期来到巴塞尔以及机票情况如何。

笠井先生也很热心，多次从东京到新潟登门拜访。他对您那认真的眼神和态度，让人不得不敬佩。

您和您的姐妹们以及其他家人，真的都没问题吗？虽然我没有权利也没有义务左右您的决定，但是同样身为日本人，我有点挂虑。请您也要照顾好周围人的感受哦。

艾丽卡医生原本认为3月之前都很难安排，但现在距离她和您最终决定的日期已经很近了。之所以不能等到3月，应该不是因为肉体上的疼痛，而是精神上的痛苦吧？我无法体会您的痛苦，所以我想这一定是您苦恼了很久之后做出的决定。

此外，我还告诉小岛说，她来瑞士的时候我想去到现场。无论如何我都想送她到最后。

最后我补充道：

"您在前一天或当天放弃然后返回日本也是一种选择。当然，我不会说什么。请遵从您自己内心的声音。"

我已经向普莱西柯提出在小岛来瑞士时进行采访的要求并得到了许可。因为普莱西柯也希望通过继续实行协助自杀来向全世界的媒体发出呼吁。

"即使是为了让患者们迎来有尊严的死亡，我也不希望他们专程跑到瑞士来，而是唯愿各个国家都能允许协助自杀。"

她所做的事情确实是帮助各国无法得到救助的患者们，但其目的并不是增加协助自杀的人数，而是让每年的协助自杀人数保持在一定水平的同时，旨在间接地将有关立法的讨论推广到世界各地。

姑且不论能否实现安乐死，我曾一度以为小岛正在稳步地推进赴瑞士之行的准备工作。然而，实际上问题却堆积如山。

8

小岛虽然精通韩语，但在英语的读写以及会话方面都存在不足。这一点给她带来了诸多方面的影响，从无法直接与普莱西柯取得联系到无法将动机书翻译成英文等等。尽管似乎可以通过互联网翻译服务等来应对一些问题，但还是有一定的局限性。

然而，我不能为她代办这些。

在过去的两年时间里，我一直和普莱西柯进行正面接触。她可以说是我上一本书的主人公，但我有时会在书中写一些批判性的话语，这一点她也是知道的。

尽管如此，她始终保持着"只要是洋一基于采访撰写的内容，我便不会说三道四"的态度。虽然由我自己来说好像有点不太合适，但我觉得我们之间已经建立起了一种特殊的信赖关系。

当她对联系 LIFE CIRCLE 的日本人抱有某种疑问时，便会发电子邮件问我。对这些日本人，她有时还会把我的联系方式提供给对方。

也就是说，"在和我商量之前，先联系一下记者宫下洋一怎么样？"为此，我已经不止一两次收到来自日本的直接咨询。

普莱西柯的行为本身只是为了节省时间。她是在利用我给不懂英语和德语的日本人提供 LIFE CIRCLE 的信息。为避免被误会，在此需要说明的是她并非通过我来安排或处理协助自杀的工作。

我不会为促使他人顺利实现安乐死提供帮助，这一点早已跟普莱西柯强调了多次。对小岛的事情也是如此，直到 11 月 8 日收到普莱西柯的第一封电子邮件，我都始终保持沉默。无论小岛的情况如何，我都不能掺和进去。只要她们两人沟通后决定能否实施就可以。事情应该就只是这样。

然而，有一条信息我确实提供给了普莱西柯，即小岛是否已经买好了去往瑞士的机票。

事情怎么会发展到这一步？这背后有着奇妙的缘由。

小岛在病房里不断地给 LIFE CIRCLE 发邮件说明自己的病情以及希望获得协助自杀的请求。然而，正如大家所见，由于这样单方面的联系持续了一段时间，她在发给我的电子邮件中表达了对没有收到回复的不满情绪。

之后，她收到了普莱西柯的回信，两人开始了交流，安乐死的日子定在了 11 月 28 日。

可是，从 15 日开始两人的交流就突然中断了。其中的缘由我至今都不清楚。据普莱西柯后来推测"可能是医院的互联网基础设施的问题"，或者可能是电子邮件服务器的问题。

普莱西柯给小岛发了好几封电子邮件，内容是"请回复是否真的能来"，但均未收到任何回复。

小岛这个人是不可能仅仅因为不懂英语就疏于回复的。

这样说起来，当回溯与小岛的邮件记录时，我也发现在 9 月 20 日，也就是我们在她决定接受《女性 Seven》的采访准备前往新潟的那天，她的电子邮件多次出现报错的迹象。难道是医院在管理患者的电子邮件？小岛自己后来也这样说道：

"我上网的年头还算长，使用电子邮件自然也很多年了，考虑到这么些年来还是第一次遇到这种事，所以也就想着'唉，算了吧'。"

如前所述，普莱西柯那边也对此抱有怀疑。

在此，我有两个选择。

完全不介入两人的对话。

虽然不干预两人的谈话内容，但只做"信鸽"式的中间人。

仅就结论而言，我选择了后者。

不可思议的是，小岛的邮件顺利发到了我这里，普莱西柯的邮件也到了我这。

小岛是否真的会因我不传递她们双方的信息而得救？她对安乐死的愿望极为强烈。我想如果能让她改变主意倒也罢了，但如果因邮件的不顺利而前功尽弃的话，那就太残酷了。虽然内心还是有些无法释然，但我说服自己，这一切都是服务器的问题，真没办法。

11 月 19 日，小岛在 LINE 上给我发了以下信息，作为对我两天前发给她的电子邮件的回复。

> 官下先生，不好意思在 LINE 上回复，还请见谅！谢谢您的邮件！我打算 11 月 25 日去巴塞尔，并通过旅行社安排包括机票及酒店等所有事宜。我把这个想法告诉了艾丽卡医生，但没有收到她的回复，不知道是不是因为我这边考虑不周。而就在我为此苦恼的这个时候，收到了您的邮件。昨天我收到邮件后立刻回复了您，但这没有反映在我电脑的发件箱里……所以我开始担心，想通过 LINE 确认一下……非常抱歉这似乎很不礼貌和执拗。如果对方已知晓我抵达瑞士的时间和入住的酒店，那么请您回复我一下好吗？拜托您了！

我通过电子邮件将这一信息告诉了普莱西柯，于是 21 日收到了她透着焦虑的回信。

> 美奈什么资料都没有送达到我这里来。所以，28 日的协助自杀是不可能的。在上一封邮件中我说了觉得现在过来还太早，

但没有收到她关于这一点的回复。在连医疗报告都没有的情况下是无法协助自杀的，何况我们手头上什么资料都没有。虽然原计划是 11 月 26 日会诊，但没有医疗报告的话是不行的。抱歉！

从这两人的文字中也可以看出，小岛已经决定前往瑞士，但普莱西柯这边没有收到任何消息。

虽然感到夹在她们中间很危险，但我还是把普莱西柯的回复转告了小岛。

早上好！抱歉这么久才联系您。

我收到了艾丽卡医生的电子邮件，说如果没有医疗报告则难以实施协助自杀。听说她之前发过一封邮件给您，大意是说"实施安乐死还为时尚早"。不知您是否回复了这封邮件？（略）

艾丽卡医生说 11 月 15 日以后完全没有收到过您的联络，是这样的吗？有没有可能是邮件没有送达？无论如何，请保持良好的沟通。

从目前的情况来看，28 日的协助恐怕很难实施。我只能告诉您这些了，还请谅解。

我担心这样下去的话，花费巨资的瑞士之行会白费。

然而，仅仅 40 分钟后，我收到了一封来自新潟的充满了不安的电子邮件。尽管读起来有点费劲，但由于它反映出了小岛被逼入绝境的精神状态，所以如下记载，完全保留原文。

感谢您特意通过邮件礼貌地回复我。

因为打字有点困难，所以我就直截了当一些。。。或者说是简单地……

　　① 果然是关于衣料（笔者注：应该是打算写"医疗"）报告的问题啊。

　　英文版这边已经准备好了，我的想法是不通过邮寄，而是去当地拜访的时候亲自交过去，这点您帮我跟对方说过了吗？

　　提前查阅事先邮寄过去的医疗报告是实施安乐死的绝对条件吗？由于日期临近，所以我想着亲自带过去会比邮寄更可靠。

　　② 28日提供协助好想狠南（应该是想写"好像很难"）吗？……听到这句话，我不禁非常失望地叹了叹气。

　　虽然我已经没有可用于叹气的肺活量了……

我决定只把邮件内容的第①部分告诉普莱西柯。于是，第二天我收到了一封来自巴塞尔的，少有地带着焦躁和尖刻的邮件。

　　如果没有要提交给理事会的资料，是无法确保有（进行协助自杀的）医生的。我手里只有患者的个人信函。她为什么想着要亲自把资料带来瑞士呢？她到底要住在哪家酒店？什么时候到？是苏黎世还是巴塞尔？真是麻烦！如果可以取消航班的话，还是待在家里比较好。我希望她还没有预约，希望她不要来。她以为我们能做什么?! 你说她要来。什么时候？住哪里？和谁一起？

我到底得掺和到什么地步？

截至 17 日，小岛已将酒店信息和行程发送至 LIFE CIRCLE。但估计邮件没有送达，所以医生认为这是不负责任的行为。我决定把小岛本应已经发送了的信息代发给普莱西柯。

9

在此之后，小岛和普莱西柯似乎又再次开始保持联系了。

11 月 24 日，也就是我代小岛发送了信息的两天后，普莱西柯给我发来了如下电子邮件。

一切都 OK，就等着美奈了。诊断的详情我今晚会发给你。电视拍摄方面也只要你来就 OK 了。

离预定的 28 日只有 4 天时间了，不知道为什么，问题一下子都得到了解决。

总之，这意味着和 LIFE CIRCLE 之间的手续暂时办完了。至于走到这一步之前到底发生了什么，估计小岛也没有掌握得很清楚。反正无论在瑞士会发生什么，她都下定决心要去，并迅速办理了出院手续。她告诉医院"要和姐妹们去夏威夷旅行，返程会去韩国入住熟人的养老院"。

15 日正式确定了日程，距离实际出发的日子只有 10 天时间。在此期间虽然出现过邮件问题，但她似乎只急于处理自己身边的各种事情。

LIFE CIRCLE 需要汇款 1 万瑞士法郎（约 113 万日元），但小岛行动不便，因而难以核实她本人身份。另外，近来为防止洗钱，境外汇款管控变得更加严格了。于是，小岛决定直接把现金带到瑞士。机票以及酒店等事宜她委托给了旅行社。

在这段时间里，小岛做了最后的告别。

首先，她邀请了高中时的挚友来病房。然后，虽未直接见面，但她给几位朋友寄去了书信。再者，她还和妹妹夫妇俩进行了痛苦的告别。

妹妹有纪对安乐死持反对态度，她曾对小岛说请不要这样决定。她现在住在旁边的省份，但她提出"打算近期回新潟，到时候一起生活"。有纪的丈夫一边给小岛看他手机上一位卧床不起却仍坚持创业的顽症男性的视频，一边鼓励小岛："姐姐也一定可以努力的。"

然而，小岛回答说："谢谢，心意领了，我非常感激你们。"并和妹妹夫妇俩道别。

11月23日，小岛也在从2016年8月开始持续了两年多的博客里向读者道别。她写了一篇短文，标题是《短暂休息前的问候，以及写给因被告知患有小脑萎缩而恐慌的人们》。

> 在医院已经住了半年多了，我想是时候搬到一个像疗养院的地方了……所以，为了这次转移我有点手忙脚乱。我将暂时离开。祝大家心情愉快……
> 只要有一人懂我就好　FINE THANK YOU. AND YOU?

小岛说自己将进入疗养生活。此前她也有过在住院或接受检查时暂停更新博客的情况。估计博友们以为她会像往常一样过段时间就回来吧。至于在"只要有一人懂我就好"这句话之后加上英文这一点，后面会讲到。

11月24日清晨，小岛从新潟的医院出院后，叫了一辆照护出租车前往新潟机场。惠子和贞子也同行。一路上，她一边透过车窗眺望外面，一边思索着。

新潟的海也是最后一次看了吧，这是不是故乡的最后一道风景了啊……

从新潟机场出发，经过大约一小时的车程，到达了成田机场，她们在那里住了一晚。

第二天早上，在国际航班的值机柜台，小岛被困住了。去程是190万日元的头等舱，但却没有返程的机票，这点让人觉得可疑。

于是，没有回国想法的小岛赶忙买了一张便宜的经济舱返程机票。

"我活了50年，一直拼命工作，然后把所有的积蓄都用在了这次赴死之旅上。想到这些，还真觉得有点可悲。"

她后来在瑞士的酒店房间里这样嘟囔着。

从成田机场起飞的航班延误了4个小时。仅仅是去一个未知的国家就让她们充满了不安。她们抱着希望有人能帮帮自己的想法出国了，离开了这个国家。我和NHK的笠井将在当地和她们会合。

尽管这是一次长达10个多小时的飞行，但头等舱很舒适，小岛说："我睡得很好，没什么问题。"与她同行的惠子和贞子也没有感觉到疲惫，更确切地说是她们内心充满了不安感以至于没有感受疲惫的闲暇。

实际上不可能再返回日本的小岛，在飞机上想了些什么呢？是感到孤独，还是因死亡之愿即将达成而松了一口气？

好不容易抵达苏黎世，可她们刚一下飞机又遇到了难关。问题出在为了离开日本而赶忙购入的那张返程机票。审查护照的警察对"2月"这一回国日期产生了疑问。护照上写着停留90天，并无不妥，但旁边的姐姐们的返程航班定在了6天后的12月1日。

坐在轮椅上的小岛将在瑞士的什么地方、和谁一起度过这些日子，警方对此十分好奇。

小岛感到为难，于是给他看了普莱西柯的电话号码。

三个人提心吊胆地看着警察和普莱西柯进行直接通话。几分钟后，那位警察露出了理解的表情，护照审查勉强通过了。后来我问普莱西柯时，她轻描淡写地回答道："我说是朋友来找我，没问题的。"

　　如果走错一步，等待小岛的可能是另一种命运。

　　一穿过到达口的门，她们便看到了一张熟悉的男性面孔。

　　"啊，笠井先生！"

　　惠子和贞子将这一刻的心境描述为"救护神在等着我们"。

第五章　最好的告别

1

11 月 25 日，小岛美奈一行从苏黎世机场乘坐出租车约一小时后，于深夜抵达巴塞尔的酒店。事先计划好的行程到此为止，她们也不知道明天事情会怎样发展。惠子和贞子感到非常不安。

然而，惠子注意到了一个变化。

"自从美奈来到瑞士之后就变得很有精神，或者应该说是很平静吧。"

贞子也对抵达酒店时小岛说的一句话印象深刻。

"啊，我或许不讨厌这种氛围。"

也许是心理作用，她的发音问题似乎也得到了改善。

因为没订到三人房，所以小岛和惠子同住一间，贞子住一人间。那天大家都很疲惫，一卸下行李就上床睡觉了。

第二天早上，惠子 6 点左右就醒了。窗外还很黑。小岛好像也醒了。惠子说她带小岛去了浴室。

当三人一起吃早餐时，住在附近酒店的 NHK 的笠井也出现并加入了她们的谈话。

实际上，即使到了这个阶段，小岛虽然表示允许摄像机在瑞士进行拍摄，但还没有同意播出。

小岛曾用半带挑衅的语气逼问道："你能制作节目？有那自信？"尽管笠井点了点头，但小岛并不信服。

小岛和笠井之间的关系这时已经越来越密切和深入了。但是，让对方采访自己的"最后时刻"是需要有精神准备的。笠井也并不想强行进行采访。

下午 4 点前，我抵达巴塞尔，在小岛下榻的酒店大堂与笠井会合。后来，计划实施安乐死的艾丽卡·普莱西柯来了，于是我介绍她和笠井相见。她不愿谈及自己与小岛之间曾经一度持续存在的交流问题。我们三个人走向小岛的房间时，普莱西柯小心地问笠井："是从我进入房间开始拍摄吗？"事先做好了准备工作的 NHK 摄影师从里面走出来，连商量的时间都没有就开始了采访。

对小岛来说，这是她期盼已久的与普莱西柯的会面。虽然她们看似平静地交谈着，但对了解走到这一步为止的混乱的我来说，心情很复杂。

诊断全程用英语进行，对小岛的病情及精神状态等做了详细的确认。其中最重要的是，小岛自身是否有"明确的意愿"，是否"意识清晰"。也有没能通过这个诊断的患者，大多数的情况是他们患有痴呆症或忧郁症。

诊断开始后，普莱西柯便坐在床边一直提问，眼睛不曾离开患者。她多次呼唤小岛"美奈，美奈"，小岛也目不转睛地认真地面向她。

按照我事先告诉两位的那样，以"不通过我的翻译，而由两人推进"为前提进行这次诊断。

"美奈，你为什么来瑞士？"

"嗯……要说我为什么来瑞士，是因为我想要安乐死。所以 I want，嗯……安乐死……euthanasia（安乐死）？"

两人的沟通比想象中还要困难。尽管如此，普莱西柯还是用非常认真的眼神询问语速缓慢的小岛。

"你是为了实现协助自杀而来到这里的，这样说对吗？"

小岛点了点头。严格来说，由于积极安乐死在瑞士是被禁止的，所以小岛一开始使用的"安乐死"（Euthanasia）一词是错误的。小岛必须使用"协助自杀"（Assisted Suicide）一词。但是，因为普莱西柯知道患者想说什么，所以没有重新问一遍。

"美奈，你为什么认为现在是时候死呢？"

"嗯……那是因为 MSA 这种疾病是进行性的，如果在日本等到不能动弹了的时候就死不了了。尽管我想这么回答，但有点难，没法用英语表达。"

小岛一边说着，一边看向我。姐姐们也做出同样的举动，露出一副向我求救的表情。然而，我始终保持着沉默。于是，普莱西柯也看向我说："洋一，能帮一下忙吗？"她好像终于感觉到了极限。

普莱西柯似乎在说，如果在这个阶段不能进行沟通，那么就没法谈下去了。我别无选择，只好去做中间人。

普莱西柯没有看我，而是一边注视着小岛，一边用英语问："能告诉我你得的是什么病吗？"我做了同声传译。我翻译了小岛的回答："嗯……我得的病是 MSA。"医生马上又重复了一遍这个病名，并问得更深入了一些。

"你为什么认为现在是选择死亡的时机呢？"

我进行同声传译之后，小岛"嗯"了一声，然后告知了自己的真实想法："因为这个病无法治愈，如果再恶化的话，我想我就没法来瑞士了。"小岛说话时也没有看我，而是凝视着普莱西柯的眼睛。

小岛继续谈到作为多系统萎缩症患者活着的艰辛，而普莱西柯则告诉了她协助自杀当天的安排等。

约一小时的诊断结束后，普莱西柯指示小岛从床上站起来并坐到轮椅上。她和惠子一起抬起小岛的身体并引导她到轮椅上。不过，最后普莱西柯停止了对小岛的协助，仿佛在说"你要一个人来完成"。坐了一会儿后，小岛试图自己站起来，但却猛地倒下了，背部重重地撞在了床头柜的一角上。普莱西柯急忙去帮了她，可小岛还是喊着"好痛，好痛"。虽然普莱西柯露出了苦笑，但似乎有些动摇。

就这样，普莱西柯目睹了多系统萎缩症的病情进展。不知道这是否也是诊断项目的一部分？

"对不起，对不起。"普莱西柯重复道。

在过去的一小时里，普莱西柯发现小岛的身体无法随心所欲地活动，而且因构音障碍连对话都很困难。她让小岛侧卧在床上，然后这样说道：

"如果我也得了你这样的病，会做出同样的决定。"

当听到这句话时，我认为一周前还在犹豫不决的普莱西柯现在对协助小岛自杀是持积极态度的。我当时还想，她那时的态度是怎样的呢？当真正面对患者时，心情有时会动摇，这是可以理解的，但作为判断安乐死的医生的态度，还是不免让人生疑。

普莱西柯还说过这样的话。

"如果你就这样回了日本，可能会无法再次来到这里了。在你的国家，是不能安乐死的。这样的忙我其实可以不用帮的，但真是太遗憾了。"

普莱西柯似乎因有紧急安排不能久留，诊断到此结束。不知道那些曾一度引发争执的缺失了的文件是否都齐了？小岛亲手递交了从日本主治医生那里拿到的英译诊断书，但医生只是快速浏览了一下就完事了。然而，关键的协助自杀的费用还没有支付。

关于这个问题，惠子开始用只言片语的英语进行解释。

"我从日本带了现金过来，这样可以吗？"

她手头准备了超过 100 万日元的现金，但没能进行兑换。仅在一周前，甚至连是否能实施协助自杀都还模棱两可。如前所述，除了忙于安排机票及酒店等之外，日本银行对海外汇款的更为严格的规定似乎也影响了费用的支付。

普莱西柯不打算接受现金，脸上露出了一副为难的表情。这其中除了协助自杀的费用之外，还包括要给验尸官和警方的调查费，以及给火葬场的费用。在未支付的情况下，甚至连 LIFE CIRCLE 的许可都批不下来。经过一番思考，她提出了一个解决方案。

"能不能在这边的银行兑换钱币呢？我会把这个情况告诉理事和会计，之后付款也行。"

由于此时我不太清楚惠子和贞子经历了怎样的困苦，所以感觉她们可能是准备不足，她们大概是抱着不管怎样，来了的话总会有办法的心态吧。当然，我认为普莱西柯也负有一定的责任，因为她把协助自杀的日期提前，并推荐了一个意料之外的时机。

不管怎样，考虑到一周前的情况，如今协助自杀的工作得以积极推进，甚至可以称得上是个奇迹。正因为前不久我刚见过在这个阶段被迫回国的患者，所以从某种意义上来说，现在给人一种"很幸运"的印象。

2

小岛好不容易结束了与普莱西柯的面谈。之后，我留在小岛房间里，询问她对两天后即将到来的协助自杀的想法。

有个问题我想在一开始就问。

"原定于3月进行的协助自杀提前到了11月28日，难道不能等到3月吗?"

"嗯，那个……"小岛靠在床后的墙壁上，只有下半身盖着被子，喃喃自语道。然后，她慢慢开始谈起困扰自己多年的死亡问题。

"艾丽卡医生刚才的话切中了要害，她说:'对你来说还太早了吧?'如果在日本可以安乐死的话，比如等我到了没法说话且全身无法动弹，卧床不起只能看着天花板的时候，我还可以请求帮助。不过，现状是在日本不能这么做。要判断我什么时候还有能力发出求助，这是很难的一件事。我有时会想现在是时机死去吗? 我会觉得现在选择死亡可能还有点早。"

她自己也觉得死期可能还早。只要有轮椅她就还能坐飞机，也能吃固体食物。与晚期患者不同，只要消除精神上的痛苦，她就应该可以活下去。但是，她使劲地说:

"我最怕的是为时已晚。"

我向小岛提出这个问题的背后原因，其实是想相信不选择安乐死而是"活下去"的可能性。另一方面，对于她所断言的"为时已晚"我的确无法反驳。假如错过了这次机会，她将过上怎样的生活，光是想象就令人痛苦。

然后，她问了我一个棘手的问题。

"宫下先生，如果到了卧床不起的那天，你会让比自己年长的人或是兄弟姐妹照顾吗?"

思考了几秒钟之后，我这样回答道:

"这个问题我怎么也找不到答案，只有等自己到了那一天才能知道。"

小岛仿佛看穿了这句话，立刻说道：

"只有到了那一天才能知道……这是一个理所当然的回答。让我们来试想一下吧。无论是惠子姐姐还是贞子姐姐，原本都不应该来照顾我，因为我比姐姐们更年轻。尽管惠子姐姐看起来还挺年轻的样子，但其实也已经超过 60 岁了。要这样的姐姐来照顾我，真是受不了啊。只要交钱也可以在养老院受到照顾，这个我也考虑过。

"不过，当然还是要看护或辅助的人帮忙，甚至是处理排泄物，帮换尿布。就算可以接受支付费用，但我想的是，到这种地步了，自己是否真的还想活下去？"

只有到了那一天才能知道。虽然这是我的回答，但我的想法是：只要能感受到哪怕是一点点微小的幸福，活着不就有了意义吗？如果身边的家人觉得可以接受的话，又有什么必要急着去死呢？这些随心所欲的想法在我的脑海中盘旋。

房间的床头柜上放着一本《光之人》（今井彰著，文艺春秋）。这是身为 NHK 制片人的作者以真实存在的人物为题材创作的小说，描写了与战后大量出生的战争孤儿共同生活的故事。

在以白色和米色为主色的房间里，这本书的黄色封面映入眼帘，从刚才开始，我就一直很在意它。于是，我决定问一下这本书的情况。

"这是我在成田机场买的。你是不是以为我看不了书了？我喜欢伊丽莎白·桑德斯之家这类话题的书籍。我曾经想过的活法是去拯救孤儿什么的，可以把自己的一生献给那些不幸的孩子们。但同时，我也想要自己的稳定生活。"

伊丽莎白·桑德斯之家是位于神奈川县大矶町的儿童福利院，在战后接收了驻日美军和日本女性所生，但由于种种原因被遗弃的孤儿们。该福利院得名于英国圣公会信徒伊丽莎白·桑德斯，是接受她的遗赠而建立起来的。

听说小岛在东京努力从事口译和笔译工作，并偶尔担任电视台的采访协调人。与此同时，她还憧憬着从事帮助家庭困难孩子的工作。事实上，就在她开始保育员相关学习时发现自己患病了。她所说的"奉献的同时也想要自己的稳定生活"，意思应该是，将帮助不幸儿童的想法作为人生意义和指针以丰富自己的后半生吧。

小岛敢于说出这样的话。我觉得她是一位非常坦诚的女性。

我们继续谈论有关书籍的话题。只要有"想读、想学"的想法，就还有活着的乐趣或者活着的意义吧，我这样随意地想象着。然而，我的想法又被小岛看穿了。

"你是不是认为有这些快乐就等同于能够活下去？"

"你是怎么知道的？"

我这么一说，所有姐妹们都哄堂大笑起来。这种笑声本应是在家人团聚的客厅里，大家互相说笑时听到的。尽管惠子和贞子都大声地笑了起来，但在她们身旁讽刺挖苦的这位妹妹后天早上就将不在这个世界上了，对于这一点她们在多大程度上确实感受到了呢？不，正因为切实感受到了，所以现在才会互相笑着？

虽然我无法将这一光景与安乐死这一选择联系起来，但小岛说了这样一番话。

"如果我是二十几岁或三十几岁的话，应该不会产生想要马上安乐死的念头。可是，我被告知患有这个病的时候是 49 岁，我已经活了很长时间了。"

解释完这一点后，她形容"人生就是分数"，并开始谈论自己独特的人生观。

"假设分子是人生的浓度，分母是活过的年岁。我的分子止于49 岁，分母是 51 岁。可是由于我走过的人生相当浓密，所以大概分子可以相当于 60 岁左右吧。这样的话，60 除以 51，得到的是 1 点多，还算可以。

"然而，分子不变，而分母将不断增加下去。这样一来，分数的值就会越来越小。我打心里不想再增加分母了。如果我是 30 岁左右的话，或许会有遗憾，还想做这做那，强烈地希望能活得更久。但坦率地说，因为我已经活了 50 多年了，所以我此时的心境是觉得这样也差不多了。"

3

小岛患有一种由小脑突变引起的复杂疾病。脏器功能也逐渐被剥夺，运动能力日渐衰退。虽然小岛说话的样子看上去挺开心挺高兴的，但由于构音障碍，周围人有时很难听清她的话。

小岛直到不久前一直入住的那家新潟的医院里，一位女儿每天都来探望戴着呼吸器的母亲，并在她母亲耳边说话。但是，母亲连眼睛都不眨一下。据说目睹这一光景的小岛非常害怕"在不久的将来我自己也会变成那样"。

其中，对她来说最痛苦的是无法微笑。

在人前展露笑容曾经是小岛的日常生活，她向我们讲述了在东京时发生的一件小事。

"有一天，我坐上了一辆出租车，司机先生说：'是第二次坐吧？'我则回复说：'呃，我之前也坐过吗？'然后司机先生又说：'如此愉快地跟我打招呼的人，我可不会忘记呢。'带着这般笑容跟人打招呼说'你好！'的每一天，对我来说是很平常的事情。"

小岛就这样没有休息地一直说了一个小时左右，但实际上对她而言，就连呼吸都是在消耗体力。我想差不多是时候离开房间了，但小岛用她特有的冷嘲热讽的语气说："最后由我来提问，请作答完毕者离席。"所有人都笑了起来。

"那个，人生是需要精神准备的。比如盖房子、结婚、生孩子等等，每个时刻都要有精神准备。

"假设你像我一样被告知患有多系统萎缩症。当然，你不需要做好死亡的精神准备，对吧？但是，你会慢慢变得卧床不起、不能说话，最糟糕的情况是连眼睛都眨不了，而且需要做好使用人工呼吸机和胃造瘘管的精神准备。而与此不同的另一种情况是，如果被医生告知患上癌症，已经到了晚期的话，则需要做好生命已进入倒计时的精神准备。你觉得哪一种精神准备比较好呢？"

小岛以不同的疾病为例，提出了一个难题，即你想如何度过自己的余生。一个是离死亡虽远但要做好卧床不起的精神准备，另一个是要做好生命仅剩一年的精神准备，很难在二者之间做出抉择。

正因为我同时还在采访癌症晚期患者吉田淳，所以深知双方的艰辛和痛苦。

周围人的脸上露出了困惑的表情。此时，大姐惠子说："如果有孩子的话，我想这个问题又会不一样吧。"而二姐贞子对身体不能活动也还要继续活下去的想法持不同意见，她说："我即使有孩子，如果会卧床不起的话，也会做好死亡的精神准备。"从这一个个的回答中也可以感受到，惠子是保守型的女性，守护家庭的意愿很强烈，而贞子和妹妹小岛的性格相似，属于自己的人生要由自己决定的类型。

小岛的结论是这样的。

"要在卧床不起的状态下活 10 年、20 年，我是根本受不了的。"

不管谁说什么，这个信念是不会改变的吧。我想要是其他人能改变它的话，那早就已经改变了。

我后来听说，有一次小岛对姐姐们说了下面这样的话。

"我觉得如果是癌症晚期，自己应该不会选择安乐死。因为这样是有期限的，而且最近不是说可以通过缓和照护来消除疼痛吗？但这个病不一样，看不到未来。"

在与病魔作斗争的日子里，小岛接触到了各类人的意见，也阅读了不少书籍。她还和患有同样疾病但想要活下去的患者交换了意见。但是，小岛看不到光明。又有谁能阻止这样的她呢？

当我正要离开房间时，小岛若无其事地说：

"宫下先生，我有个请求。请务必报导真实的我。"

我想尊重她的生存方式。但是，我也认为这不是所有人都应该参照的范本，尤其是在即使有同样症状也要努力活下去的患者存在的情况下。在小岛的案例中，她的价值观、生死观、家庭环境和社会环境等各类因素叠加在一起，非常容易把她引向那个方向，因此自然不能把小岛的情况适用在有着同样烦恼的所有患者身上。

我最想强调的是，在她的案例中，周围的条件都很完备，可以让她得以完成自己所描绘的最后时刻。

在日本社会，没有家人理解的情况下很难始终坚持个人的想法。可是，小岛真的得到了姐姐们的理解吗？当时由于时间紧迫，无法仔细交谈，我不知道她们姐妹的真实想法到底是什么。

回到酒店房间后不久，笠井打来电话，约在附近的餐厅一起吃晚饭。这次和笠井同行的摄影师井上秀夫（43岁）也来了。

据说他在来这之前的北京现场也一直和笠井合作。当时的主题是"中美霸权之争"，然后下一个就是"安乐死"，真是接连的紧张采访。

在这家专门经营当地菜肴的瑞士餐厅里，有一位瑞士和日本的混血女性做服务员。当她突然开始流利地说日语时，笠井和井上看上去都松了一口气。这样一来，对菜单的理解方面也没有困难。我们三个人都点了同样的肉菜，井上要了一杯啤酒，笠井和我则各要了一杯红葡萄酒。

从到这家餐厅来之前，我就注意到坐在我面前的笠井和井上看上去有些奇怪。他们彼此之间不怎么说话，空气中弥漫着凝滞的气氛。直到这个时候为止，我都还没有和井上好好地交谈过。

当我走进小岛的房间时，井上正在进行拍摄。从北京经过长时间的飞行抵达巴塞尔，然后立即拿起摄像机，面对的是两天后就要安乐死的小岛，这种心神劳累可想而知。

尽管笠井此前已经做好了所有准备工作，但节目成功与否还要取决于井上之后会拍出什么样的画面。但是，井上的脸上除了疲惫之外，还有不由得让人感觉到像是迷茫的表情。井上一边把啤酒倒入喉咙，一边向着笠井开口说道。

"笠井先生，我可以问你一下吗？从刚才开始，你一直在说明天和美奈女士以及她的姐姐们一起去散步的事，那前提是我这边要去拍摄吧？这事已经跟对方沟通好了吗？"

井上淡然地说着，但目光却是严厉的。面对将安乐死的完成过程用镜头全部记录下来的艰巨任务，井上担心没有制定出完备的拍摄计划。笠井低声地回答道：

"还没……"

井上的表情变得更加阴沉。我看到了同一团队的两个人之间的紧张关系，再次意识到这次采访的难度。面对小岛她们，我们表面上在默默地做好工作，但内心却极为复杂。井上继续说道：

"我非常理解从我们的角度来说想要记录这样的画面，笠井先生。但是，剥夺她们的宝贵时间好吗？从刚才开始我也一直在拍摄，但我不知道这样做是不是真的好。所以，也请你好好地给我下指示！"

笠井只能在当场保持沉默。虽然他得到了小岛的拍摄许可，但没有得到播出的许可。据我后来向笠井了解，他当时并没有把这种情况告诉井上。就连小岛能够来到瑞士，也是经过了一连串的冒险，所以笠井想必是抱着听天由命的态度来挑战的吧。过了一会儿，笠井开口了。

"我打算等会儿好好说的。对于和美奈女士以及她的姐姐们一起去街上散步，然后带她们去山上的事，已经得到了同意……"

笠井单手拿着吃了一半的面包低头说道。声音里夹杂着叹息。不由得让人觉得他似乎感到了一种难以言喻的窘境。笠井只吃了几片新鲜的肉菜，似乎也吃不下去了。

我们在几乎没有交谈的情况下吃完了这顿饭，我大概只记得肉烤得恰到好处。服务员带着明朗的表情用日语问道："菜品怎么样？"我甚至连品尝过的记忆都没有，就说："很好吃。"三人一致的只有这个回答。

"接下来我想和美奈女士谈谈，现在去一下酒店。"

笠井说完，随即拜托服务员打包了当地啤酒。他用手指夹着两瓶，然后回了一趟我们入住的酒店。在自己的房间里打开啤酒瓶盖后，笠井敲了敲我的房门。

"抱歉总是承蒙您的关照，也没能好好地和您交谈。我们也的确有很多应该考虑的事情，我也可以理解他那样说。真的是给您添麻烦了，实在抱歉！"

我没有责怪他们两人的意思。井上说出了他的不安，他担心面对将死之人缺乏周密的计划和最低限度的考虑。另一方面，笠井在清楚这些的基础上，试图以一种摸索的方式向前迈进，以制作出一档发人深省的节目。

这两种态度都可以理解，也没有正解。

过去，当我出现在安乐死现场时，也总是感到困惑。当我看到笠井毫不掩饰自己对井上言语的困惑时，反而感受到了笠井的真诚。

笠井两只手各拿着一瓶已开瓶的啤酒，说了句"那我走了啊"，然后便朝着小岛的酒店小跑而去，渐渐消失在细雨绵绵的夜色中。他看起来就像一个被父母训斥后急匆匆地赶回家的孩子。听说那天晚上笠井得到了小岛的正式许可，得以在节目中播出影像。

晚上 11 点半，当我关上房门开始写作时，我收到了鸟取大学副教授安藤泰至的电子邮件，他曾在我的上一本书《安乐死现场》的写作阶段给我提出过医学上的建议。

他说，基于 ALS 患者发言的"关于安乐死、尊严死的问题点及护理人员确保问题"紧急集会（宪政纪念馆）将于三个半小时后在 Facebook 上进行直播。

据说这场集会将针对当时突然兴起的终止延命治疗，即试图对"尊严死"立法的动向及相关观点、问题点等展开讨论。

临终医疗仍处于灰色地带。与此相对，在医疗界和政界等各个领域都出现了试图推进方针制定和立法的动向。但是，在此之前，我们不能忘记一个大前提，那就是在日本甚至连安乐死和尊严死的区别都没有被大众所理解。

安藤用集会活动为操之过急的行动敲响警钟，我想对他致以最高的敬意。但是，对于他们会如何看待发生在我眼前的现实，我沉思了片刻。

我的脑海中又浮现出刚才在酒店房间里听到的小岛的话。关于对死亡的恐惧，她曾这样说过：

"如果用数字来表示（对安乐死的）不安情绪的话，出院前 1 周是 8 到 9，在成田机场时也是 8 到 9。但是，今天数值接近 0。我自己也感到惊讶。我原以为自己会更加慌乱挣扎，可却出奇地平静。"

这种平静在接下来的表达中更为确凿。

"能离开这个世界，我总有种松了口气的感觉。虽然昨天还有所惧怕，但今天我不怕了。"

我认为这种感觉不是骗人的。

她曾经说过没有像癌症患者那样的"期限"是一种痛苦。听说即使患上多系统萎缩症，也有可能活 10 年、20 年。她每天都在与病魔作斗争，不知道在卧床不起的情况下该如何度过余生。

对小岛来说，最糟糕的事态是，在早期失去表达自身意愿的能力，从而失去在瑞士安乐死的这一选项。如今来到瑞士，这种恐惧消失了，从小岛的表情中可以感觉到她的安心。

她从日本带来的私人物品除了以前的照片之外，什么都没有。但是，小岛的双手上戴着许多戒指。关于这许多戒指，她是这样说的：

"其中也有一些是礼物。好歹也有说喜欢我的人，有那人给我买的。也有些是我对自己的奖励，也是我努力奋斗的象征。嗯……是啊，我有一个强烈的想法，想在人生结束时把自己打扮得整整齐齐。这些是道具的一部分，我想把自己弄得干净利落。戒指是道具的一部分，如果代入特殊的感情来说，就是努力工作过的象征、爱情的象征、仇恨的象征。啊哈哈！"

小岛为了不让周围人担心，偶尔会这样装作开玩笑地说。

后来，当我对惠子说起小岛在瑞士佩戴了好多枚戒指的事时，她回应道："尽管她本人一直强调这是对自己一直以来努力的褒奖，但我感觉到这是女人最后的一点时尚。想到那些戒指里藏着很多回忆，我觉得挺难受的。"尽管采访中洋溢着和睦的气氛，但想必小岛身上一定有一些紧张和焦虑是只有亲密的家人才能感受到的。当然，惠子和贞子肯定也被这种未知的经历弄得疲惫不堪了。

　　那天晚上，在第一道关口即普莱西柯的面谈结束后，三姐妹松了一口气。听说她们在巴塞尔市内的餐厅点了当地菜。惠子和贞子也都几乎不记得味道了，只记得一点，就是三个人异口同声地感慨道："我们真的是在瑞士对吧?! 能走到这一步真是太好了!"

4

　　第二天即 27 日，惠子一大早就醒了。因为小岛也醒了，所以她和前一天一样洗了澡，做好了出门的装扮。这一天也安排了面谈，是和普莱西柯以外的另一位医生约在了下午 4 点的面谈。

　　白天，三姐妹和笠井一起游览了巴塞尔市内。他们去了市场，还在小岛的要求下去看了山里的景色。

　　下午 2 点前，他们回到了酒店，等待医生的到来。如果这位医生不提出异议的话，小岛将在第二天早上接受安乐死。我前往小岛入住的酒店房间，参与了可能是最后一次的谈话——如果协助自杀会如期进行的话。

　　我敲了敲房间的门，贞子探出头来，把我请进房间。惠子和贞子无论何时都保持着笑容，尤其是惠子，她似乎在拼命地挤出笑容。但是，躺在床上休息的当事人却一边一脸平静地看着我，一边笑嘻嘻地。她已经不再害怕了⋯⋯

　　我坐在窗边的椅子上，按下录音笔的按钮。"因为我想描述事实，所以可能会问一些不太礼貌的问题。"我说完这段开场白便开始了谈话。顺便说一下，小岛的构音障碍几乎没有引起我的注意。她的姐姐们也说，自从她来瑞士之后已经好很多了。

　　小岛首先谈起了抵达瑞士之前遇到的问题。

"因为您说'28 日恐怕很难',所以我当时感到灰心丧气。"

看来她似乎一直挂念着我通过电子邮件发送的个人判断。我觉得自己应该说实话,于是这样回答道:

"由于时间紧迫,加上基本资料不齐全,所以我当时认为恐怕挺难的吧。"

说实话,在小岛抵达瑞士之后,与普莱西柯会面结束之前,我一直认为小岛得以安乐死的几率很低。因为事先连医生的诊断书都没有送达。

听了我的回答后,小岛详细解释了资料方面的问题。

"说到基本资料吧,难怪我也接到了艾丽卡医生打来的国际电话,她一直在说医疗报告、医疗报告。我当时已经从主治医生那里拿到了英文版的诊断书,现在就带着的。我应该是用英语说了会带过去的,但无奈连日语都这样了,英语发音就更不清晰了,因此她完全没明白。于是,最后我们彼此说了句'能听到你的声音太好了,拜拜',然后就这样结束了。在来瑞士之前,我们打了这样一通电话。"

如前所述,电子邮件失效了,所以据说两人使用了国际电话。小岛用尽全力告诉对方,她会带诊断书去。虽然说"她完全没明白",但头脑敏锐的普莱西柯应该理解了小岛的意图。我没有想到两人通过国际电话进行了交谈。我一直感到疑惑,为什么普莱西柯在经过一段相互联系不上的时期后突然表现出接受的姿态。这样一说我感觉解开了一个谜团。

"和普莱西柯医生见面后,印象如何?"

"我觉得她是个崇尚简朴的很棒的女性。"

"简朴"一词听不清楚,我又问了一遍:"是简朴吗?"小岛道歉说:"对不起啊,我的话很难听清楚。"她继续说道。

"尽管不加修饰，但我觉得她是个真实而美丽的人。因此，她最初谈到了为什么明明在日本可以活得更久却非得现在来瑞士的问题。换句话说，这说的是日本因没有安乐死制度所引发的问题点及矛盾点。我当时一边听着一边就在想：啊，这正是我希望在这里的日本媒体及其他人了解的事情啊。"

她说"真实而美丽"。她似乎喜欢"真实"这个词。她也对我说过："请写出我真实的样子。"我觉得，喜欢直言不讳的小岛在短短一个小时的谈话中感受到了与普莱西柯的某种相互理解。

小岛接着说，虽然没能实现，但如果可能的话，自己想去纽约。据说她认为这是一个可以重新审视自己的城市。

重新审视自己——这似乎是她后半生的课题。对于另一件未了之事，尽管她已经说过了，但还是再次开口道：

"还有就是我没能为孩子们的教育尽一份力。我好想要多试试自己的能力。"

为什么小岛会如此关心孩子的教育呢？

"这对我来说是一种自然而然的反应。我觉得对某件事是否感兴趣，最关键的是自己。对孩子的教育也是如此，说实在的，我之前对精神医学这类也有反应。"

话说回来，对最终让本想劝小岛放弃死亡念头的妹妹有纪伤心这一点，小岛是怎么想的呢？她虽然住在邻省，但计划着近期回新潟。而且，她还说过已经做好了要照顾小岛的心理准备。为了打消小岛的念头，她进行了三次说服。

小岛回想起妹妹的话。

"有纪夫妻俩说他们不打算要孩子，计划近期回新潟。惠子姐姐也早晚会上年纪。只要我愿意，他们可以照顾我，让我去他们家里。当听到这些的时候，我非常高兴。"

小岛一提到妹妹就会露出笑容。她平静地说出了自己的想法。

"我觉得妹妹是因为把重点放在了自己的情感上，所以反对（安乐死）。而我认为在死亡问题上，患者本人的意愿是最重要的。因为我不介意反对者的意见，所以才希望来瑞士的。"

每个人都有各自的价值观，我知道自己不该插嘴。但是，妹妹不得不带着失去姐姐的悲痛活下去，她的心情会怎样呢？她三次来医院时，小岛是怎么说服她的呢？

"由于第一次是我说想在瑞士（的安乐死团体）注册的时候，所以她是抱着怀疑的态度听的。而第二次和第三次来的时候，感觉基本上要正式决定去瑞士了，因此她嚎啕大哭。我认为这个时候有纪有种'姐姐要死了'的心情。因为她不是边哭边搂住不肯放手的那类，所以她一边点头一边哭着。关于安乐死，我只向姐妹们征求了意见，但她们都没说'别去'。这并不是说她们很冷漠，而是她们知道我是那种自己的路要自己去开创的类型，因此，她们应该是认为即使说了也没用吧。"

估计有纪也不得不勉强承认吧。

小岛最后对有纪说：

"我没什么遗憾的。想去的地方也去了，想吃的东西也吃了，没有任何遗憾了。所以请不要悲伤，能安乐死是一件幸福的事呢。"

有纪哭着说："我知道了。既然姐姐这么想，我就理解了……"她的声音在颤抖。

小岛回想起当时的情景，突然说了句"抱歉"，然后便哭了起来。

这是我第一次看到小岛流泪。她想起再也见不到的妹妹，眼泪自然而然地流了出来。离别是痛苦的，但活着也是痛苦的。小岛选择了从活着的痛苦中解脱出来。

"这不是很复杂吗？"

这样一问，小岛很干脆地说："这并不复杂，连我自己都觉得不可思议。"惠子和贞子也一边听着，一边只是点了点头。

对两个姐姐没有什么留恋吗？尽管好像有点过于执拗，但我认为家人的感受还是令人最在意的。姐妹三人互相看了看，小岛说出了心中的想法。

"从小我就受到照顾，所以按道理我应该要为她们做很多事，但相反，我现在成这样了……即使我变得越来越不能动弹了也毫无怨言地照顾我，真的很感激！"

惠子在旁边"嗯嗯"地上下晃动着脑袋，非常认真地听着。看起来似乎是被妹妹真诚的话语打动了。然而，小岛说，"不过我可要说清楚的"，接着便开始吐露她那过于坦率的想法。

"另一方面，我也对缺乏理解感到气愤。反应有点迟钝。"

惠子"哈哈哈"地笑了笑，并用食指抵着鼻子说："说的是我吧?!"小岛继续说道。

"从这个意义上说，我有一种焦虑的感觉，想着为什么不理解这个呢？为什么没有注意到这里呢？"

惠子听后补充说了一句。她总是关心对方，是一位非常温柔的女性。

"我想着当事人应该认为有必要而去做的事实际上（对当事人来说）并不是什么大不了的事，而意识不到当事人真正希望我做的事情，所以……"

小岛打断惠子的发言，继续说道：

"我觉得人都有各自的眼力和标尺，而我姐姐首先会以自己的标尺去思考，以自己的眼力去看事物。但是，这和我的眼力、我的标尺是不同的……举个简单的例子，当我们住在一起时，姐姐想着不让我受累，但这样有时也会否认我的存在啊！"

惠子丈夫经营的公司就在她们家旁边。小岛在还能动的时候，和姐夫公司的员工们进行交谈是她与外界接触的机会之一，有时也会请他们帮忙接送去医院。但是，由于惠子太过关心妹妹，所以为了让小岛的生活可以不用在意外人，她让家人承担了所有和照顾妹妹相关的工作。小岛大概正是因此而感叹自己的"存在感为零"吧。

惠子以为"美奈是在勉强"因而给予关心，但结果却适得其反。据说能够很好理解这一点的"是二姐"。贞子听到这些却什么也没说。惠子表示："我们有着不同的性格。我想大家是自然而然地进行了角色分配的。"

我认为她们是三位好姐妹。尽管一想到她们通过相互配合最终到达了瑞士，心情还是很复杂的……

5

"昨晚睡得好吗？"

当我切换话题时，小岛露出一副满足的样子。

"睡好了，啊哈哈哈！是的，睡好了，哈哈哈！"

"睡得可好了，估计是累坏了，还打鼾了。"

住在同一房间的惠子说着便笑了起来。小岛还在继续笑。

"可以很明确地说，我没有害怕得睡不着觉或是担心得睡不着觉这类情况。是否害怕还是取决于个人的想法。让我感觉到不害怕的契机在于，我是一直抱有自己的想法走到这一步的。而要说这个想法是什么，就是人这种生物终将死去。这个死亡的时机虽然或早或迟因人而异，但还是会到来的。一想到这个时机对我来说就是现在，便自然能够接受了。"

人是一定会死去的生物，正如小岛所言。人在身体还健康的时候，很难这么想。不，更准确地说应该是不愿意这么想吧。

对自己自不必说，对他人更是如此。对于试图安乐死的日本人，我也倾向于认为他们应该坚持活到最后，那是因为我不禁会想到他们的家人和伴侣。没有人愿意去思考家人的死亡。

仅就这些姐妹而言，似乎对这些事情有着一个共同的理解。

小岛从日本带来了几张特拉皮科的照片以及自己以前的照片。她是否怀念容貌和体型变化之前的自己？小岛说，摄影师井上前一天一直盯着这些照片看。

"当我说自己曾经被选为性感小姐时，井上先生可惊讶了。但我在男人方面的运气太差了，都是些奇奇怪怪的男人靠近我，啊哈哈!"

惠子和贞子都异口同声地说："她曾经很受欢迎的哦!"房间里充满了笑声。

但是，小岛从未组建过家庭。

"如果自己有孩子的话，我想情况一定会有所不同。虽然自己（因为这种病）不能为孩子做些什么，但我觉得会有想亲眼看到那孩子获得幸福的愿景。而我没有这样的对象让我想为他做点什么，或者想亲眼去看什么。我也从未想过要结婚。"

如果有孩子的话，大概会做出不一样的选择，这一点我曾多次从小岛以外的其他寻求安乐死的人们那里听过。也就是说，即使是为了孩子，也不能只按照自己的意愿去死。

人是随着年龄的增长而不断变化的生物。虽说小岛是一位独立心很强的女性，但到一定年龄可能也会有感到寂寞的时候吧。

"到了这个岁数，得了这种病，我第一次感到自己需要一个伴侣。需要伴侣的意思等同于婚姻关系。作为一个人，珍惜伴侣的心情是很自然的事，也是应有的一种感情，这一点我到现在才明白。但是，如果有丈夫但没有孩子的话，我恐怕已经离婚了吧。"

这种想法很符合小岛的风格，但如果真的过上了婚姻生活，事态的发展也可能会完全不同吧。

我觉得自我的强大是小岛的个性，但如果她能再展示一点"脆弱的部分"，或许就不会做出这个决定了。然而，现实是因为她是一个坚强的人，所以再想下去也没有意义。

"我常常会想义务和权利的问题。我的想法是，如果有生存的义务，就自然会想着以此为路标活下去，而生存的权利却出乎意料地难以处理。现在要说生存权的话，我想当然是有的。这一点在日本国宪法中也得到了保障，我认为既然作为一个拥有生命的个体出生，其生存权就受到保障。但是，从个人角度考虑的话，有义务的话就能奔着义务活下去，而权利这东西却难以处理，这是我的真实感受。"

听到这段话，我有一些思考。正因为她是个坚强的人，所以才得出这样的结论。我们无法改变这种人的天性，如果我在这里用强制手段让她放弃了安乐死的话，她一定会在失意中度过余生。

因此，如果这一选择是在她家人同意的情况下做出的话，那么即使考虑到她的本性，也应该是正确的吧。我感觉自己不禁做出了这样的判断。

不过，如果日本允许安乐死的话，小岛也透露"就不会这么着急了"。当初，她无法等到普莱西柯将 2019 年 3 月定为协助自杀日的提议，尽管这让我感到很惊讶，但其中的原因对她而言是很清楚的。

"如果日本可以安乐死的话，我想可以采取这种委托方式。如果我处于卧床不起且四肢也完全无法动弹、就连话也说不了的情况，我会说希望能安排自己安乐死。在这里（瑞士）的话，我是可以表达自己想法（希望）的。不过，这在日本是不可能的。因此，才趁着身体健康的现在来到了瑞士。"

"身体健康的现在"这部分对正常人来说是很难理解的。多系统萎缩症这一疾病是进行性的，身体内的肌肉会逐渐衰退。小岛突然说了声"对不起"，然后吸了吸鼻子。由于悬雍垂（俗称小舌头）的肌力下降，无法发挥处理痰液的作用，所以有时会导致鼻塞。就这样，整个身体的机能被不断破坏，最终会发展到连对话都无法进行的地步。

小岛说"我的安乐死是个不好的例子"，然后接着说下去。我感觉自己被小岛不愿为自己辩护的态度所吸引。

"要花钱，花时间，而且还要把自己的死期提前，只有不好的地方。但是，因为我希望人们把这个作为在日本思考安乐死时的一个悬而未决的事项，所以这次发起了挑战。不是说只要去瑞士就能安乐死真是万幸，并没有这么简单。总的来说，我还是希望大家把它理解为一个不好的例子，因为无法在日本实现才特意来瑞士的。"

她说的内容和普莱西柯是一样的。她们认为，不用特意来瑞士，而在各自的国家就能实现安乐死才是原本最理想的情况。

如果排除国家的医疗、法律制度及生命伦理等方面的因素，从逻辑上考虑的话，想必确实如此吧。但是，我在前面已经说过，制定这样的法律也蕴藏着各种各样的危险。希望安乐死的并不都是像小岛这样有着坚定生死观的人。如果因一时的迷茫实现了安乐死，那就无法挽回了。

这不仅仅是患者这边的问题。立法意味着涉及安乐死行为的医生将被免责。医生的思想可能会改变患者的命运。我一直以来的主张是，虽然在情感方面对安乐死表示理解，但还是应该客观现实地对待它。

小岛的声音越来越无力，语速也慢慢降了下来，开始显得有些疲惫了。我已经决定将采访时间大概限定在一个小时左右。我不能继续让她消耗体力，占用她们姐妹的时间。当我想着差不多该离开的时候，最后试着问了她一个问题。

"明天就要迎来生命的终点了，你确实感觉到了幸福吗？"

小岛回答说：

"我没有幸福的感觉，但总的来说，我觉得自己很幸运。比如说，家人陪我来这里，媒体人对我表现出兴趣，我把这些都理解成是一种幸运。"

一小时后，小岛接待了第二位医生克里斯托夫·维德曼的来访。他那满头的白发令我印象深刻。他也和普莱西柯一样，看起来不像是个医生，或许是皮夹克和牛仔裤这种随性的风格让人这么认为吧。

第二次诊断结束了。NHK 和我都被拒绝进入房间进行采访。据说虽然和普莱西柯的诊断没有什么不同，但他反倒是把重点放在了患者的精神状态上，不断地询问患者本人的意愿是否明确，以及本人对死亡的动机等外人无从了解的问题。

后来，维德曼说："我认为美奈是一位有着非常强烈且明确意愿的女性，我不得不接受她的请求。"

小岛在诊断后说自己不太理解他到底想知道什么。不过，她的脸色很明朗，似乎在想协助自杀终于要在第二天早上变为现实了。

可以认为，协助自杀终于得到了两位医生的许可。之后，将由身为理事长的律师、身为副理事长的医生和作为社会人士的会计师三人组成的 LIFE CIRCLE 理事会进行最终审查，应该会正式批准协助自杀吧。

万一发生未获得批准的情况，我的手机无疑会在今晚响起。

午夜零点过后，我确信第二天将进行协助自杀。

6

11 月 28 日早上 6 点半，在手机闹钟响起之前，我自然地醒来。也许是由于没能酣睡，我感到浑身倦怠。我试着只拉开一点点窗帘，发现外面还很暗。

我冲了个澡，吹干头发，穿上深色的衣服。对于衣服的颜色什么的，也许小岛并不在意。我一边准备着，一边却到这个时候还想着小岛即将离开这个世界的事情。

我所做的是正确的吗？如果我不写那本书，小岛会变成什么样呢？

也许是我让小岛实现了将死期提前的行为。昨天，小岛一遍又一遍地重复着"托宫下先生的福"这种不吉利的话。我是在做正确的事吗？这个时候还很难判断。我今后也必须要思考自己笔下的责任。

我喝了一杯咖啡作为早餐，然后前往小岛的酒店。这天是阴天，下着小雨。7 点 50 分，从外面的路边可以看到坐在轮椅上的小岛，她正在镶着玻璃的酒店一楼餐厅吃早餐。

她身穿一件藏青色面料混杂紫色和红色的长袖毛衣，外面围着一条芬迪的灰色围巾，下面穿着黑色的紧身弹力裤。她似乎没有特意穿正装或化浓妆，但脖子上的围巾让她看起来很高雅。笠井和井上已经在同一张桌子上共享早餐了。

一进餐厅，小岛就立刻发现了我。她微微低了下头并向我问道："宫下先生，唾液腺结石已经好了吗？"

说着，便从轮椅上抬头笑眯眯地看着我。

——为什么笑得那么开心？明明还有两个小时就要离开这个世

界了。那个培根为什么能通过喉咙呢？那么焦的扁平的一块作为你最后的一道菜，真的好吗？

我拼命地想做出一副与真实内心不同的表情。和这51年里迎来的每个清晨一样，小岛淡然地将食物送进嘴里，仿佛明天还会到来。

小岛想要喝咖啡的时候，没能扶好杯子，结果洒在了毛衣上。我条件反射般地抓起桌上的餐巾，帮她擦拭胸前的黑色水滴。平时如果发生同样的事情，我应该也会这么做。但此时此刻，我的心情是想活动一下以填补内心的孤寂。

在餐桌上，我了解到前一天晚上在日本等待的贞子的丈夫给小岛打了电话。据说小岛的姐夫，也就是贞子的丈夫对小岛说："你真了不起！如果是我可做不到。我很佩服你的勇气！"而小岛也向他表示感谢并进行了告别。她好像已经跟妹妹有纪道过别了。

另一方面，即使到了这个阶段，我在心里可能也还没有认同小岛的安乐死。虽然过去也曾目睹过像她这样的人，但我对那些死期尚未临近、没有明显痛苦的人要自死的样子还是感到抵触。这难道不是一种正常的心理吗？

还有两个小时……她将要离去。我不是对这件事有异议，而是很难想象。

早餐结束后，我们离开了酒店。早上8点半刚过，小岛和她的两个姐姐就坐上了残疾人专用出租车，前往拥有1.4万人口的城市利斯塔尔。这个城市的山脚下有一个LIFE CIRCLE的设施。

我上了笠井坐的那辆出租车，但在途中和普莱西柯的哥哥路艾迪会合了，于是之后我便坐上了他的车继续移动，也因此不得已要陪他去设施附近的药店购买致死药。

我和路艾迪是从上一本书的采访开始认识的，他似乎喜欢和我一起行动。2016年初夏，从巴塞尔市内的自杀协助设施搬到现在城郊的设施时,让我帮忙的也是他。

药店销售员手里拿着一个棕色塑料瓶,朝收银台走来。装在瓶子里的粉末就是能让人瞬间死亡的戊巴比妥。他负责在协助自杀时安装摄像机,并拍摄视频以供警察在协助结束后观看。据他透露,自己每周也会送走一至两名患者。

"最近在药店买这种药越来越难了,以前委托的药店已经停售了。由于这种药被用于协助自杀,所以很多人都不喜欢。"

让我感到惊讶的反倒是这种将人置于死地的药只卖几百日元。

小岛和她的姐姐们从酒店出发的时间比原计划晚了不少,她们于9点20分到达了。下了出租车,看着眼前这套位于幽静林地中的公寓,惠子和贞子一边想象着医院的样子,一边低声说:"真是个冷清的地方啊!"然而,小岛似乎将这个地方与新潟的风景联系在了一起,她喃喃地说:"哪有啊,我倒是挺喜欢的。"

我从二楼的入口处眺望着小岛乘坐残疾人专用扶梯上楼的情景。正旁边的紧邻住户的窗户上挂着薄薄的蕾丝窗帘,里面有两个人正往这边看,他们似乎是一对老年夫妇。

一周一次,多的时候两次。这对老年夫妇应该是在关注希望安乐死的人进入设施内,然后几个小时后棺材被送出的情形吧。

姐妹三人走进公寓,摄影师井上在小岛前面拍摄,笠井在后面守护。姐姐们一边吸着鼻子,一边睁大眼睛巡视偌大的房间。三个人的眼睛看上去都有些湿润。她们在车里进行了怎样的对话呢?

这是一栋约120平方米的大公寓,占用了工厂的二层,每月的房租约为30万日元。穿过玄关后最里面的尽头就是患者们迎接生命终点的客厅,大约有40平方米。眼前摆着一张点缀着一品红的米色餐桌,左侧靠墙放着一张电动床。

客厅中间放置了一个米色的隔断书柜,书柜前有一张红色的长沙发，后面摆放了一把黑色的休闲椅。

天空依然阴云密布，但房间里却很明亮，温暖宜人。小岛微笑着将轮椅推到普莱西柯正等待着的餐桌旁。两人并没有进行特别的交谈，而是进入到签署最后一份文件的准备工作。

小岛将双肘放在桌上，轻轻地双手交握。她身后是惠子和贞子。惠子还没脱下黑色外套，正用手帕捂着鼻子哭泣。贞子则穿着白色毛衣和花马甲。我坐在这张长餐桌的最里面，默默地看着这一家人。窗边摆着兰花和巴赫的钢琴曲集 CD。

普莱西柯的服装和平时一样简单，酒红色运动衫配黑色牛仔裤。她几乎不穿白大褂。在宣读完写有本人安乐死意愿和遗体处理方法的承诺书之后，她简单地解释了一下内容。承诺书将由 LIFE CIRCLE 保存 10 年，之后将被处理掉。

"你支付的协助自杀的费用将被捐给精神永生（Eternal Spirit）财团。请先在这里签字。"

"精神永生"是普莱西柯设立的一个财团，旨在实现"全球范围内的协助自杀合法化"。要在 LIFE CIRCLE 获得自杀协助，还需要向该财团进行申请。据说，LIFE CIRCLE 获得的一部分收入会转到这里。在这份文件上签字是首先要做的一件事。

接下来是在遗体处理同意书上签字。遗体在安放处保存一段时间后将被火化，骨灰将邮寄出去。惠子和贞子作为担保人，也被要求登记住址并签字。

这些都是用英语宣读的，按理说也必须要能理解这些内容，但三个人都不具备这个能力。她们按照普莱西柯的指示做，用不熟悉的英文字母，按照与日本的习惯相反的顺序写下了地址。

小岛并没有仔细阅读看不懂的承诺书，而是匆忙地拿起了签名用的笔。她没有露出丝毫困惑的表情，只是一边埋怨无力的手指，一边笑着说："对不起，我的字写得太乱了。"

从她们到达后，已经过去了 45 分钟。签完所有的字，时间是 10 点过 5 分。

"那么接下来挪到床上去吧。"

普莱西柯发出了信号。她能把"挪到床上"这句话面不改色地说出来，感觉果然和普通人不一样。井上操控着摄像机，笠井则在一旁拿起麦克风。两人都屏住呼吸，专注于采访。但是，笠井的手似乎在微微颤抖。他的脸上流露出恐惧的神色。

惠子和贞子都屏住了呼吸，凝视着妹妹的表情显得更加紧张。她们的脸紧绷着，即使想做出平时的笑容也做不出来。小岛躺在床上时也露出了微笑。将走向安乐死的人的情绪总是令人难以理解。

普莱西柯也一直在进行极为平常的对话，比如"请稍等一下""这才是遥控器哦"之类的话，没有面对濒死者的紧张气氛。

小岛躺在床上后，普莱西柯用遥控器将电动床的倾斜度调高了约 30 度。在她旁边，路艾迪正麻利地安装点滴并调整高度。床朝着舒适的角度倾斜。小岛腼腆地说：

"大家都在看着。在大家面前躺下真是不好意思啦。"

她看起来只是像在做小手术前的准备。一旦马上睡着就不会再醒来，这一点她应该很清楚，但看起来却不像。

——美奈女士，你可以随时喊停。现在也还不算晚。你可以回日本的哦。

坐在房间一角的我在心里这么嘀咕着，但没有说出来。把遥控器放回原处的普莱西柯听不懂周围说的语言。她按照自己的节奏，不慌不忙地进行准备。

"美奈，我还没有把致死药放进去，现在里面只有生理盐水。因此，请你试着做一下打开开关的练习。"

一直在房间的角落里观察的我悄悄地移动到了正在拍摄的笠井和井上的身后。普莱西柯和路艾迪就像照顾病房里的患者一样，一边确认点滴的位置，一边用水溶解致死药粉末。两个人实在是太冷静了。是因为他们已经习惯了协助自杀，还是因为对他们来说小岛只是一个来自遥远国度的陌生人？

不知道这对瑞士兄妹是抱着怎样的想法完成协助自杀准备的。但是，小岛毫不在意这些，她抬头看着普莱西柯，用清澈的声音一字一句地认真发音：

"Dr. Erika, Thank You For Your Kindness. I Like You.（艾丽卡医生，谢谢你的好意。我喜欢你。）"

我不知道艾丽卡医生是如何理解这句话的。她走到患者的床前，一边抚摸着患者肩膀一边回答道：

"美奈，你就像我的妹妹一样，我也喜欢你。虽然很遗憾你生病了，但你是位坚强的女性。虽然你身体虚弱，但内心坚强。"

时间快到了。普莱西柯不喜欢延长这个时间，因为她在提防患者内心的动摇会打乱判断。她立刻进入下一个动作，对全家人说道：

"接下来，我要说的是很重要的事情。在我问完问题之后，美奈将打开开关。然后，在短短 30 秒内，她就会开始睡觉。大家准备好了吗？"

到昨晚为止的团聚仿佛谎言一般，"呜呜……"惠子呜咽起来，"对不起，请原谅我。"说着她擦了擦眼泪。

直到最后的最后，小岛都一直在笑着缓和气氛。然而，在听到这句话的瞬间，她的声音颤抖了起来，已经泣不成声。

"不会啦！能睡着离去可是很幸福的哦。自从回到家乡之后，我的人生也得到了升华，感谢你们能让我最后以这样的方式离去。我的心中只有满满的感谢。真的非常感激！谢谢！太好了，我能如此幸福。"

三姐妹相互搭着对方的胳膊和肩膀，抚摸着对方的脸颊和头发，彼此安慰着，并抽泣了起来。一直为了不让小岛担心而假装冷静的贞子也用颤抖的声音说道：

"再见，很快又能见面了。代我向奶奶问好啊。"

普莱西柯从走廊的厨房里走了过来，手里拿着致死药。

"美奈，我现在要开始放药了哦。"

两个姐姐给妹妹身上重新盖好被子。"要是让大家看到了我的脚，那我可难为情了。"小岛马上做出了反应。

惠子说：

"你终于可以轻松了。"

小岛回答道：

"谢谢你们给了我最好的告别。我从心底里感谢你们，谢谢你们让我这么幸福。"

贞子开口对小岛说：

"有纪让我跟你说声'谢谢'。"

小岛哭了。

"能有有纪这个妹妹真是太好了！"

小岛一边双手在盖到胸前的毛毯上慌乱翻找，一边问："（爱犬）特拉的照片呢？"然后，她拿起了一直珍藏到最后的一张照片。

"这个很可爱吧？"小岛笑着拿给普莱西柯看。"现在还不能打开开关哦。"普莱西柯叮嘱道，路艾迪则把戊巴比妥倒入输液袋里。

为了让患者和医生能够很好地相互看到对方，普莱西柯移到了床脚一侧。她深吸了一口气，然后凝视着小岛的眼睛。小岛说：

"那么，我要对大家说的最后一句话就是，我爱你们所有人，谢谢你们。"

惠子只是重复着同样的话：

"美奈，谢谢你。"

普莱西柯开始她的四个问题。首先是第一个。

"你叫什么名字？"

"My name is Mina Kojima.（我名叫小岛美奈。）"

接着是第二个问题。

"请告诉我你的出生年月日。"

"1967 年 10 月 7 日。"

然后是第三个问题。

"你为什么要来 LIFE CIRCLE？"

小岛思考了几秒，用日语"嗯……"了一声，然后用英语回答道：

"目的是……是为了死亡。"

也许是提问的方式不好，这个回答似乎并不是普莱西柯实际想要的。她又换了一种说法重新问道：

"你为什么想死？"

"为什么想死？"小岛将普莱西柯的英语提问翻译成日语，然后说："Because I have very heavy sick.（因为我患有非常严重的疾病。）是一种叫做多系统萎缩症的不治之症。"从中途开始她不由自主地蹦出了日语。"我得的是 MSA。"她用英语补充道。

普莱西柯提出了第四个问题。这是最后一个问题。

"美奈，正如我刚才所说的，你身上插有静脉注射的针。你知道要是打开开关将会发生什么吗？"

小岛没有说错，立刻回答道：

"Yes，I will go to die.（是的，我将会死去。）"

她或许把这句话练习了很多遍吧？最后的回答非常完美。提问全部结束了，剩下的只是遵循患者的意愿了。

"美奈，如果你想死，就请打开它。"

"可以了吗？"

"是的，请。"

"那我要打开了。多谢你了！"

我心中的迷惑也终于消除了，因为这正是小岛所期望的结局。

小岛没有片刻犹豫，用她那使不上劲的大拇指撬开了左手腕上的开关。姐姐们发出"啊"的一声，伸出手来，或许是受想要帮她的念头驱使，只见她们的身体向前倾倒。惠子说："美奈，谢谢你！"她发出了这几分钟时间里最大的声音。

点滴中的致死药应该已经到了手腕上的管子里，并流入了她的血管中。已经没有人能够阻止了。

小岛吐出所剩无几的一口气，对两个姐姐说道：

"呼……呼，真的谢谢你们了，这么照顾我，非常感谢。"

小岛一边双手捧着已故爱犬的照片，一边微笑着。

惠子抚摸着妹妹的头发，放声大哭。

"美奈，美奈！对不起，美奈！我为你感到骄傲。今后也会一直骄傲下去……"

贞子呆呆地站在一旁，无法直视妹妹，只是低头继续抽着鼻子。

60 秒过去了。

事态的发展出乎意料，致死药还没有起作用。按照说明应该只要 30 秒左右就会睡着。小岛用尽全身力气不停地说着话，直到失去意识。

"笠井先生，也谢谢你对我的百般呵护。"

在小岛的脚边，笠井手持麦克风，眼泪顺着脸颊滴落。他一边看着她的脸，一边抛出最后一句话："因为我喜欢你啊！谢谢你。"井上拼命地支撑着镜头以免它晃动，他的眼睛里也流下了大颗的泪珠。

这时，她的表情放松了，"嗯——"地吐出了一口气，完全没有痛苦离世的迹象。惠子对她说："你可以轻松了。"

凝视着姐姐们的那双眼睛渐渐闭上，竭尽全力吐出最后一句话。惠子的抽泣声充满了整个客厅。贞子一动不动地侧耳倾听着妹妹最后的呼吸。

"没——那——么——痛——苦——哦，因 为——大 家——都来——医院了。我——很——幸——福……"

小岛吐出最后一口气之后，支撑头部的肌肉突然松了下来。

"谢谢你啊，美奈。谢谢你啊！啊——美奈！我们不会忘记你的，因为我们都很珍惜你，包括不在这里的有纪在内，谢谢你啊。你辛苦了，安息吧。"

惠子悲痛欲绝的叫声响彻整个房间，贞子终于不再强忍了，"啊——"的一声放声大哭起来。

——美奈女士，请安息吧……

现在一切都结束了。小岛从痛苦的岁月中解放了出来，终于实现了她所渴望的安乐死，结束了 51 年的生命。

7

小岛美奈确认死亡 30 分钟后，两名警察以及两名验尸官几乎同时来到了该设施。死亡调查和尸检工作大约要花上一个小时。

路艾迪向警方展示了他用摄像机拍摄的协助自杀瞬间的影像。顺便说一下，瑞士其他的协助自杀机构并不一定将录像拍摄作为一项义务。

除了机构相关人员普莱西柯和路艾迪之外，惠子、贞子、笠井、井上和我都在场。对警方来说，即使知道这是每周都会进行协助自杀的现场，也必须调查是否存在他杀的可能性。所有人都被要求出示护照。姐姐们和NHK的两位人士露出一副对现场调查感到困惑的样子。我瞟了一眼小岛已经成为尸体的睡脸，暂时移动到了接待室。

惠子和贞子露出一副疲惫不堪的样子。肯定是一直紧绷的神经得以放松，仓促之旅的疲惫一下子涌了出来。她们用手帕捂着眼睛，擦拭着不断流出的泪水。笠井和井上在另一个小房间里望着窗外，小声地说着什么。

虽然觉得这样不够谨慎，但我还是轻声对惠子和贞子说：

"二位现在心情如何？"

惠子吸着鼻子先开口说话。

"因为她想了各种办法试图结束自己的生命。她想要逃避地狱，就只能选择安乐死这条路了。她真的没有遭受太多痛苦，我们也松了一口气。"

在妹妹死前几乎都没有出声的贞子现在终于恢复了平静。

"一直以为这会是个像医院一样的地方，所以还有点不安，但我发现这是个美丽的地方，真是太好了。妹妹也说因为这里像故乡（新潟）一个叫村松的地方，所以并不觉得讨厌。尽管我不知道这是不是她的真心话，但既然她这么说了，应该还算好吧。能够如愿以偿，我觉得挺好的。"

两人一致认为，出于为小岛着想的考虑，从结果上来说，接受安乐死并不是一件坏事。对于小岛本人决定的死法得以实现这一点，她们似乎很满足。

由于惠子曾多次看到妹妹在自己家里上吊自杀，所以她十分肯定地表示这个选择没错。

"因为小岛本人一直说能够安乐死是一件幸福的事。我来了这里之后告诉过美奈，如果自己站在她的立场上可以选择这条路的话，大概也会做同样的事情吧。我打心里认为，如果把家人也考虑进来的话，自己也会想选择这条路，而不是继续痛苦地活下去。我完全不认为这种死亡方式是不幸的。"

贞子也抱有同样的想法。

"我原本以为自己会比现在更心绪不宁。不过，当我看到妹妹离去时真的没有遭受痛苦，而是反复说谢谢、谢谢，反而放心了。我觉得她是在大家的守护下离开的。悲伤当然也是有的，但也有一种解脱的感觉。如果这是她本人的意愿，那么我觉得安乐死也可以成为一种选择，对她的家人来说也是如此。"

这是姐姐们目睹了妹妹安乐死之后的真实想法。迄今为止，我只知道欧美患者及其家属的反应。我曾经一直以为，日本人如果亲临安乐死现场，想必会对想象和现实之间的差距感到困惑。然而，这两人的表情很平静。

家属之间的沟通越彻底，达成安乐死之后家属的心情就越能够保持平静。安乐死是在事先被告知死期，与家人好好告别，并在所有人都做好心理准备的情况下实行的。在不知何时死亡的状态下，恐怕连这种心理准备都做不到吧。惠子松了一口气，她觉得能事先商量好是再好不过的了。

"（协助自杀的日子）尽管在慌乱中提前到来了，但在此期间，我们谈论了很多深入的问题，也做好了心理准备，我可以发自内心地对她说，你现在终于从痛苦中解放出来了啊。"

对小岛来说，这是最好的死亡，这一点似乎是毋庸置疑的。姐姐们设想，万一不能安乐死，而是不得不回日本的话，事态恐怕会朝着最糟糕的方向发展。

惠子说："我们不可能再花同样的劳力过来了。首先身体恐怕会受不了，其次是精神上的。如果回去的话她会自暴自弃的吧。"

在确定协助自杀的日程之前，惠子和贞子有一件事没有告诉妹妹。贞子开口道：

"我们也曾考虑过，索性一起去旅行，然后从山上跳下来，想着一起赴死。当我们后来把这个想法告诉美奈的时候，她说谢谢你们居然如此为我着想。对她本人来说，这个安乐死是希望之光。而如果本人是这么想的话，那么对我们来说也是希望之光。"

她们对妹妹的爱如此强烈，以至于想着姐妹们可以一起去自杀。正因为有这样的想法，小岛才能够去瑞士吧。只是，这并非日本法律所允许的行为。

其实，据说小岛也和姐姐们说过这个问题。

"我来瑞士倒是无所谓，反正自己是会死的，但我担心会给姐姐们带来麻烦。要是会引发问题的话，最好连采访也拒绝掉。不过，作为我来说，还是希望提出这一问题。"

小岛一直认为，如果这件事会发展成为一个问题，那么就和她的本意不相符了。据说她还曾说过"可以把我的骨灰撒在瑞士"，以最坏的打算来避免这种情况的发生。惠子眼眶湿润地说："如果可以的话，我想把骨灰带回去。"

验尸结束后，过了一会儿，殡葬服务人员抬着棺材进来了。这副棺材像是仅用锯木组装而成的，里面铺着白色的丝绸。我们全体人员和他们一起抬起小岛的遗体，并搬入棺材内，让其慢慢躺下。仿佛等她醒来时，又会说："我太重了，真不好意思。"

然而，她的身体已经疲软无力了。和日本不同，这里是用手指转动蝶形螺栓合上盖子的，而不是用钉子钉住。在遗体被抬走之前，惠子和贞子最后道了声"谢谢"，并又一次流下了离别的泪水。

协助自杀之后，普莱西柯在外面打了一会儿电话，然后又回到了屋内，看起来很忙。对普莱西柯来说，这是惯常的行为。她告诉我遗体会被运往哪里，什么时候火化，然后我再翻译给两人听。火化时间定在五天后。

在向惠子和贞子道别之前，普莱西柯在接待室进行了一次重要谈话，是关于"协助自杀的费用尚未支付的问题"。我还没来得及翻译，两人便立刻反应过来，惠子从包里拿出一个信封。尽管普莱西柯曾让她们去兑换，但最终似乎还是没能抽出这个时间。她把手里拿着的厚厚的一沓日元递给了医生。

"我们稍微多备了一点，因为美奈说要向您表示感谢……"

看到这沓钞票，普莱西柯开始用手指哗啦哗啦地数起这笔未支付的费用和酬谢金。看着她粗略的数法，我感到不安，而在数过一半时，她突然停了下来。然后，她把数十张一沓的钞票放回惠子的手里。

"咦？医生您……"

惠子和贞子瞪大了眼睛。普莱西柯则用她一贯温柔的表情对她们说道：

"这些就足够了。来这里之前，大家一定花了不少钱吧？因为瑞士是一个物价非常高的国家。请把这些钱带回去吧。"

这种做法真的可以吗？尽管我觉得普莱西柯是个宽宏大度的人，这种处理方式非常符合她的性格，但对于在处理死亡的现场表现出这种侠义之心是否妥当，我感到疑惑。

我还觉得这个国家以及这个机构的规则很模糊。总之，这次协助自杀从头到尾都很含糊。我也是第一次看到这样的光景。

难不成还因为这次的事情是日本首例，所以普莱西柯即使无视机构收益也将其视为"有意义的协助自杀"？这到底意味着什么呢？

"因为时间不多了，所以我先告辞了。各位请多保重。"

说着，和往常一样，普莱西柯像风一般地离开了。

发病前的小岛美奈。
和爱犬特拉皮科一起。

出发去瑞士前在成田机场。
左边是惠子，右边是贞子，
跟前是小岛。

即将协助自杀前，
和普莱西柯进行最后的交谈。

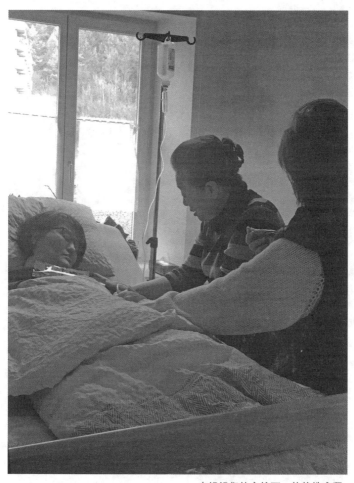

在姐姐们的守护下，静静地启程。
放在脖子上的是爱犬的照片。

（照片由笔者拍摄，或由家属提供。）

第六章　挽回家人的男子

1

在目睹了小岛美奈的协助自杀之后，我在巴塞罗那度过了 2018
年的年末。在此期间，在马德里和德国柏林，我开始了对
LGBT① 的采访工作。

年初，为了准备和安乐死不同主题的连载，我计划在日本进行
采访。然而，这个主题的采访最终出现了困难。

尽管对于安乐死的话题，我在考虑时是做了长期规划的，但是
由于小岛美奈的事情进展迅速，出乎意料，所以不得不大幅改变当
初的计划。编辑不情愿地同意了我推迟开始原定连载的计划。

2019 年初的一天，我在巴塞罗那市内的一家酒店大厅里与一位
来自关西地区的日本女性约好见面。她一见到我，就说了这样的话：

"也许，我有自杀的愿望……"

---

① LGBT 是女同性恋者（Lesbians）、男同性恋者（Gays）、双性恋者（Bisexuals）与跨性别者
（Transgender）的英文首字母缩写。一般指性少数群体，即指在性倾向、性别认同、性身份或性
行为等方面与社会上大多数人不同的群体。

她叫森保峰子（化名，52 岁），一名小学教师，在长假期间从日本来到西班牙。和小岛美奈同时代的她也读过拙著，一直在考虑安乐死的问题。契机是去年秋天在短期住院综合体检结果中发现异常，经过精密检查后被告知患有肾癌。虽然还处于早期阶段，但众所周知肾癌很容易扩散。

她是继臼井贵纪之后，第二个专程前来要求与我见面的人。森保和吉田一样，为了和我取得联系，开设了推特账号，倾诉自己的烦恼。

"考虑到将来，我想听听您的意见。"

我听说她前几天刚做完部分摘除的手术。在身体状况不是很好的情况下，可以飞行 10 个多小时吗？如果让术后不久的人身体状况恶化，那就得不偿失了。而且，对她来说，还是来到手续繁杂的国外。

虽然这一点我很在意，但她在之后的电子邮件中也多次表示想听听我的意见。于是，我要求她优先考虑身体情况，并决定来巴塞罗那的事任凭她自己判断。

尽管我没有可以提供的信息，但是她强调说和我见面对她来说很重要。

据她说，和我见面这件事放在了她死前的"must-do list（必做清单）"里。

我对这个提议也挺感兴趣的，于是答应与她见面。

当我前往巴塞罗那机场迎接森保的时候，她从到达口走了出来。她看起来并不是很累的样子。据说这次飞行很舒适。我帮她办理了酒店的入住手续，随后一起在附近的餐厅一边吃西班牙海鲜饭一边简单地寒暄了几句。我答应了她的要求，暂时避免深入交谈。

她说想先去游览一下圣家族大教堂和古埃尔公园，度过一段悠闲而奢侈的时光。她没有饮食限制，吃完了海鲜饭。她说自己并没有出现癌症的症状，生病仿佛是个谎言。

第二天傍晚，我在酒店大厅听她讲了两个小时左右的话。在希望安乐死的人群当中，她属于罕见的那一类，是我从未见过的。

她穿着黑色修身牛仔裤和棕色毛衣，配上黑色的运动鞋，没有做任何铺垫，便开始说起对亲人都无法倾诉的精神上的痛苦。她手边准备好了便条纸，上面整理出了自己想要谈的内容。

"作为家里的长女，人生当中无论什么事我都必须自己一个人去做。我的父母感情非常好，并不是说家里有什么问题，但是他们非常严格。我想做的事情都遭到了他们的反对，连大学也没能让我去自己想去的地方。"

她立志要成为一名营养师，在 20 岁的时候开始做兼职，攒钱去英国留学了三周。听说她向父母展示自己认真打工的样子，希望得到出国留学的许可。对她来说，那是一段能够享受自由的有意义的时光，自己终于能够稍微远离父母生活了。

大学毕业后，她在当地一家汽车公司做了 4 年的行政工作。离开公司后，她去英国体验了 4 个月的语言留学。据说当时她瞒着父母去了美国，那段和朋友一起疯玩的时光至今仍是一段最美好的回忆。

后来，她在 27 岁时和比自己小 4 岁的男人结婚，不久有了两个孩子。森保成为家庭主妇之后的乐趣就是让孩子们吃自己亲手做的点心和料理。

但是，当发现丈夫出轨后，她结束了 12 年的婚姻生活。

"从那以后，我变得不相信男人。相比于自己的幸福，这一路走来我只是一味地希望孩子能够幸福。我想着自己必须成为一个坚强的女性，并一直为此努力。我也不去玩，任何事都自己一个人完成。"

成为单身母亲的森保在 39 岁的时候开始埋头找工作。虽然很辛苦，但她最终被一个国际交流机构聘用了，为她原本就感兴趣的与外国留学生之间的交流工作提供支持，甚至还一度当过宿管阿姨。

她想办法靠自己一个人的力量支撑着家庭的开销，并且把两个孩子送上了大学。森保觉得，到此为止是她自己所描绘的母亲的责任，自己一直做出的牺牲也得到了回报。

然而，她一边叹息所有的付出瞬间化为了泡影，一边解释道：

"孩子们大学肄业，也没有找到正经工作。当我想到自己一直以来如此努力是为了什么的时候，就变得很痛苦。他们为什么不能想着至少为了我这个母亲完成大学的学业呢？那个时候，我觉得自己也没有得到孩子们的爱，有一种人生已经结束了的感觉。"

森保的绝望源于她对家人的不信任。

没有可以倾诉的对象，似乎也是她感到孤独的原因。她和家庭生活美满的两个妹妹之间也没有建立起可以敞开心扉交谈的关系。

3 年前，森保成为了一名小学教师。她说自己和学生们一起度过充满喜怒哀乐的校园生活，每天都非常充实。不过，她阴沉着脸说："虽说如此，但却没有让我觉得开心的事情。"

"我有种失望的感觉，不知道是因为感觉不到活着的意义，还是因为即将迎来退休。尽管过去我做了很多事，但今后也还会出现问题，我又必须独自一一去解决。我已经很累了，所以想着就算了吧。我不知道自己退休后应该带着怎样的期待活下去。"

总之，她一直在说一些消极的内容。虽然我想着，难道不能换个角度看待问题吗？然而，就像每个人对生与死都有着不同的价值观一样，我不想发表轻率的言论。我告诉自己，暂时保持倾听的姿态很重要。

从高中时代开始，森保就有血尿的症状。虽然她在短期住院综合体检时曾收到复查的建议，但并没有被诊断出恶性疾病。

2018 年秋天，她在接受检查时发现了问题。在妹妹的督促下进行了复查，结果发现了肾癌。

据说在医院被告知病情时，森保平静地听医生说话的样子让医生都感到不可思议。因为她在医生面前表现出来的是不惧死亡的态度，而不是难以置信或者对病情毫无察觉的样子。这也许就是我见过森保之后觉得别扭的地方。

她面露一副没什么好害怕的表情，说出了被告知肾癌后的即时感受。

"我当时想着自己终于能以正当的理由去死了。一直以来，我都不抵触自杀，但我觉得不能给父母和孩子们添麻烦，因此没能这么做。当被告知患有癌症的时候，我想自己终于找到安乐死这条退路了。"

原来如此，森保并没有消极地看待自己患上癌症这件事。我从未遇到过因为这个理由而想要安乐死的人。换句话说，她不是害怕死亡，而是担心自杀会给周围人带来麻烦。

在我的脑海中，安乐死的实现条件被逐一罗列出来。

森保的情况是，如果到了晚期，会出现难以忍受的肉体上的痛苦，有可能陷入康复无望的状态。如果肾癌发展到第四阶段的话，估计连替代治疗都没有吧。然后，她就可以明确地表达安乐死的意愿了。

只要有这绝对不可缺少的四个条件，安乐死应该就不会被拒绝。不过，森保的情况让我的想法变得复杂了起来，因为在我看来，她想死的根本原因是"渴望爱"。

森保流着眼泪说道：

"都这把年纪了，已经没有人会喜欢我了。活下去很痛苦。我觉得如果知道自己是被爱着的，那么即使那个人已经死了，也能以此为精神食粮活下去。"

离婚后，在寻找新伴侣这条道路上，她也并非没有抱以希望，只是一直没能迈出第一步。

虽说家人之间的纽带很牢固，但她似乎从孩童时期开始就恨自己作为长女被抚养成人。听起来似乎是家庭环境让她的生活方式变得狭窄了起来。

"因为我不喜欢（让别人）为了我而忍耐，所以一想到晚年生活会在没人照顾的情况下度过，就觉得自己的人生会很孤独。我是长女，因此一直觉得不能让任何人担心。"

我没有选择继续一直倾听下去。尽管我没法给刚见面的她恰当的建议，但有些话我无论如何都要说一下。

"不要太过自责，再稍微放松一点，和孩子们还有妹妹们谈谈怎么样？没必要成为这样的女强人吧？如果你坦诚地说出自己的苦恼，我想他们会理解并向你伸出援手吧。"

我知道自己的态度有点过头了，但是我觉得可以试着告诉她这一点。因为虽然她一直在说想要安乐死，但我察觉到她的烦恼应该是由自我否定引发的家庭问题。

如果森保的痛苦发展到无法忍受的地步，而且如果她让自己陷入没有康复的可能性、没有替代治疗方式的状况，就有可能会实施安乐死。假如这背后的原因是无法得到爱而产生的孤独感，那么像普莱西柯这样的医生是无从获知原因的。

我没有为其代为陈述的义务和权利。仔细想想会发现，像森保那样的情况，患者本人也有可能故意让安乐死的条件得以具备。

如果是这样的话，那么安乐死就不应该被允许了吧。而那些宣扬自杀是人类权利并给予帮助的团体，以及协助自杀的机构，也都终将在未看清问题本质的情况下贸然采取行动。对于这样的临终时刻，我不禁感到失落。

　　"对了。"我向森保提问。因为是在小岛的事情发生之后，所以我大概能想象出原因，但我还是决定问一问。

　　"你为什么来见我？"

　　她用左手紧紧地握住右手拇指，顿了一下之后回答道：

　　"最大的原因是，我想直接向您询问有关安乐死的消息，以及希望您能听我说说。"

　　类似的台词我已经听过很多次了，如果我待在日本的话倒也罢了，但她之所以特意远道而来，应该还有别的原因。

　　当我们的目光相遇时，她说：

　　"我不想让家人看到自己临终时的样子，因为这可能会给他们留下心理阴影。因此，我还希望宫下先生您能在瑞士照看我。我知道这会给您添麻烦。"

　　她很孤独，所以想要有人陪伴。但是，在她的临终时刻陪伴她的不应该是我，而应该是她的家人。

　　"我帮不了你。"在听到我非常肯定的回答之后，她点点头说："我非常明白您的意思。"

　　她的眼睛通红，我很担心她的身体状况，所以决定当天晚上先告辞。

　　我们彼此的日程都安排得满满的，怎么也抽不出时间见面。她似乎每天都在以自己的方式享受着旅行。

　　在她即将回国的前一天晚上，我们再次在酒店大堂约见。顺便说一下，我也计划在第二天返回日本。

2

森保说，虽然隔壁房间的客人一大早就大声开着音乐，导致她无法继续入睡，但除此之外的逗留时光都很惬意。

她说自己一大早去了古埃尔公园，在迷路的时候，一位戴着鼻环的年轻女子热心地陪伴左右。还有，即便她未经允许进入公园，工作人员也没有任何抱怨，而是笑着接待了她。因为这些经历，她觉得在巴塞罗那自己的心情变得舒畅明朗了起来。

也许是习惯了西班牙人的性格，在我看来这是极为平常的景象。然而，对森保来说，这种开朗和宽容让人耳目一新吧。她还说，在前往蒙塞拉特修道院的电车里，也被人们欢快的聊天声治愈了。

"森保女士，您今天真是神采奕奕啊。"

我笑着说道。她也眉开眼笑地随声附和"是嘛"。沉默了片刻之后，她有些尴尬地说：

"我总觉得自己很任性，只考虑自己。我想自己在今后的生活中也可以试着回忆学校里的孩子们为我做的事，还有那些快乐的事。"

当她术后出院回到小学班级时，发现每位学生都写了信鼓励她。她说她在巴塞罗那回忆起了信件的内容。

起初她猜想是不是代课老师或校长强迫学生们写的，可后来才知道，提出建议的是让森保最为头疼的班里的孩子王。听说她当时的想法是，自己是不是应该更多地把高兴的事记在心里并好好工作呢？

在巴塞罗那的四天里，她似乎获得了不可思议的能量。我听后也感到满意，于是像西班牙人一样冲动地说："在这里定居不也挺好的吗？"不过，她似乎也半认真地看待这个问题。

"真的是一次很好的经历，我甚至想过住在巴塞罗那不也挺好的吗？"

她也许是因为来到这里，受到了良好的刺激，心情变得开朗了。哪怕只是有了一点点希望，我也感到高兴。

在那之后，我也去了东京。仅仅几个小时之差，我到了羽田机场，她到了关西机场。我打开邮件一看，发现森保发来了一篇长文，应该是在飞机上写的。其中一部分这样写道：

> 从现在开始，除了做好我一直在做的 must-do list 上的项目以及努力完成分派的工作之外，我还将按照您的建议，像西班牙人一样豁达地生活，不过度考虑。而且，我也将尽自己的微薄之力让周围人变得更加幸福。

人们为什么寻求安乐死呢？与森保相遇后，我心中萌生了这样一个简单的想法。

来日本后，我必须先去确认一件事。

2019 年 1 月 26 日，我拜访了吉田淳位于东京都内的老家。因为给他发电子邮件也没有回复，所以我完全不知道他是否安好。我尽量不抱什么希望。如果他的病情稳定，肯定会联系我的。

我试着按下了门铃。大概 15 秒后，玄关的门开了。

"来了。"

一个身穿黑色毛衣和同色休闲裤的小个子男人出现了。虽然年龄在 70 岁左右，但他看上去比吉田健康得多，脸色也很好。那张脸和我认识的吉田很像，肯定是他的父亲吧。

"请问您是吉田淳先生的父亲吗？"

"嗯，我是。"

确认是吉田的父亲，我迅速地做了自我介绍。

"我叫宫下，是一名记者，之前收到过吉田淳先生的联系，还多次采访过他。请问淳先生现在在这里吗？"

"嗯、嗯。"他点了点头，轻声说道：

"他已经去世了，就在去年的 9 月 20 日。"

和我预料的一样。但是，在给我发送最后一封电子邮件之后，他活了将近两个月。在此期间，他过着怎样的与病魔斗争的生活呢？

此外，这个日期让我想起了一件事。那是我第一次拜访小岛美奈的日子。在一直希望安乐死的吉田去世的那一天，通过和我见面，小岛更加坚定了希望安乐死的想法。

对这位不知如何应对临时访客的父亲，我提出了一系列无礼的请求。

"要是能让我上炷香就好了……"

"不，不用了，嗯。"

被拒绝也是理所当然的吧。对他来说，我只是个可疑的人。即便如此，我还是想知道吉田迎来了怎样的最后时刻。

"淳先生好像读过我的书，然后想要安乐死，于是找我商量了很多事。您知道您儿子是怎么去世的吗？"

他小声回答道：

"他好像不是住在医院，而是住在酒店里。"

我拜托他说自己想更详细地了解一下情况，但没能如愿以偿。

在鞠躬行礼之后，我便离开了。

此后，我走访了相关人员，尽可能就吉田的"最后时刻"做了采访。

据说吉田直到最后都对安乐死抱有希望。不过，他并没有把这种想法告诉家人。不久他的身体逐渐衰弱，最终开始考虑更为现实的死亡方式了。吉田讨厌医院，开始住在酒店里。尽管他生活在对疼痛的恐惧之中，但没有求助于缓和照护。

也有让我感到吃惊的事情。

那就是吉田开始逐渐信任送东西来酒店的家人了。直到去世的前两天，他都一直过着平静的日子。看来对吉田来说，那段日子是重新找回他所失去的家人的过程。

如果安乐死得以实现了，那么事情会变成什么样呢？吉田也许会带着怨恨独自去往另一个世界。

即使吉田达成了安乐死的心愿，他的家人也不可能在现场见证。他们应该会试图让他打消安乐死的念头吧。这样一来，他很有可能会拒绝家人同行，而修复与家人关系的机会估计也从来都不会到来吧。

即使不经历肉体上的痛苦，但带着精神上的痛苦死去是否可以说是理想的逝去方式？还是说，即使肉体上痛苦，但带着精神上的喜悦自然安睡才是理想的逝去方式？

我认为，与吉田淳的相遇让我得以意识到了这个问题。在考虑安乐死的对错问题时，我觉得这才是关键。

吉田是孤独的。他渴望爱。尽管希望独自逝去，但他却在剩下的日子里与家人一起度过。从他身上我读到了这样的情感。这么说来，我想起了自己对几天前在西班牙见到的森保也有类似的感觉。

吉田身边最后有了可以依偎的家人。我听说每当家人要回去时，他都会说声"谢谢"。这里面应该有他对家人的感激之情，这与彼此的想法以及对生死的看法无关。

我愿意相信，他在临终时，与父亲的隔阂已经解开，并在妹妹的守护下安然离世。

在那一刻，吉田自己应该也有所领悟，觉得能死在日本是件好事吧。

3

自从得知吉田淳的死讯后，我开始想进一步了解缓和照护。因为我觉得即便是为了理解安乐死这个选项的意义，这也是有必要的。

如前所述，人们经常指出，允许安乐死的国家在缓和照护的医疗技术方面是落后的。安乐死的反对派还主张，只要缓和照护得到发展，就不需要安乐死了。其中排在最前面的就是英国。

围绕临终医疗，一直以来存在着两个方向的争论。

一方认为如果当事人愿意的话，最好让其早日死去，而不是延长其痛苦。另一方认为，死期顺其自然，尽力减轻痛苦才是医疗的职责所在。前者自 2000 年起在荷兰等国家让安乐死走向立法，后者则以英国为中心，以完善缓和照护的形式得以推进。

缓和照护和安乐死原本就是两种截然相反的思想。

伦敦的圣约瑟临终关怀医院作为缓和照护的圣地常常被人们提起。这家医院的第一任医疗部部长詹姆斯·汉拉提在其著作《终末期医疗的缓和照护》（2018 年日译版由朝日出版社出版发行）当中，针对 20 世纪 90 年代欧美日益增长的安乐死立法运动，阐明了缓和照护的重要性。以下摘录其中一部分。

　　　　以安慰的方式回应安乐死的要求，是一种让患者能够"活"到死的高质量的缓和照护。

　　　　尽管如此，仍有一些人出于对受苦患者及其家属的热心，为使随意的安乐死合法化而继续奔走活动。他们没有意识到自己所追求的与其说是人类的希波克拉底医学，不如说是兽医学领域的。

希波克拉底是一位古希腊的医生，他主张将过去和巫术及迷信等联系起来的疾病与巫术等等分离开来，将其归因于自然原因。想必汉拉提想说的是，安乐死并不是西方医学发展的延伸。

他还说，如果将安乐死合法化，一部分患者"可能会出于利他主义的考虑，认为'我不想成为一个累赘''我正在毁掉他人的生活'"。

这与我对渴望安乐死的日本人的担忧不谋而合。也就是说，可能会出现希望在给他人带来麻烦之前死去的患者。我一度认为这是日本人特有的心态，但这似乎是一个适用范围更广的想法。

另一方面，缓和照护更为先进的英国与日本之间也存在着差异。

为了深入了解这方面的情况，2019 年 1 月下旬，我去见了西智弘。在川崎市立井田医院见到他时，他穿着蓝色的医疗服，与去年夏天随性的装束不同。

西此前曾告诉我，日本人对缓和照护缺乏理解。人们普遍错误地认为提供缓和照护的就是等待死亡的地方。这是为什么呢？

西直截了当地回答说："因为在日本，只有癌症患者和艾滋病患者才能在保险上享受缓和照护病房的优待。"

在国外，对于心力衰竭和呼吸系统疾病等，缓和照护方面的探讨也是必需的，但在日本，缓和照护病房只能用于会直接导致死亡的疾病。据说由于艾滋病实际上已经成为了一种可控的疾病，所以几乎都是癌症患者在使用缓和照护病房。2018 年以后，日本也开始对心力衰竭的患者采取缓和照护的对策，但还在不断完善的过程中。

目前在日本可以使用的缓和照护设施有 400 个左右，但它们有其特有的情况。

"在日本，缓和照护的工作主要由医生承担。然而，在国外，很多情况下是由护士承担的。另外，在英国，缓和照护由专门的临终关怀医院（缓和照护病房）提供，而美国则推行在宅临终照护，在日本，则是由医院或者附属于医院的临终关怀机构提供。"

据说这是对日本有八成患者在医院中去世这一现状的回应。

"当缓和照护的工作主要由医生承担时，他们往往会不自觉地陷入通过使用手术或药物来改善病人病情的想法。本来应该通过接触沟通或者语言交流来治病的。在共同思考患者本人带着癌症活下去的意义时，不一定需要医生。"

第一线的缓和照护医生说不一定需要医生，这很有意思。在上次的对谈中，"临终镇静"成了话题。据说，如果对终末期患者使用镇静治疗，患者将在三四天内死亡。然而，西表示，在实际临床中这样做的机会并不多。据说，每年只有两三个实际施行的案例。

"镇静治疗需要得到患者本人及其家属的同意。在我们医院，要召开协商会来讨论对这个人使用镇静治疗是否妥当。然而，在人去世的过程中，实际上是否需要达成这样的协议就是另一回事了。例如，为了消除疼痛和痛苦而使用吗啡，在痛苦消失的同时，有些人会睡下去。那么，是否要为了取得对镇静治疗的同意，停止使用吗啡，让患者醒来，以询问（本人的）意向呢？回答是不至于如此。大多数情况是患者就那样在睡梦中咽气。"

那么，如何取得患者本人对镇静治疗的同意呢？

"我此刻正在和一位快 80 岁的女性交谈。她患有大肠癌，已经扩散到了肺部，以后有可能会出现呼吸困难。我告诉她这种情况会使用吗啡，但如果持续使用吗啡，今后睡着度过的时间也会越来越多。目前，她本人说希望到时候不要再延长生命。在讨论到时候该怎么办的过程中，我告诉她镇静治疗也是一种选择。"

顺便说一下，这位女性于 2019 年 3 月死于镇静治疗。据说这是她及其家人所期望的理想结局。

从结束生命的角度来看，安乐死是一种用点画句号的行为，而缓和照护则是用线来把握终末期。也就是说，到死为止的过程很重要。

例如，假设有一位癌症患者已经出现了晚期症状，最多还能活一个月。估计这将是与病魔艰苦斗争的一个月。如果使用镇静治疗的话，最后几天可以在睡眠中度过。然而，这并非能够消除发展到这一步之前的所有痛苦。一些医务人员指出，即使通过缓和照护处理得当，也会留下 10％左右的痛苦。

而如果是安乐死的话，在生命还剩下一个月的时候，就可以主动选择死亡。这一个月的痛苦实质上会消失。毫无疑问，这正是被安乐死所吸引的患者心理。

据西透露，在与患者的交谈中，很多人会说"我好想早点死啊""我的死期怎么还没到啊"。既有带着应酬的心情这样说的患者，也有殷切地如此希望的患者。后者往往在身体和精神上都很虚弱，不仅需要依靠药物，还必须通过各种方法来消除痛苦——而这就是西的工作。

总而言之，想死之心也存在强弱之差。很多情况下，只要痛苦得到缓解，患者又会开始想着今后要珍惜与家人的时光。

"不过，假如安乐死得以立法，倘若患者说'有快速死亡的方法对吧'，那么非常遗憾，故事就到此完结了。一旦你试图劝阻，他们会问：'为什么不让我安乐死？'从而引发他们对医生的不信任。"

对谈之后，幡野和西也经常见面交谈。幡野在学习了镇静治疗的知识之后，希望能够安乐死。

"即便镇静治疗本身是可行的，但还是和安乐死不同，它不能在病人做决定时实施。这就是幡野先生之所以批评医务人员最终决定了一切的原因。因为幡野先生希望按照自己的意愿死去，不受折磨。

"我能理解那种心情。因此，能否尊重这种心情，并将这种愿望带向不同于安乐死的另一方向，是我目前着眼的主题。"

即使在医生之间，对生命和死亡的看法也因人而异。西虽然理解人们希望安乐死的心情，但他一直在不断摸索，认为应该也存在不同的方法。这种态度有很多让我产生共鸣的地方。顺便说一下，我也曾想到小岛美奈的例子，并向西咨询过四肢失去自由的顽症患者是否也可以通过缓和照护来消除痛苦。

西说："虽然要视具体情况而定，但缓和照护可以提供一定的治疗。不过，顽症患者内心的痛苦，不仅是医务人员的问题，也与家庭和社会的问题有关。"

几周后，我和西在品川的某个饭局上再次见面。

这个被称作"大论战！安乐死"的饭局聚集了内科医生、肿瘤内科医生、家庭医生、精神科医生等医务人员，还有以医疗问题为终身事业的大型媒体记者等 14 位临终关怀专家。他们全员似乎都对尊严死和安乐死有自己的想法，在这个场合交换了近乎真心话的意见。

不同于西，专门从事缓和照护的一位医生透露，他有时会对外来的患者进行镇静治疗。他说，虽然理解"临终镇静"和"安乐死"的区别，但最近有时会问自己两者之间究竟有什么区别。

"如果是跟自己一直有交情的患者，就会涌起一种特别的感情。甚至有时会想，我给这位患者注射一针让其安详地死去也无妨。"

对此，西回答道：

"我始终客观地把这个当作医疗行为来考虑，所以不会受这种感情影响。"

听到这里，这位医生指出了自己和西之间的不同之处：

"到底还是因为我是开业医师，所以在这方面不一样啊。我想这是因为你在医院里，有着公务员式的想法吧。"

对此，另一位家庭医生点了点头：

"我非常理解这种心情，有时候真想给患者注射一针。好可怕啊！"

靠得越近，就越会拉近与患者的关系。为了让患者从痛苦中解脱出来，可能会觉得干脆让其死去是一种正确的做法。在荷兰，执行安乐死的基本上都是非常了解患者情况、经常为其看病的医生。

经常就诊的医生从与患者多年的交往中了解到患者对生死的看法。如果患者的理想是不受痛苦地死去，那么医生有时也会采取安乐死这一手段。

这一天正好有位报社记者刚写完儿童癌症机构的头版报道，中途参加进来。我们说到了这位记者外婆的事。据说老人家已经100多岁了，一直过着插管接受 IVH 输液（针对不能用嘴进食的患者，通过点滴从注入右心房的上腔静脉输注高热量溶液的方法）的疗养生活。我们讨论起一开始使用延长生命手段 IVH 输液是否有必要的问题。大部分医生认为插管是理所当然的，但坐在我左边的一位从事媒体工作的女性却对此提出了质疑。

在她左边的西说："由于这件事的前提是起初就插上了，所以争论没有意义。"听到这里，这个女人朝他发出了一声叹息。

"医生毕竟是第三方，不知道患者和家属在想什么。也许您还年轻。"

西对这一发言勃然变色。

"从刚才起你就一直在说我年轻，可我已经 38 岁了哟。说什么因为年轻不懂患者的情况，我觉得这和年龄没什么关系。而且，我专职从事这份工作已经有 10 年了，是一路边思考边走过来的。倘若即便如此，也还是要说年轻的我什么都不可能懂的话，那么今天我来参加这个会议就没有意义了。"

他拿起脚边的包，用力关上包房的门，然后离开了。

尽管我很同情西，但我不认为这位女性的发言有什么深层的意图，反倒觉得应该再多增加一些这样交流内心真实想法的机会。如果医务人员不说出真心话，那么安乐死的讨论就无法进行下去了吧。

参加这次饭局的人大部分都反对在日本实施安乐死。即使在这样一群人当中，对工作和生死的看法竟然也如此多样。如果扩大到患者和家属等普通人的话，理所当然地会有更多的见解吧。

4

与此同时，我有机会接触到了普通人对生死的看法。

在逗留日本的这段时间里，我和在川崎的叔叔见面了。这是自我 7 岁时参加因胰腺癌去世的外公葬礼之后，我们第一次重逢。

就在那之前，母亲在电话里对我说："川崎的叔叔得了癌症，已经卧床不起了，我刚去看望他回来。"据说他在三年半前被告知患有多发性骨髓瘤，与摄影家幡野广志是同样的病。虽然叫他"叔叔"，但他其实是我母亲的叔叔，对我来说是外叔公，相当于外公的弟弟。

那已经是很久以前的事了，这个叔叔曾经是专门修建寺院、神社、宫殿的木匠，他送过我一个现在看来挺让人怀念的玩具。这个玩具让我很兴奋，它是一个发条式的双足行走机器人，走路时会发出"吱吱"的声音，胸口还会射出噼里啪啦的火花。当时，叔叔大概和现在的我年纪相仿吧。

接到母亲的电话后，我决定前去探望他。当我去到位于川崎市宫前平的独栋房子时，叔叔的妻子，也就是婶婶虽然露出了些许惊讶的表情，但随即便说道："是阿洋？"并把我请到了起居室。我原本想象叔叔会躺在病床上，但他却穿着不带翻领的日式短褂，踉踉跄跄地朝我这边踱步过来。他的脸上虽然皱纹有所增多，但和35年前相比几乎没什么变化。

曾经从母亲那里听说"叔叔卧室里有很多他做的超棒的小模型"，于是我便立刻央求说希望看看，叔叔"嗯嗯"地应和着，招呼我进了卧室。架子上成排地摆放着他成长的那个茅草屋顶的老家、白川乡的合掌造①房屋、神轿②和宝船③的迷你模型。

"大概20天左右，我就能做好一个。"

我想起叔叔从很久以前开始对亲戚说话也会用敬语。喀哒一声按下装在每个小模型上的开关，模型里的灯泡便闪烁了起来。

等我回到开着暖气的起居室，发现桌上已经备好了日式点心和苹果。我和叔叔、婶婶三人交流了彼此的近况。他们似乎不太了解我的工作，只知道我去国外留学，之后便一直生活在遥远的国度。我并没有什么特别想说的。仅仅是相互分享记忆的片段就很开心了。

耳朵听不清，口齿也不清的叔叔开始说起了自己的病情。

"其实，我得了一种自己也不太清楚的罕见癌症，好像是叫什么

---

① 合掌造是日本农村传统民居的一种建筑方式，为木造建筑，不用一根钉子，屋顶以茅草覆盖，呈人字形，如同双手合十一般，因此得名。世界文化遗产白川乡合掌造建筑村落是岐阜县著名景点。

② 日本祭祀时装上神牌位抬着游街的轿子。

③ 日本的一种版画或年画"宝船绘"中的宝船。船上装满米粮袋、银箱、砂金袋、鲷鱼、童话里的万宝槌和隐身草，另外有许多金银财宝。很多版本的"宝船绘"中还画有七福神。

多发性骨髓瘤的病。今天刚从医院回来，吃了一次性服用的药，身体状况还算不错……"

叔叔坐在椅子上，还喝着绿茶，看不出晚期症状。但实际上，医生曾告知说，不知道他能否熬过去年夏天。这是来自婶婶的信息，叔叔自己并不知道。婶婶温柔地说道：

"这个人啊，一到去医院的日子就会打起精神。儿子、孙子来的时候，即使身体不舒服也很能说。很不可思议吧？现在阿洋你来了，他可高兴得不得了呢。"

这种癌症很少见，每年两万人中有一人发病。然而，它却正在侵蚀叔叔身体里的每一个细胞。据说如果发病的话，只能活三年左右。这样的话，也许下次就再也见不到叔叔了。我有想问的事。

"您最近的乐趣是什么呢？"

"已经没什么特别能让我快乐的事情了。大概就是待在家里看看电视，和你婶婶聊聊天之类的。"

听说药一用完，就会出现呼吸困难的症状，甚至都没法出门。即使在他说话的时候，也能听到他肺部发出的"呼哧呼哧"的喘息声。他还说，处方中的强效药物失去效用时皮肤会发痒，这一点让他觉得很讨厌。

我本想告诉他，就在隔壁镇上有一家在缓和照护方面颇受好评的川崎市立井田医院，但不知为何，我并不太想向他推荐。而让我的这种想法变得越发强烈的，是一边喝着绿茶一边对视着的两人之间的对话。

"自打结婚以来，我们没有吵过一次架，而且总是聊得很好。虽然也没有做过什么特别的大事，但我们的生活并不是乏味的。无论发生什么事，这个人都会好好听我说，我也一直在努力试着去理解这个人。我们两人真的一直以来相处得都挺愉快的。因为这个人说一直能和我在一起，自己是全日本第一幸福的男人。"

娴娴话音刚落，叔叔便立刻插话：

"不是全日本第一，是全世界第一！"

其实，娴娴几年前也被诊断出患有肺癌，一直在接受治疗。据说目前没有明显的症状。她在叔叔本人面前说，希望叔叔先走一步。

"当男人被孤单地剩下时，应该会很难活下去吧。我会一直照顾你到最后的，不用担心。"

叔叔低下头，看起来很高兴，但又不好意思似的。人要能死在最爱的人身边就足够了。即使会表现出痛苦挣扎的样子，我想这对共同经历了"有起有落"的漫长人生的两个人来说，也是他们故事中的一页。

我之所以被川崎叔叔的生活方式所吸引，大概是因为我对日本传统的生死观和家庭观有很多共鸣之处。但是，我从采访中了解到，现实中的日本人未必如此。

这么说来，在人生最后时刻的选择中感知到商机的她现在怎么样了呢？她就是我在瑞士遇见的臼井贵纪。在那之后她还在继续临终关怀中介应用程序的开发吗？

1月中旬的某一天，我们约在品川的一家咖啡店见面。在结束她瑞士之行的闲聊之后，我问臼井：

"在那之后，你还和普莱西柯医生保持着联系吗？"

她一边用叉子戳着苹果派的前端，一边回答道：

"有联系，但我没有回复，因此这个事现在处于停滞的状态。虽然我感觉近期很难实现，但是从长远来看，也不是不可能。我认为大家都在寻找一种无痛死亡或者不给人添麻烦的死亡方式。我今后也将继续考虑相关的机制，让当事人能够选择他们想要的死亡。"

她并没有放弃解决终末期问题的项目本身。担心会被指控协助自杀的臼井似乎稍微降低了一些难度，不再盯着安乐死。

"我想在此之前应该有能够先做的事情吧，所以现在更倾向于做缓和照护和尊严死这块。"

普莱西柯对臼井的事业持积极态度，并表现出了对她的期待，认为只要程序齐备，她有望在瑞士和日本之间架起一座桥梁。据说她建议臼井，如果这在现实中很难实现的话，可以试试开设"死亡咖啡馆"，即在瑞士和德国举办的、让大家交流对死亡看法的一种研讨会。

在日本很少有机会讨论死亡。与西、幡野的对谈是其中之一，我认为这种机会应该要多起来才行。

"日本人在逃避对死亡问题的思考。因此，我希望在死之前的某个时机 reach（触达）目标人群。"

使用"reach"这个有点商业化的西洋文字，也很符合她的行事风格。臼井似乎一直在摸索在互联网上建立一个关于死亡的交流门户网站，而不是现实中的研讨会。据说这种模式已经在美国出现了。

"那么，接下来你要去美国？"

臼井"哈哈哈"地笑了，但似乎也并不是完全不行。

5

在 2018 年夏天的对谈之后，作为一名呼吁安乐死的癌症患者，幡野广志出现在媒体上的机会越来越多，我目睹了他的活跃情况。他还频繁地更新博客，并在多个网络媒体上表达对安乐死的向往，从中可以了解到他向医务人员呼吁的情形。尽管他每月都要在胳膊上注射一次 14 万日元①一支的抗癌药，但他似乎过着每天都要忙于工作的日子。

2019 年 2 月 1 日，我终于见到了忙碌至极的幡野，地点在 NHK 关联公司的大楼内。幡野离开医院后，在这里和 NHK 的制片人大岛碰头。

我和该公司的相关人员在这里约见过多次。尽管小岛完成了安乐死的事除了笠井以外应该没有人知道，但这也只是时间的问题吧。接下来要见面的幡野，一定难以想象日本人通过 LIFE CIRCLE 完成了安乐死。

幡野被大岛带到了一间接待室，坐在了沙发上。他的外表和半年前没有变化。当时，尽管他说自己自从接受癌症治疗以来，体重增加了 20 公斤，但我没有感觉到他身体上的变化，也感觉不到他外表的衰老。他把相机对准坐在沙发上做准备的我，噼里啪啦地拍起了照片。

在我们旁边，大岛也把相机放在胸前，开始转动起来。他会把这次采访作为节目的一部分来使用吗？尽管幡野和我对生死观有着彼此不同的立场，但表现出这种不同或许也很有意思。

我事先给幡野发了一封电子邮件，再次告诉他，我的下一项工作是在日本而不是世界其他地方采访寻求安乐死的人们，并出版一本新书。

"今天您是从医院过来的吗？"

幡野向前调整了一下坐姿，抱着胳膊，开始说话。

"是啊，接受了抗癌药治疗。由于是血癌，所以基本上只能用化疗或者说是药物治疗，每周五都要做。一种叫万珂（Velcade）的

① 折合人民币 8000 元左右。

药，14万日元一支，价格非常贵。"

他说，一注射抗癌药，身体状况就会稳定下来，但副作用是"容易犯困"。就身体上的感觉而言，没有太大的变化。早上8点起床，睡眠时间大约6个小时。白天他似乎总是带着困意埋头工作。

这一天，我想一对一地问幡野的问题是，他为什么要寻求安乐死？这是否与18岁时父亲的离世有关？他们之间的关系不是很好吗？

幡野对他父亲的记忆并不清晰。

"我不知道他得的是什么癌。我甚至是在父亲去世之前才知道他患了癌症。我想他和病魔做斗争应该是从四五年前开始的。但父亲自己应该也没有被告知患了癌症。当时就是那样的一个时代。"

幡野似乎也对家庭环境抱有某种想法。父亲是在他18岁时去世的，他了解得再详细一点也不奇怪。是因为害怕自己可能得的是同样的病，所以才避开不去了解吗？

留在幡野记忆中的光景是，父亲临终时，年轻的医生跨在父亲身上为他做心脏复苏按压。据说在那一刻，他想的是："为什么要这么做？"

"因为父亲明明终于不再痛苦了。心脏复苏按压就是要起死回生对吧，我不明白为什么要这么做。"

看来这句话很好地表达了幡野对死亡的看法。面对临终的父亲，幡野并不是希望他能起死回生，而是更想让他继续这样睡下去。在幡野的博客中我也多次看到他断言"请努力治疗，哪怕是多活一分一秒"的想法是"家人的自私"。

幡野说，他在看到父亲将死瞬间的复苏之后，心情非常沉重。

"看到那种情景的时候，我想我不希望这种事发生在自己身上。不想被人那么对待，虽然不知道会是在几年之后，但我不想让儿子和妻子看到那种光景。"

渐渐地，我开始理解幡野的价值观了。他极其不想让家人看到自己痛苦的样子和死而复苏的场面。尽管我丝毫没有要否定这种想法的打算，但也有人说，最好让家人看看当时的状况和场面。当然，除非有特别的感受性，否则大概没有人会愿意看到这些的吧。不过，我感觉自己也能理解人们想要见证人的"生命"终结的那种心情。这就是希望共享悲伤和痛苦的家人的心情吧。

有件事让我有点在意。幡野的博客里满是关于儿子和妻子的内容，但几乎看不到跟母亲和姐姐相关的内容。我试着直截了当地问他：

"您生病之后，您母亲和姐姐是什么反应呢？"

当幡野开始谈起曾是护士的母亲时，我对他产生了一种难以言喻的感情。在病名得以确定之前的一个月里，幡野被怀疑可能患有多发性骨髓瘤或者恶性淋巴瘤。据说，母亲希望他的病是稍微轻微一点的恶性淋巴瘤，于是每天都坚持给亡夫扫墓，祈祷"请一定要保佑不是多发性骨髓瘤"。

幡野表情严肃地说自己无法理解母亲如此跪拜的举动。大岛一直拿着相机拍摄我们的对话。

"就算那样做，状况也不会改变，病也不会治好，只会成为一种负担。因为万一我得的是更糟糕的那种病，就会受到更大的打击，甚至会萌生歉意。"

我觉得这是为人父母的理所当然的想法，不是吗？但幡野说这对自己而言是个负担。听说幡野的母亲曾劝他的姐姐也去扫墓，但姐姐以"广志绝对不希望这样"为由拒绝了。据说当被告知确诊结果是更糟糕的那个病时，母亲责备没有去参拜的姐姐，但幡野说："这也太不讲理了吧。"

从那以后，他不再见自己的母亲了。据说已经快一年了。而在那之前，他每月还会带孩子去见一次母亲。现在他会见面的只有姐姐了。

　　我完全不知道他母亲是个怎样的人。只是，我对照着自己的母亲，试着想象了一下她跪拜的样子。我的胸口一阵疼痛。恐怕在和这个病无关的其他事情上，两人的关系有过什么隔阂吧。或者，他认为母亲的照顾会阻碍自己如愿以偿地死去。

　　"您不想见您的母亲吗?"

　　我条件反射般地问道。幡野"嗯……"地沉思了片刻后说道:

　　"母亲好像知道我的情况，她会看推特之类的。虽然我也没有告诉她我的联系方式，但母亲和我妻子保持联系。年底我因肺炎住院时，听说她联系我妻子说想来探望我，但我也还是拒绝了。"

　　为什么要始终坚持如此顽固的态度呢? 虽然可能是多管闲事，但我还是进一步介入了。

　　"可是，您母亲不是很想照顾您吗?"

　　幡野面不改色地说"不不"，并坚持自己的主张。

　　"她应该是想为我做吧。但那是她自己想做的事，而不是我希望她做的事。很遗憾这两者不太一样。尽管这样说有点难听，但这种好意反倒给我造成了麻烦。为了自己而去做想做的事，这样的人还挺多的吧。"

　　越来越多的年轻人被幡野广志的生活方式所吸引。媒体也不断地请他接受采访。然而，他的母亲却无法贴近他。我感到郁闷而又无奈。

　　他的言行在当今的日本似乎引起了大家的共鸣，但我无法认同他与母亲的关系。在我看来，这与欧美人直到最后一刻都坚持个人主义以实现安乐死的意识也不一样。个人主义只有在有了认可它的家人或社会之后才能得以成立。

在我看来，幡野其实是生活在孤寂之中的。正因为如此，我认为在这种情况下选择安乐死是错误的。

据说姐姐尊重弟弟的意愿。说到底，他只能与接受自己意见的人相处。他不应该更诚实地面对周围人的感受吗？不知这是否只是我单方面的想法？

6

事实上，听说不仅是与母亲，幡野也渐渐地封闭了与朋友的关系。伙伴们鼓励他"加油！"，不断地给他打气、关心他，然而这却让他很受伤。幡野说，周围的癌症患者也怀着同样的心境，但他们不会说出来。

"是癌症迫使我清理自己的人际关系。那些曾经的好友们给我推荐的都是些江湖医术，说喝了这个蘑菇（茶）或者贴上这个叶子就能治好之类的。宗教也是如此，想要去求神拜佛的人去求就好了。可是，这并不是我所追求的。"

"这并不是我所追求的"，幡野把这句话挂在嘴边，说了好几遍。优先考虑患者的感受是理所当然的吗？那些想要亲近他的人的感受被驳回，这样好吗？疑惑在我脑海中萦绕。

曾经有一段时间，幡野考虑过和他的妻子离婚。他想着与其让她因为照顾自己而难受痛苦，还不如分手，这样她应该也更容易重新开始。他希望在生命最后的这两到五年时间里制定人生规划。

当然，他的妻子并没有听从他的话。她希望自己能待在丈夫身边直到他离开。

为什么自己的想法无法传达到呢？幡野非常苦恼。2018 年 2

月，双方因感情用事发生了激烈冲突，他甚至产生了干脆开枪赴死的想法。幡野是一名猎手，持有霰弹枪执照。"一旦我走错一步的话，那就是一家人集体自杀了。"他压低声音说道。

但在与妻子发生正面冲突后，他终于开始意识到"别无选择，只有好好地活着"。应该是他不再期待妻子做出改变，而是开始把自己的"生"作为自身的问题来思考吧。从那以后，夫妻二人开始避免谈论让妻子伤心的话题，并逐渐转变成一边吃饭一边讨论活着的意义。

顺便说一句，"好好地活着"听起来似乎与安乐死相矛盾，但在幡野的意识里并非如此。在活过之后，能够"好好地死去"，这才是幡野所认为的安乐死这一人生最后时刻。

然而，在日本这是做不到的。虽然知道可以用一种叫做"临终镇静"的方法代替安乐死，但同样是遭受痛苦的患者，为什么在日本没法接受安乐死呢？……当幡野开始对"临终镇静"进行调查时，碰上了各种各样的问题。

"说到底，还不是要看最后的最后吗？就是在去世前的那几天啊。在此之前，有可能会卧床不起，也会出现谵妄（错觉、妄想、意识混乱等）。我觉得总之就是会发展成跟痴呆症差不多的情况。倘若随着病情发展要痛苦一个月左右的话，那么对我来说这一个月是没有必要的吧。比起这样，我希望趁还能活动的时候通过安乐死什么的死去。"

幡野在无法按照自己意愿死去的狭隘的选项中挣扎。其理由我也不是不能理解。据说他祈祷"至少在10年后安乐死能够合法化"，并希望自己能为其他有着同样感受的患者树立一个榜样。

我之前都在写对幡野的质疑，但当看到他积极的态度时，也多次对他产生亲近感。我还看出他有着敢于大肆宣扬强硬主张，并想要努力履行职责的一种性格。

"20年前，癌症告知是不可能的。尽管我不知道是以几十年为单位，但医疗正在不断地进步。因此，我认为安乐死是有可能合法化的。并不是说只要自己好就行了，而是如果可以的话，我还是希望在社会上引起争论，使安乐死在日本成为可能，也许是以10年、20年为单位。我觉得自己应该为此而努力吧。"

实际上，当我问幡野是否为安乐死做好了LIFE CIRCLE那边的筹备工作时，他回答说："进展顺利。"他似乎并不像吉田淳那样是在收集资料、着手翻译工作，而只是完成了会员注册和年会费汇款。

"去瑞士的事有头绪了吗？"

虽然这种问法很残酷，但我很想知道他到底下定了多大的决心。去瑞士似乎还早。"年底之前，今年之内，嗯。是啊，怎么去才好呢？我正有点犹豫呢。"他沉思了起来。他似乎在摸索使安乐死在日本获得批准的政治活动，而没有考虑太多如何去瑞士的问题。

"我也考虑过比如说向厚生劳动省或政治家呼吁。尽管医生在医疗相关网站上发布信息什么的，但说实在的，那个信息的传播力太弱了。我觉得如果这样的话，由我来发布信息或许还更快吧。"

在我看来，幡野是为了实现生命价值而活着的。正因为如此，我才不想劝他快点申请。在这个阶段，即使去LIFE CIRCLE，大概也会被普莱西柯告知"你还可以活下去"。

然而，如果真的把希望寄托在安乐死上面，以他的病情来看，不知道会在什么时候、发生怎样的变化。这一点他自己也意识到了。

"放疗也已经到上限了，所以不能再做了。接下来，等扩散到骨头上的时候，根据疼痛和位置情况还有可能出现瘫痪，对吧？尽管我觉得就算扩散，自己也能忍受三四个月，但还会出现无法入眠、身体无法再动弹等情况，所以我想最好是在还没有发展到这种地步之前行动起来。”

虽然他看起来还只是在描绘理想中的死亡方式，但只要有紧急时刻的退路，似乎就可以安心了。我认为，这就是安乐死。在这个意义上，该选项对特定的人来说发挥着重要的作用。这一点毫无疑问。

幡野像是突然回到了现实似的，向我说出了内心的想法。他用吸管搅拌着打包来的冰拿铁咖啡里的冰块。

“年末因肺炎住院后，我感觉实际上去瑞士还是很困难的。能够在瑞士安乐死的人或许是幸福的吧。很有可能发生身体状况急剧恶化之类的情况对吧？我前些天得肺炎时深切地感受到了这一点。果然没有那么简单啊。”

事实上已经有人通过安乐死离世，当时的我还说不出口。

幡野可能认为我对他的死法抱有不同意见。对于死法，我并没有什么讲究。正如我已经多次说过的那样，因为我想尊重每个人各自的活法和死法。可是，我觉得在到达那里的过程中，被留下的人不应该感到悲痛。这一点，我想明确地告诉他。

“我认为如果当事人想安乐死，并且觉得那是最幸福的死法，那就可以了。不过，即使对当事人来说很好，被留下的人会有什么感受才是最重要的。”

我知道幡野对“被留下的人”这一想法感到有些抵触。

他迅速做出了反应。

“对于被留下的人会有什么感受这一点，我的内心也很矛盾。但问题在于，是否要为了留下的人使用自己的生命？是否要为了满足那个人这样去做？确确实实要经受痛苦的治疗，接受延命治疗，死后一边让骨头断裂一边还要接受心脏复苏按压……坦率地说，为此而感到满足的人（医务人员和家属）还挺多的吧。因为他们觉得自己坚持到底了。被留下来的人会觉得自己帮忙完成了（当事人）希望做的事情，而不是认为让自己的家人受苦了。因为从懊悔的本质上来看，这样想会轻松得多。"

看来这似乎是幡野与我之间的分歧点。临终看护的人也并不希望看到自己最爱的人受苦。他们之所以坚持到底是为了想要不留下遗憾。

我无法认同他把这说成是被留下的家属的利己心理。细究他的话，我觉得可以归结为一点：生命是谁的？是只属于本人的，还是能和被留下的家人共享的？当然，这不是一个可以立刻给出回答的问题。

不管怎样，在采访中我了解到，如果是不被周围人理解的安乐死，那么日后会有很多人抱有各种各样的情感。安乐死是不是一种幸福的离开方式，也许最终取决于患者和被留下的家属之间的人际关系。

如果他和母亲的关系能够得到改善，我也并不打算反对他的想法。

幡野是就此毫不犹豫地前往瑞士，还是打消念头？估计我说这说那也没用吧。

我们在大楼的出口处互相打了个招呼，做出半心半意的微笑。我知道，对他说"加油！"是禁忌。尽管没有发出声音，但我在心里这样传达着。

第七章　遗灰

1

撰写本书剩下的最后一项工作是采访相关人士对小岛美奈之死的看法。在和她的两位姐姐见面之前，我想找一些人了解一下情况。

虽然至此为止没有让她出场，但我已屡次感觉到了她的身影。我曾写道，自己和小岛美奈的相遇始于 2018 年 8 月收到的一封电子邮件。

我在网上公布了自己的邮箱地址，但小岛并没能立刻找到，而是有一位女性替小岛给出版社打电话询问了我的联系方式。

她就是长濑惠美（47 岁，化名）。长濑从责任编辑那里得知了邮箱地址是公开的。她刚一把这个消息告诉小岛，我就收到了小岛的邮件。但是，长濑并没有和小岛直接见过面。

长濑住在千叶县的某处，于是我前往离她家最近车站的购物中心的一家咖啡店，向她了解情况。

长濑是一位育有两个孩子的母亲，孩子们在上小学，她还负责照顾住在附近的父亲。在长濑成年后的 20 年里，父亲和母亲一直是分居的。然而，几年前父亲因脑梗死病倒后，开始受到后遗症的折磨。虽然父母开始重新生活在一起了，但却很难填补 20 年的空白。母亲对一直不顾家庭的父亲破口大骂，父亲则向女儿倾诉自己身体的残疾和对母亲的不满。

长濑在养育孩子和照顾老人的现实中身心俱疲，唯有网络空间是她唯一的救赎。

第一次阅读小岛的博客是在 2017 年 1 月左右。她坦率地说，动机是想通过阅读比自己更艰辛的人的生活来获得活下去的勇气。

但渐渐地，她对作为一名女性而非不治之症患者的小岛及其文章越来越着迷。最重要的是，小岛在情境描写方面的语言表达非常丰富，简直让人想称之为"可读的动画"。

小岛有一篇博客引起了长濑的共鸣。文章描写了大约 30 年前把小岛带大的祖母因胰腺癌住院时发生的一个插曲。当时，小岛在东京都内工作，实在没办法去医院，但住在新潟的大姐惠子每天都去医院探望，照顾祖母。后来小岛终于请到了假，可以去看望祖母了。她担心祖母的口臭问题，看了看她的牙齿，发现很脏。于是小岛帮她刷牙，这让爱干净的祖母感到非常高兴。为什么在祖母身边的惠子没有注意到这一点呢？

小岛从中看到了自己和姐姐之间的不同之处。小岛比姐姐的理解力更强，能够注意到非常细微的变化。而另一方面，她在接纳力方面比不上惠子。接纳伴随着责任。惠子即使牺牲日常生活也要照顾祖母，而小岛没有这种精神准备。这篇博文不是关于谁对谁错的讨论，而是说两者都有必要。这是一个和我已经介绍过的"接纳与理解"相关的话题。

看过那篇博客之后，我发现的确有位可能是长濑的人评论说："这篇文章如实地反映了在护理工作中应该如何将接纳与理解结合起来。"对此，小岛在表示认同的基础上郑重地回答道："从现在开始，我们必须找出接受（护理）的人方面的课题。"

两人通过评论栏频繁交流。

然后，自小岛闹出自杀之事、博客不再更新的 2018 年 4 月左右起，两人开始直接在 LINE 上联系。"我吃了很多药，啊哈哈哈哈"，小岛用这样一条符合自身风格的消息告知了长濑自己自杀未遂的事。

小岛写道"你很惊讶吧"，但一直以来长濑读过她与病魔斗争的整个过程，因此能够接受。据说在那之后，长濑还听小岛说到自己对安乐死的想法，但她不想跟我讨论安乐死的对错问题。

不过，当谈到小岛的病情时，她说："因为没有治疗方法，也知道今后病情的走向，所以我能理解她做出那般选择的心情。"或许是这种态度让小岛放心了吧，之后两人的交流变得更加密切了。

每天早上，两人都会在 LINE 上互发信息说"早上好"。小岛和长濑分别把与病魔斗争过程中的压力以及照顾父亲和养育孩子的压力都发泄了出来。也许是因为睡不着，小岛有时会在深夜或清晨发来信息。长濑对此一作出回应，小岛就会接着发来信息说"啊，对不起，把你吵醒了"。长濑知道小岛当时正在艰难地与病魔作斗争，因此认为她是一个"过于考虑他人感受的人"。

在小岛正为阅读理解英文感到棘手时，给予她帮助的也是长濑。尽管无法进行专业的翻译，但她好像会使用翻译应用程序等工具来辅助小岛。

在完成了 LIFE CIRCLE 注册的时候，长濑收到了小岛寄来的一份礼物。里面装有一条小岛非常珍惜的三叶草形状的淡粉色项链。附在一起的信中写道："虽然这不是遗物，但如果可以的话请收下吧。"并补充说："虽然还有更贵的，但我最喜欢这个。"尽管之前一直在 LINE 上交流，但长濑回忆说这是第一次接触到活生生的小岛。

在向长濑了解情况后，我才发现小岛在 LIFE CIRCLE 和 DIGNITAS 这两个机构都进行了注册。而且，两家机构在同一天回信了，也就是在我采访小岛之后的 9 月底。

　　长濑给我看了来自小岛的留言："LIFE CIRCLE 和 DIGNITAS 的回复来啦。"据说她之所以选择 LIFE CIRCLE，原因在于两者在最终协助自杀的方法上存在的巨大差异。

　　LIFE CIRCLE 通过打开点滴开关来完成死亡，而 DIGNITAS 则是通过吞下药物。吞咽能力逐渐减弱的小岛希望在 LIFE CIRCLE 结束自己的生命。

　　长濑对小岛的了解超乎我的想象。小岛甚至还把和我见面的感想以及对 NHK 采访的担忧都告诉了她。

　　小岛前往瑞士之前还在成田机场给长濑发送了信息。

　　"现在啊，我在成田机场的头等舱休息室里，好闲啊——"

　　"我正看着这令人怀念的，关东的晴空。"

　　"还真是好啊。"

　　"我喜欢这片天空。"

　　长濑回复道：

　　"美奈桑①～是啊，今天这里天气真好。去瑞士的飞机延误了吗？"

　　小岛再次回复：

　　"○○酱②（长濑的爱称），我走了！"

　　小岛最后的信息是这样的：

　　"我最喜欢○○酱了！谢谢你看到了我的博客。谢谢你成为我的

---

　　① "桑"是对日语"さん"的音译。"桑"接在姓氏后面为比较正式、正规的礼节性称呼，接在名后面则比较亲切。但真正极为亲近的人之间会直呼其名，不加"桑"。
　　② "酱"是对日语"ちゃん"的音译。"酱"接在名后表示关系亲密，比"桑"更显得亲近一些。

跟踪狂。谢谢你理解并接受我内心的一切。一想到有○○酱的存在，我就感觉力量倍增哦。怀揣着感激之情。"

她非常诙谐地称长濑为"跟踪狂"，言语中让人感受到小岛特有的幽默感和孤独感。

20分钟后，长濑回复道：

"美奈桑，谢谢你。我最喜欢聪明的美奈桑了。希望你坚持自我！"

然而，尽管长濑写的这条信息显示已阅，但小岛却不再回复。即使在小岛到达瑞士之后，长濑也继续在LINE上写下自己的想法。

"美奈桑，我一直在为你祈祷！始终如一！"

"接上——接上——请不用担心回复的事。我单方面地继续发送！"

"我拿出了你给我的项链想戴上，但它太贵了，所以我只能看着。美奈桑，你送给了我这么昂贵的东西。这样的事情，我实在是难以做到。首先，我不能领受。再者，你还把它送给我。你这么考虑并且付诸了行动，真是了不起啊。谢谢你，美奈桑！"

与小岛长达一年半的交流就此落下了帷幕。因为LINE没有显示已读，所以长濑确信小岛已经完成了安乐死。

两人的立场完全不同。当我问长濑为什么她们的关系变得如此亲密时，她回答说："我想是因为不试图强行见面对美奈桑来说很轻松吧。"因为疾病，小岛逐渐失去了原本应有的自我。在接受我的采访时，小岛也回答过，对她而言，无论是解释还是被他人看到自己的样子都是一种沉重的负担。

另一方面，长濑为什么会为了一个素未谋面的小岛而费尽心力呢？

"因为她跟健康的我进行交流。要是我卧病在床的话，肯定会妒嫉那些能够动弹的人。可是，美奈桑没有这样的迹象，而是接受了我。我也希望想办法对她作出回应……"

对于在互联网或社交网站上的交流来说，两人的关系实在是太亲密了。

在小岛出发去往瑞士的几天后，长濑的父亲再次因脑梗死倒下。鉴于他的病情，第二次发作是必然的，大家也做好了他会去世的精神准备。父亲住院时，长濑忙得不可开交，暂时没有时间考虑小岛的事情。

父亲奇迹般地保住了性命，但四肢不能自由活动，视力严重受损，口齿也不清了。然而，长濑发现自己接受了这样的命运。

"虽然我想，为什么选在这个时候呢？看来接下来要开始看护父亲的日子了，我考虑是否要把他接回家。"

她祈祷父亲能继续活下去，但另一方面，她也开始深入思考父亲的尊严到底是什么。

"父亲到底在想些什么？由于现在连沟通都很困难，所以我很难理解，但我发现自己已经开始让自我意识做决定了。"

素未谋面的小岛的生命的痕迹，确实存在于长濑的心中。

长濑在采访接近尾声时，突然捂住眼睛说："我的心中唯有感激之情。"

2

NHK 的笠井清史同时有多个采访任务，在那之后也一直过着忙碌的生活。在瑞士逗留期间，我们彼此都没有时间好好交谈，也没能好好地道别。

我们曾多次通过国际电话联系，也共享过很多信息，因此我想再深入了解一下笠井的情况。他为什么会被小岛美奈所吸引，不断追逐安乐死这一主题？笠井在这次采访中学到了什么，产生了怎样的想法？同样作为传达者，我想了解。

在我回到日本的 4 月份，为拜访惠子和贞子，我去了几次新潟。有一次，我和笠井共进了晚餐。他当时也在新潟开始节目的外景拍摄工作。据说该节目计划在 6 月以后播出。虽然讨论的主题和我相同，但我们的采访对象和采访方法却大不相同。

当我在新潟车站的一家咖啡厅里等着的时候，电话响起，是笠井打来的。

"您现在在车站哪里？我马上去到您所在的地方。"

就像我们相遇的那天一样，笠井要赶往我的所在地。其实，前一天我们已经约好在东京碰头。可笠井很在意我的时间安排，给我发邮件说："无论哪里我都可以去。"然而，我问他的后辈才得知他好像正在新潟采访。仅仅为了几个小时的进餐，他打算特意从新潟跑到东京。于是，我告诉他自己第二天早上也要与惠子和贞子见面，最终我们决定在新潟碰面。

笠井身穿荧光粉和绿色相间的黑底横条纹毛衣出现在我的眼前。然后，我们一起去找家安静的店。笠井小跑着，挨个确认每家店里的空位情况。我们终于找到了一家卖日本酒和慢食①的小餐馆，并在一个包间的椅子上坐了下来。

笠井点了高杯酒，我点了"3 种当地酒搭配饮"。他说"喝醉了可以更实在地说话"，喝酒速度似乎比平时更快。小岛已经不在这个城市了，为此感到孤寂的笠井开始谈起半年前反复与小岛会面的日子。

---

① 与快餐相对，指经过精心烹调，适合细细品味的餐点。

"在我第一次和第二次去医院拜访的时候，美奈女士完全不笑。但在第三次拜访时，她终于哈哈大笑了，这让我感到非常高兴。"

我啜饮了一口越乃寒梅，然后问道：

"笠井先生在那么短的时间里去了几次医院？"

他"啊，啊，嗯嗯"地使劲点头，列出了一个惊人的数字。

"一个月里去了 15 次左右医院，也待过 4 天 3 夜。"

笠井说到自己属于那种容易陷入某件事情当中的性格。随着采访的深入，他对小岛这个人产生了兴趣，而不是对安乐死。采访之外，他甚至说："我想和她成为至交。"通常情况下，这会让人想乱猜测，但正因为我知道他一直以来的行动，所以很容易产生共鸣。

我曾写过 NHK 对小岛的采访经历了一些波折。小岛很多时候都提防着笠井。据说他带小岛去水族馆的时候，小岛曾经非常生气。

尽管我知道这件事，但却不知道实际上发生了什么。

"我把相机包挎在肩上带去了（水族馆）。我只是把它当作包来使用，里面没装什么值得一提的东西。可后来回到病房时，美奈女士冲我生气地说：'你一边这样邀请我，一边想不断地拍我吧。'我当时还嘴说：'看，里面没有相机吧！'然后把相机包扔在了地上。"

在以采访者身份采访之前，笠井多次表达了自己作为一个人的想法，但他的真实意图却总是难以传达。

"尽管我只是想和她共享快乐的时光而已，但似乎在她看来，这是一种宣传……我想是自己给她造成了很大的压力。"

笠井回想起这段时期的矛盾。

"想传达的心情和想面对的心情，是有所区分的，不是吗？因为我自己没有信心（用语言）很好地传达，所以首先想的是和对方保持良好关系。我也不应该处在像传信使者那样的立场上，因此我就只是想着至少能在一起欢笑就好了。这就是我拼命努力在做的事。"

先花时间建立信任关系，然后再应对工作，笠井的这种态度对于试图高效推进采访的我来说，有很多值得学习的地方。笠井在工作领域之外，像朋友一样跟随小岛。我觉得其中也包含着一部分认为即使做不成节目也没关系的果断想法。

他或许是以更长远的时间跨度来考虑节目的问题，但对小岛的采访突然迅速开展了起来。安乐死日程得以确定的 2018 年 11 月，正是他在中国的采访工作渐入佳境的时候。

"由于是重要的外景拍摄，所以无论如何我都需要去趟中国。（这一时期和瑞士之行赶在一起了。）小岛女士遗憾地对我说：'笠井先生和我的时间不合适啊。'我想，因为我时常说自己想把美奈女士的想法传达给世人，所以她心中的期望也不小。不过，一旦那个瞬间无法在现场，我觉得真是非常抱歉。"

笠井结束了在中国的出差，前往瑞士。回想起当时的情景，他声音哽咽地说："我不想因为工作时机的问题不在场……"

"我的确是想着抛开采访的事不说，自己也一定要去瑞士。可是，我原本跟美奈女士一直说的是要创造某种契机让社会去思考（安乐死问题）。所以，我想在瑞士从面对她开始做起。我们因水族馆的事情发生争吵以后，彼此在情感上产生了一些分歧。我采访了在瑞士的全部经过，至于是否会播出，在那个阶段还不太清楚。"

那个阶段是 11 月 26 日，那天笠井把啤酒送去给住在瑞士酒店里的小岛。当时，他敲房门没有得到回应，于是便把啤酒放在房间门口，然后离开了。据说他一度回到了自己的酒店房间。

过了一会儿，小岛给笠井发了一条信息，上面写着"啊，你来过啊"。于是，他立刻回到了小岛的房间。然后，笠井将内心所想全都倾泻了出来。

两人首先相互表达了在瑞士重逢的喜悦之情，然后还掺杂着说了因新潟水族馆事件争吵的往事等等，再渐渐地进入了正题。据说，笠井再次提议"想如实地传达现实"。

笠井没有跟我说到那么深入，但我想他的提议可能也含有想把"临终的瞬间"也拍摄下来的意思吧。对此，小岛回答道："希望排除一切情感因素。请不要做成催人泪下的煽情的土鳖节目。"据说两人的谈话持续到了深夜2点。

笠井下定决心要彻底成为一位采访者吧，而小岛也决意要展现一切吧。或许可以说，为了探究小岛之死的意义而制作的节目从这一瞬间已经开始了。据说当天晚上，笠井收到了小岛的私人物品围巾作为礼物。

第二天早上，我看到了脖子上缠着围巾的笠井，得知那是小岛的物品，就不由得领会到了。因为尽管这么说有点不礼貌，但我觉得对毫不在意装束的笠井来说，这条围巾实在是太时髦了。

"我活着一直在想，人不仅应该有生存的权利，还应该有死亡的权利。尽管我不能很好地解释这点。我从小就不太善于表达自己，可能是因为觉得自己不太被这个世界所喜欢吧。十几岁的时候，我还曾经自暴自弃过……"

有一件事让这样的笠井确立了他的发展方向。

"10年前，我父亲因脑出血被紧急送往医院。父亲失去了意识，我24小时不眠不休地一直看护着他。一周后，我想着差不多要给公司提交请假申请了，于是在上午10点左右，询问医生：'父亲能坚持到什么时候？'我觉得从结果上来说，自己那句话可能将父亲的治疗引向了停止续命。因为就在那个下午，父亲血压急剧下降，然后便去世了。"

主治医生是不是考虑到了连续几十个小时一直在照顾父亲的自

己……是自己扣动了父亲死亡的扳机，笠井这样自责道。

如果在父亲生前听他说过"紧急情况下，希望停止延命治疗"的话，笠井先生的懊悔或许也能少一些了。

笠井没有和他父亲讨论过死亡方式。从那以后，他就一直在制作能成为家人一起探讨临终关怀问题契机的节目。

作为公司职员的笠井和身为自由职业者的我不同，他的个人意愿不一定会反映在节目中。关于这个问题我也想问一下他。

"我的想法并不一定会成形。即便是这次的节目，节目制作方认为，与寻求安乐死的人需要一直保持一定的距离。虽然我没有聪明到能知道这种距离到底是怎样的一个程度……"

笠井对安乐死并没有明确的立场。但据说，由于看到了小岛临终时的情景，他的想法也逐渐成形。

"我曾经一度认为，安乐死对某个立场的人来说是希望之光。毫无疑问，对美奈女士来说是这样。不过，也有人不认为这是希望之光。也许我一直想把希望之光强加于人。"

即使患有同样的疾病，有希望安乐死的患者，也有不希望的。就算患者这么想，家属也未必这么想。患者和医生的立场当然是不同的。笠井觉得这一点有道理。小岛曾反复强调"我的死是一个不好的例子，请不要强加给别人"，想必这对笠井产生了不小的影响吧。

不知何时开始喝醉了的笠井自言自语地说道："我不认为我能传达出什么信息。美奈女士想留下的东西能传达给观众们就好了。"

也许是下意识地在用力，笠井抓着的饭团变得稀烂。塞满了饭团的嘴巴周围全是米粒。笠井虽然比我年长 10 岁，但给我的印象从当初相识时开始就没有改变过。笠井简直就像是个天真、直率的孩子。

3

自从小岛美奈去世之后，我曾两次访问新潟，第一次是 2019 年 1 月 30 日。在新潟站下新干线的时候，我回想起了第一次来这里仅仅是四个月前的事。

日月如梭，瞬息万变。然而，车站前看到的景色却丝毫没有变化。

"My name is Mina Kojima．I will go to die ...（我的名字叫小岛美奈。我将会死去……）"

那个声音和节奏在我的耳中挥之不去。

小岛美奈已经不在这个人世了。

自她安乐死已经过去两个月了。被留下的姐姐们的内心是否发生了变化？匆忙前往瑞士并下决心执行完毕之后马上回国的两人，是否已经调整好了情绪？我有很多想要弄清楚的事情。

乘坐在来线①到距新潟站几站路的地方，是二姐贞子居住的区域。在慢车上，有一群盯着参考书看的本地高中生。我觉得他们尽管可能来自不同的学校，但穿着制服的这些孩子彼此应该是熟人吧。我在隔壁的长野县念了高中，所以多少能理解他们面对考试和考前的感受。当时有那么一瞬间，让我怀念起了那个时候。

傍晚，我和贞子在她经营的餐馆里碰面。这天是星期四，由于她特意为我包场，所以店里空荡荡的。我从入口探头看向店内，在厨房里穿着蓝色毛衣的大姐惠子注意到了我的存在。当我打开门时，她说："啊，你好，宫下先生。"然后像往常一样深深地鞠了一躬。

---

① 区别于新干线的日本原有铁路线。

当我被请到最里面的四人席时，发现桌上摆着内脏类火锅、生鱼片拼盘、冷菜等我最喜欢的东西。贞子从厨房里拿着装有韩式杂菜煎饼的盘子，小跑着走了过来。

"劳您从大老远的地方特意过来，真不好意思。之前承蒙您的关照，今天请允许我用这些简单的菜作为此前的一种答谢吧。"

当收到感谢时，说实话我挺尴尬的。这是什么答谢呢？如果意思是说小岛是因为有我才得以安乐死的话，那就麻烦了。

在瑞士，很多情况下惠子会带头行动，但在这里，贞子看上去动作更麻利。因为是她的店，所以也许这是理所当然的。当我以这种方式再次见到两人时，我在她们脸上看到了"那一天"所没有的柔和的表情。

姐妹俩虽然不怎么喝酒，但却像在宴会上一样向我劝酒。我必须要注意不能喝太多……我先把贞子递来的胃药倒进胃里，然后一只手拿着生啤干杯。

"从那之后已经过了两个月了啊。"

我先试着抛出了这样一句话。惠子凝视着远方，开口说道：

"我有时会再一次怀疑自己是不是真的去了趟瑞士回来……越想越觉得这真是个奇迹。"

贞子也一脸茫然地说：

"真是，现在都觉得像是做梦一样，我们俩经常一起感慨真的去过那里啊。"

贞子似乎觉得这一切回想起来都是发生在一瞬间的事情。

惠子继续说道：

"各种奇迹叠加在一起，在一条路上得以实现愿望，我觉得还是很有意义的吧。"

由于小岛在瑞士实施安乐死的 11 月 28 日我回了巴塞罗那，所以不太清楚在那之后的原委。

据她们说，两人第二天即 29 日上午去了遗体安放处。房间里摆放着小岛的棺木，是个只有烛火亮着的静谧空间。她们两人向小岛做了最后的告别。

起初姐妹俩计划要待到 12 月 1 日，但由于一直处于极度紧张的状态，再加上一路堆积疲劳，把身体弄垮了，所以她们决定把日程提前，于 29 日回国。她们从巴塞尔坐电车到苏黎世，然后直接乘坐飞机。去的时候是三个人，回来的时候是两个人。

现在的日常生活中没有了小岛。两人叹息道："真是很悲伤啊。"听说惠子在已故父母的佛龛上摆放了妹妹的照片。而且，她每天都在心里说着"谢谢"，双手合十。

眼前的桌子上摆满了亲手做的菜肴。是吃内脏类火锅呢，还是凉拌豆腐呢……饥肠辘辘的我首先把手伸向了韩式杂菜煎饼。

"对了，美奈女士是在韩国留学的吧？为什么是在韩国呢？"

这是我突然想到的一个问题。关于这件事，我没有直接问过小岛。因为相比于过去的回忆，我当时只是一味地在意她急于赴死的心情吧。

听说小岛高中毕业后便去了韩国。经过一年的语言学校学习后，她在著名的首尔大学新闻专业努力学习了四年。在当时，很少有学生从新潟的偏僻乡村去国外大学深造。更何况 20 世纪 80 年代末，韩国正处于民主化的漩涡之中，女性只身一人去留学很难说能够让人放心。

惠子和贞子流露出有些困惑的表情。两人互相望了望对方的脸，然后告诉了我一些之前从未说过的有关小岛家族的过去。

关于小岛家族的来历我不做详述，只在这里记下小岛的祖母是韩国人，大姐和二姐在韩国度过了幼年时期。小岛美奈虽然也出生在韩国，但在学会说话之前就移居到了祖父的故乡日本。虽说在家里讲日语长大，但她对自己的根越来越感兴趣也是理所当然的吧。就这样自然而然地，小岛被引向了韩国。

1991年，小岛从首尔大学毕业，回国后就职于一家大型商社。然而，她以自己的性格不适合在公司这样的组织中工作为由，仅半年就离开了职场。接下来直到因病回新潟为止的大约30年时间里，她一直在东京以韩语口译和笔译为谋生之业。

惠子说："她说在行政岗位上工作的话会得病，因而（在商社）工作了一年都不到的时间。"接着，贞子羞涩地说："那孩子有些地方挺大胆的。"说话的语气仿佛小岛还在身边似的。

有一篇文章可以了解小岛当时的生活状况。她曾在杂志《SAPIO》的韩国特刊上投了一篇专栏稿，题为《"首尔"和"东京"，女人的独居生活哪里更舒适?》，日期是1993年5月。

在这篇文章里出现了一位来自釜山的朋友，其目标是过独立的生活。这位朋友将寄宿在别人家房间里或租住房间现象普遍的首尔和东京的6张榻榻米①大的单间生活放在一起比较，认为不用顾虑任何人的东京生活更为舒适。小岛在专栏的结尾这样写道：

"她说，在东京的小公寓里生活后第一次感觉到自己是独立的。确实，租房间住的话，是很难体会到这种独立的吧。"

这与小岛本人开始在东京生活，并走向独立人生的时期相重合。从新潟到韩国，再到东京，生活的范围不断扩大，我想她或许也受到泡沫经济余韵的影响，想让梦想不断壮大下去吧。

我之前已经提到，年轻时的小岛曾对从小照顾自己的姐姐们发誓说"总有一天我要在新潟盖一栋大楼，让全家人都能在一起

---

① 约10平方米。

生活"。

那天，在前往协助自杀现场的出租车上，小岛哭着向姐姐们吐露了藏在内心深处的遗憾。

"明明说好了，却没能在新潟盖楼，对不起……"

对惠子和贞子来说，那是很久以前的记忆了。然而，一向言出必行的小岛却从未忘记。岂止是没能遵守约定，自己还回到了当年那样受人照顾的处境，这让她感到懊悔。在去往最后安息之地的车内，特意提及此事，这体现了小岛的个性。

4

在瑞士的时候，我和贞子几乎没有进行过像样的谈话，但在这家店里，她跟我聊了很多，从小岛美奈个人的故事到她们姐妹之间的往事。我觉得尽管她苦笑着说"不知该说到什么程度才好?"，但同时也对我放松了警惕。

贞子在东芝关联公司工作时认识了比自己大三岁的前夫，两人是所谓的"公司内婚姻"。然而，前夫在37岁时去世了，死因是急性心肌梗死。就这样，育有三个孩子的贞子年纪轻轻便失去了重要的人。此后，她在银行工作过，也开过自己的时装店。这家餐馆是六年前开的，大儿子和二儿子在这里帮忙。

贞子生活在人生是虚无缥缈的信念之中，对她来说，小岛的安乐死并不是悲惨的最后时刻，反倒是值得肯定的死亡方式。贞子在协助自杀的现场毫不动摇地守护着小岛的身影，重新浮现在我的记忆中。

小岛被告知患有不治之症时，也只对贞子说过"我将赴死"的决心。即使在她多次自杀未遂的那段时间里，当绑在一起准备上吊用的围巾被发现时，贞子也尊重小岛的意愿，对感到恐惧的惠子说："把这还给她吧。"

我觉得小岛和贞子两人的性格很像。可是，正因为有着相似的性格，所以也会有反目的时候。

"由于我年轻时经常和美奈意见不合，所以尽管我们之后也见面吃饭，但彼此一直都避开严肃的话题。我甚至都没有主动联系过她。美奈生病之后也一直投靠的是姐姐，我一直以为反正自己是被讨厌的人……"

贞子不想让妹妹觉得自己是个"爱唠叨的人"。由于惠子不会开车，所以贞子负责接送小岛去医院，但她一直避免进一步过问。

听说安乐死当天，在去 LIFE CIRCLE 的车上，贞子为此向妹妹道歉，结果小岛露出看似凄凉的眼神，对她说：

"贞子姐，你误会了哦。我明明很喜欢你，你竟然那么想，真让我感到吃惊啊，我完全不了解这个事。真的对不起。"

在离开日本之前，贞子暗自发誓，在小岛最后安息之前一定不哭。但是，当她听到这句话的瞬间，眼泪就止不住了。

"直到最后我都没打算哭，但不知为什么自己却先哭了起来。而且，眼泪已经止不住了。"

这是坐进了另一辆车里的我所不知道的事情。

小岛在自己的博客当中也曾写道，自从卧病在床之后，她开始重复以前不怎么对家人说的"谢谢"二字。可是，这似乎是她对家人帮助的一种礼节性的"感谢"。

贞子说，有时这种感谢会让她感到"寂寞"。但据说去了瑞士之后，贞子开始听到更为柔和的"谢谢"了。

在姐妹们聊到天亮的那个安乐死前夜也是如此。小岛是一个有着很强独立心的人，但到了这个阶段，似乎也萌生了一种接受一切并将其委托他人的想法。

惠子想起了那天晚上的谈话。

"总之，我觉得美奈在城市里一直坚强地生活着，努力振作不服输。因为她从不向任何人展示自己的弱点，一切都靠自己积累。但是，她当时说：'现在回想起来，尽管我自认为是靠自己一个人走过来的，但我不由得意识到并不是靠自己一个人，而是靠周围看不见的力量，我受到了很多人的照顾，才走到了今天。'我强烈地感受到她的感激之情。"

贞子也对姐姐的话进行了补充。

"因为靠自己一个人是走不到今天的，所以她一直在说：'真的很高兴你们陪着我一起。谢谢，谢谢。'在我们出发之前，据说妹妹有纪说：'虽然坚强的姐姐也不错，但我更喜欢柔弱的姐姐。'这句话似乎让那孩子（美奈）得以安心。"

柔弱一点也没关系……对于一直以来从不向人示弱的小岛来说，这句话对她的触动该有多么大啊。

据说，小岛在和惠子一起生活期间一直拒绝让惠子帮着洗澡，但来到瑞士之后，她彻底地依赖惠子了。惠子一边帮着无法很好地使用淋浴器、勉强才能跨进浴缸的妹妹，一边回忆道："对我来说，这是最大的自我满足。"

"到了瑞士以后，她一直听凭我们的安排，非常听话。每天都能给她洗澡，这让我很高兴。在医院的时候没能这么做，因为我总是担心回家的时间。"

在迄今为止的采访中，我一路看到人在临近生命终点时发生变化的样子，小岛的内心也在经历着灵魂被洗涤般的过程。特别是大概在和普莱西柯的面谈结束后，她的心情平静了下来，两人推测"紧张的气氛应该已经消失了吧"。

惠子和贞子对只在互联网和书上了解到的普莱西柯有什么印象呢？贞子首先说出了她的感觉。

"我觉得她是一位带有平民气质的可爱的老太太。虽然这位老太太和我的年龄相差无几，但给我的印象却是一个让人感觉温暖的，看上去很温柔的人。"

据说普莱西柯给惠子留下的也是温柔的女性形象。

"她没有医生那种死板的感觉，而是表情柔和。美奈只言片语地应答着，表情也很温柔……"

前文已经提到，也许是为了实际确认小岛的病情，普莱西柯试图让她坐到轮椅上。就在她想要自己站起来的瞬间，惠子想要出面帮忙。然而，普莱西柯阻止了惠子的行动，而是让小岛一个人继续下去。我没有看到她们之间的这种交流。

惠子说："医生做了一个手势，让我不要干预。"她还提到："我觉得医生是在试探。"不出所料，小岛摔倒了，背部撞到了床头柜的一角。通过这一点，普莱西柯大概确认了她的病情。

小岛和普莱西柯面谈的幕后故事，我也是过了两个月才知道的。

在前往瑞士的前一天，小岛和姐姐们一起开始准备提交给 LIFE CIRCLE 的动机书。惠子说道：

"我觉得必须要用英语好好地传达给艾丽卡医生，于是在出发的前一天晚上不睡觉，把美奈的所有症状都一项项地列了出来。不是有个当你对着它说话时，它可以把对话翻译成外语的，叫 Pocketalk 的东西吗？我们姑且借助它一起拼命地写。不过，偶尔也会有奇怪的翻译。'痛苦'被误译成表示'鞋子'的'shoes'① ……"

惠子说支持 74 种语言的翻译机"Pocketalk"是与普莱西柯面谈

---

① 日语中的"痛苦"和"鞋子"发音相近。

前的王牌，现在看来不禁让人觉得有点可笑。

"因为艾丽卡医生看过之后说很完美，所以我想她应该看懂了吧。啊，我觉得真是太好了。"

这次协助自杀的费用没能事先汇款到国外，在当地也没能兑换成瑞士法郎。在协助自杀之后，当姐妹俩终于要交付现金时，普莱西柯粗略地数了一下，把捆成一叠的几十张钞票还给了她们。

据说当时普莱西柯说："下次我去日本旅行时，再给我花（这个钱）。"

我感叹原来还有这样的事啊，然后也想起了那天的情景。

还有一件事情让我很在意。

我在第四章中介绍了小岛即将出发前往瑞士时发的博客。内容隐瞒了安乐死的目的，而是说由于要长期疗养，所以暂停博客。该博文最后写道："只要有一人懂我就好 FINE THANK YOU. AND YOU?"

当我问起这句话的意思时，贞子先加了句"我们也是最近才知道的"，然后告诉了我。

听说，在 2018 年 11 月去瑞士的事决定下来之后，小岛在病房里跟大家道别，其中有她高中时代的挚友。小岛在病房里将下面的事作为笑话告诉了挚友，她说："从瑞士（指普莱西柯）打来了国际电话，而我只能通过中学生才用的拙劣的英语来应答。"在回答普莱西柯说"我很好"这句话时，小岛用的便是"FINE THANK YOU. AND YOU?"。

2019 年惠子和贞子去拜访小岛的挚友，报告小岛死讯的时候，她们获知了这个小插曲。看到这篇博客的时候，挚友们都深切地认为这很像美奈的风格。

即使是关于妹妹安乐死的痛苦回忆，惠子和贞子也始终都用平静的口吻讲述着。

我一边看着她们的脸，一边说服自己："两人似乎并没有因为那场安乐死而痛苦。"

然而，我的想法很肤浅。这一天，我了解到，在能顺利迎来妹妹启程之日的安心背后，有着只有她们自己才知道的艰辛。

5

这一事实从惠子口中说了出来："在安乐死得以确定下来之前还有（问题）。"小岛曾向 LIFE CIRCLE 发送申请注册的电子邮件，但一直没有收到回复。在此期间，小岛说自己很焦躁，但据说她当时在考虑下一步行动，以应对没有回信的情况。

"访问自杀网站之类的。好像是因为没法依靠自己的力量去死，所以她一直在找能一起赴死的人。"

起初我和小岛见面时，她曾说要是安乐死实现不了的话，那就考虑去找自杀小组。不过，我当时把这当作一个半开玩笑的说法，不曾想到她真的在寻找。此外，贞子还说了一件令人吃惊的事。

"实际上，她好像收到了一个男人的回信……似乎是同样希望自杀的人，他好像还发来信息邀请美奈一起死，说自己负责开车。"

两人都知道这件事，这意味着小岛毫不隐瞒地告诉了姐姐们。尤其是爱操心的惠子，估计当时肯定感到非常担忧吧。

"我再三恳求她不要这样做。我非常害怕自己打开病房的时候要确认美奈是否在。因为那孩子说要做什么就会去做，所以我真的挺害怕的。因此，我每天都安抚她说，很快就会收到 LIFE CIRCLE 的回复的。"

关于自杀的手段，她甚至连"我想应该会用蜂窝煤"这样具体的内容都告诉了姐姐们。几周后，接到普莱西柯本人回信时，获救的肯定不只是小岛，因为她的姐姐们也被逼得走投无路了。

我在瑞士和她们同行时，曾多次告诉她们，现在还不知道是否真的会实行安乐死。实际上，我也曾经看到在执行前一天让患者回家的情况。作为我来说，原本是打算告诫她们不要期望过高，但听了自杀网站的事情之后，我不禁反省，自己可能不必要地煽动了她们的不安情绪。

"宫下先生，就因为你叽叽咕咕地跟我说话，弄得我好像都没法放心了哦。"贞子一边笑着一边这样对我说道。她的话对我来说是最大的安慰。

对于小岛在瑞士迎来生命最后时刻的意义，她们又是如何看待的呢？她们是以平静的心态迎接死亡过程的，这一点从下面的小故事中可以看出。

27日，即实施安乐死的前一天，吃过早餐后，当地司机带她们到瑞士的山上，去了湖边散步，并参观了市场。贞子记得，看着惠子以及贞子和当地人谈笑风生的样子，小岛曾经这样嘟囔道：

"我将会这样慢慢消失吧……"

贞子回想起当时的情景，说道：

"因为她自己坐在轮椅上，而我们是站着的，所以视线不同。'啊，世界不同了，我已经不在这个世界上了。'美奈似乎抱有这样的感觉。"

在那里，小岛真切地感受到了一个没有自己的世界。她还想象着姐姐们在那个世界里欢笑的样子。即使自己不在，世界也会运转。对于这种不可思议的感觉，她并没有感到悔恨或者对生命的不舍，而是平静地接受了吧。

在瑞士逗留期间，三姐妹每天晚上还会相互谈论这样的话题，说怎么人生会沦落到要安乐死的地步呢？惠子回忆道：

"因为那孩子说为什么自己会得这样的病呢？所以我告诉她，你一定是被选中的，像这样完成安乐死。尽管我不是神，但你应该是被赋予了一项只有你才能做的工作。我们相信，你是被赋予了使命的。"

贞子继续说道：

"她本人说，这样一来，也可以接受患病的这个事实了。因为一般情况的话，自己可经历了四次自杀啊，还服用了数百粒药丸，尽管如此却还没有死，这也太奇怪了吧？"

三个人一起回顾着彼此贫穷但相互帮助的成长经历，度过了宝贵的时光。安乐死前夜，她们还谈到了下面的内容。

惠子说："尽管我们很穷，还总是哭，但不知什么时候一家人变得一起笑个不停了啊。"贞子补充道："我们承受挫折的能力很强啊。"大家都点了点头，自然地洋溢出笑容。贞子还说：

"说起安乐死，一般都会心情黯淡，可我们三个人能这样笑着，好像还挺了不起的呢。也许我们的想法和普通人的不一样。"

即使在小岛与病魔作斗争期间，三姐妹去医院做定期检查时，也一定会有笑声。

小岛一边点头赞同姐姐们的对话，一边说道：

"嗯嗯，是啊。惠子姐姐、贞子姐姐，我真的很幸福哦。"

6

贞子向我劝酒。也许是胃药起了作用，我完全没有醉意。

"那么，贞子女士，我可以点一杯马格利①吗？"

---

① 马格利（Makgeolli）是韩国传统米酒，酒精含量6至7度。

两人看起来都很开心。小岛会对这样在一片和气的氛围下吃着饭、聊着往事的我作何感想呢？我能正确地传达被托付的故事吗？

微温的酒让人感觉很舒服。从我来这里已经过去四个小时了。

我想差不多是时候提问了。从实施协助自杀时开始，我就一直很在意这个问题。

"惠子女士，从美奈女士上床到咽气为止的那段时间，你一直在道歉对吧？说'对不起，请原谅我'。为什么这么做呢？"

惠子用惊讶的眼神盯着我看。她本人当时似乎并不是有意识地在道歉。她稍微思考了一下，然后各种各样的情感似乎都涌现了出来。

"我有太多太多的感受……因为事实上，我至今都在忏悔。"

惠子说了"忏悔"一词。

"因为我想让她吃更多种类的食物，想带她去更多的地方。我其实希望自己能二十四小时一直陪着她，可我做不到，也有这个原因。"

这和后悔不一样吗？

"可能有点矛盾，但这不是后悔。嗯，我不后悔。这更像是对最终不得不选择这条路说的'对不起'。说得极端一点，就是我会有要是自己能替代她就好了的想法。我想如果是父母的话就会有这样的感受，我也有这种感受。"

这个话只有惠子才能说得出来，因为她把年龄差近一轮的妹妹当作自己的孩子一样疼爱，一路呵护妹妹的成长。她还说："至少她到我家来了。要是她去了妹妹（贞子）家的话，我可能会吃醋。"

性格上小岛与贞子相近，而境遇上则与惠子相近。小岛一直单身，也没有孩子。惠子10年前结了婚，之前一直是一个人。有几次惠子邀请小岛一起过新年。最先注意到小岛异样的也是惠子。

"和'对不起'一起，还有'感谢'的心情，我想对她留下的回忆表达感激之情。意思是说，我很感谢有你的存在。"

面对逐渐失去意识的妹妹，惠子回想起自己哭着说"谢谢"的情景。

而另一方面，贞子当时并没有像惠子那样表露出自己的情感，只是静静地看着妹妹逝去，连声音都没有发出。贞子曾经在车上号啕大哭，但我再次看到她流泪是在小岛刚咽气之后。贞子说出了与姐姐不同的感受。

"正如宫下先生刚说的那样，姐姐当时一直在道歉。说着对不起、对不起啊。不过，美奈已经决定自己拉上人生大幕。这是她自己选择的道路，所以我觉得最后这样真的是太好了。我和姐姐的感受正好相反。"

惠子补充说道：

"这种想法我当然也是有的。"

贞子看着惠子的脸，又说了几句自己的想法。

"必须要这么想。因为我们今后要活下去。如果不想着这是好事就会心生怜悯，会怀疑自己都做了些什么。当自己一个人突然想起美奈的时候，会为美奈感到高兴，并问自己：美奈这会儿正在那边做什么呢？"

第一次在病房里见到小岛的时候，我就在想，日本人恐怕很难完成安乐死吧。四个月前，我还不知道小岛美奈这个人，也不知道惠子和贞子。我一直认为，在法律出台之前，日本人对死亡的思考是不成熟的。

看来是我想错了。

我觉得死亡是一个人这一生的集大成。不只是小岛，两个姐姐面对死亡也毫不畏惧。在小岛死后也没有转移视线，而是试图好好地去接受它。

喝完两杯马格利之后，我似乎有了些醉意。在走出店门之前，我问惠子和贞子觉得通过真正的安乐死迎接的最后时刻怎么样？

惠子一边说"彼此能够好好地道别，感觉这真是一个幸福的终结啊"，一边轻快地松了松肩膀。

贞子原本就对安乐死持积极态度，在见证了小岛的最后时刻之后，她更加坚定了这种想法。

"死亡给人一种可怕的印象。不过，这次这样看过之后，我感觉不那么害怕了。因为她看上去像是非常安详地快速睡着了一样地与世长辞。我也曾想象她是不是会出现喘不上气、嗓子堵得慌的情况，但完全没有。因为她一下子闭上了眼睛，然后就那样睡着了一般地离开了，所以我很高兴她没有受苦。"

当我走出店门时，两人微笑着鞠躬说："欢迎下次再来。"

我更加坚信，不仅是小岛的意愿，也因为有了她们，小岛才得以最终完成安乐死的吧。万一小岛没能完成安乐死，而是选择了其他方式结束生命的话，她们会以怎样的心情度过余生呢？

在酒店的床上，我试图构建最后的结局，但很快就放弃了想象。马格利让脸部微微发热，很舒服，不知不觉我就睡着了。

7

4月3日，我第二次访问新潟，这次去了惠子的家。虽然东京已是樱花盛开的阳春天气，但这边却依然很冷，好像还没有从冬天里走出来。

我无论如何都想看看成为小岛博客舞台的那个房间。还有一点，我想给放有近期从瑞士送来的骨灰的佛龛上上香，做最后的告别。

我们约在贞子的店里碰面，吃着惠子特意打包带来的银章鱼家的章鱼烧和鲷鱼烧，聊得很开心。距离上次访问已经过去两个月了，两人看起来还和之前一样健康。惠子痛快地剪掉了束在脑后的长发，给人一种很有活力的感觉。

　　每一次面谈，我都觉得自己和她们姐妹之间的距离进一步拉近了。

　　惠子的家离贞子的店大约有 30 分钟的车程。贞子开着爱车，在波涛汹涌的浅灰色日本海旁边行驶。惠子家在一个安静的住宅区里，既没有便利店也没有商店。

　　家门前是一个公园，小岛每天从阳光房的窗户眺望这里。樱花尚未绽放，但花蕾在等待温暖气候的到来。

　　在玄关脱了鞋之后，惠子把我请到了里屋。出现在我面前的是厨房和开着暖气的客厅。餐具柜上竖着摆放着十几张全家福，小岛儿时的几张照片也映入了眼帘。

　　当我正在看小岛小时候的照片时，客厅里出现了一个穿着工作服的男人。

　　"当时在瑞士好像受到了您很多的照顾，非常感谢！"

　　这是多次出现在博客里的姐夫。他皮肤略黑，有着一双非常温柔的眼睛。要是没有他，小岛应该就不可能在这里生活下去。对有时有些任性的她，毫无怨言地慷慨包容的也是这位姐夫。据说对姐夫而言，小岛就像是自己的妹妹一样。虽然他讨厌狗，但还是接受了特拉皮科，并在她外出时开车送她。

　　小岛安乐死的前一天，惠子在瑞士市内周游的途中，给在日本等待的丈夫打了电话。听说当说话人从惠子切换到小岛时，他隔着电话喊道："美奈，我爱你哟。"

　　小岛回应道，"我也爱你，"并接着说，"姐夫，真的承蒙您多方照顾了。"

我喝了一口端来的绿茶，然后问他：

"美奈女士去世后，您的心情如何？"

姐夫盘腿坐下，缓缓吐出电子烟的烟雾，望着摆满照片的餐具柜。

"还是很悲伤的啊。每次看到这些照片，我都会感到寂寞。因为我们过去还经常一起喝酒呢。"

坐在旁边的惠子点了点头，似乎在回忆那些日子。

"美奈不是没有爸爸吗？所以也曾在这个人身上寻求这一点吧。"

听到这里，姐夫对惠子嘀咕道："因为你对美奈来说就像妈妈一样啊。"然后他看着我十分肯定地说："我们是一家人，因此互相帮助是理所当然的啦。"

惠子补充道："当然，不仅是我丈夫，他公司的员工也给了我们很多帮助。正因为有了他们的支持，美奈才没有感到抬不起头。真的很感谢他们。"这句话很符合她的为人，会照顾他人的感受。

我握着为小岛安装的扶手，走上楼梯。阁楼里同时设有一扇通往姐夫公司的门。那里传来热闹的声音。小岛慢慢爬上这个楼梯时，心里在想些什么呢？

从这再往上走就是小岛的房间了。

打开入口的门，看到的房间和我通过博客想象的一模一样。我试着去想象她的生活。她一定非常哀叹自己日渐虚弱的身体吧，一定对没有希望的人生感到悲观，想透过窗户大声呐喊吧。尽管如此，她还是活了下来。这一定是因为她得到了姐姐们和姐夫的支持。

滑滑的地板上铺着彩色拼接垫。当初是出于防止爱犬滑倒的考虑，但随着小岛病情的恶化，在她不得不沿着墙壁爬行移动之后，这对她来说就成了不可或缺的必需品。

一张圆桌上放着穴位按摩器、身体乳和遥控器盒。在阳光房的梳妆台上，一把用旧了的电动牙刷也还原封不动地留在了那里。

里面的书架上堆满了书。可以看到从推理小说到纪实文学等诸多领域的书，但直面生死的书籍占了大半。

柜子上面摆放着爱犬特拉皮科的遗骨、照片和鲜花，还供奉着橘子和水。隔着电视机旁的杂物柜里嵌着一个小小的佛龛，上面摆着一张小岛抱着特拉皮科的照片。

"就是这个。"惠子说着拿来一个信封，从里面取出骨灰。灰黑乎乎的，像沙子一样，但确实是普莱西柯寄来的。其余的据说还保存在瑞士。

"我可以上根香吗？"

我问惠子。惠子把骨灰放在佛龛前，说"美奈，真是太好了"，并点燃了蜡烛。她将火苗转移到一根线香上然后灭掉它，再插在香炉里。

我双手合十，闭上眼睛。

美奈女士，你好。新的世界怎么样？你现在过得开心吗？我想把真实的美奈女士传达给大家。请安息吧。再见……

尾声

即使是现在，每当目睹安乐死，我都会有一种置身于非现实世界的感觉。如果用一个词来形容的话，那就是"失落感"。

安乐死是不是"好的死亡"，这一判断取决于每一个人。感到失落或许证明我还没能做到认可这一方式。在人们硬要将死期提前、踏上旅程的行为中，我仍然无法找到可以称之为绝对的合理性。

但我想承认，自从小岛美奈实际上在瑞士完成安乐死以来，我的想法多少发生了一些变化。

一直以来，我对欧美的安乐死表现出一定的理解，但我也一直说自己对日本人实行安乐死表示担忧。然而，在看到小岛临终的情况之后，我开始认为，安乐死并非欧美人独有的权利，这种死法应该不分国籍吧。通过安乐死迎来的最后时刻，不正是每个人生活方式的反映吗？虽然有些失落的感觉，但我的脑海里已经开始明白了这一点。

越是了解小岛这个人的特性，越会自然而然地认为安乐死这个方法适合她。她比任何人都更加深入地思考了在身体逐渐被侵蚀的过程中该如何面对余生。在此基础上达成的理想结局便是安乐死，而最令人欣慰的是她的家人对此表示认同。

但是，有一点需要铭记在心。小岛一直强调的是，对于患有同样疾病的患者来说，安乐死不应该成为"范例"，我们不应该忘记，这是适合小岛美奈的安乐死。要说是否应该仅以癌症晚期、多系统萎缩症为由一律允许安乐死，其实事情并不是那么简单。

要实施安乐死的话，必须具备四个条件：有难以忍受的病痛、没有治愈的希望、能够明确地表达意愿、没有患者期望的治疗手段。不仅在瑞士，在荷兰、比利时等国家也几乎是同样的条件。

在多次采访的过程中，我不由自主地慢慢意识到，满足这四个条件看似简单，其实不然。例如，我曾多次目睹当事人的意愿是多么地容易发生变化。吉田淳就是其中之一。

吉田之所以没能完成安乐死，不仅是因为他的癌症扩散得太快，没能如愿去瑞士。在他的案例中，他选择安乐死的真正原因不一定是为了逃避疾病的痛苦，正如他本人也承认的那样，这背后有着家庭环境方面的影响。可是，在我的印象中，由于陪伴他的家人的出现，他对安乐死的顽固期待也消失了。

小岛和吉田摸索着同样的结局。自从开始写这本书以来，我就经常一直思考这两人之间存在怎样的差异。

现在两人都已经去世了，我对某一点有了特别的感触。那就是，家属能否接受家人因安乐死离世，能否继续过好之后的日常生活。如果家属无法理解安乐死，那么即使当事人完成了理想的死亡，从结果来看，能否说这是"好的死亡"也还是非常值得怀疑的。当然，死者本人无法判断这一结果。死亡对被留下的人们而言也是一个问题。

在写这部稿子的此时此刻，我正在瑞士，为了与 LIFE CIRCLE

的代表普莱西柯会面。就在刚才，我收到普莱西柯的通知说，一位来到巴塞尔的德国男子放弃了原定于次日早上实行的安乐死，并离开了下榻的酒店。

原因是患者在最后一刻才开始后悔自己没有和女儿告别就来到了瑞士。他决定要努力消除被留下的家人的哀愁，而不是从肉体的痛苦中解脱出来，迎接安详的最后时刻。

我认为这是明智的选择。在留有牵挂或者未取得家人同意的情况下，仅凭自己的意愿踏上旅程是不可能的。我比以前更有这种感觉了。

我与幡野广志的对立也正是在这一点上。他主张患者的意愿才应该得到最大的尊重。我想这一言行并非单纯出于情感层面，而是基于他的信念。他是一名被告知时日不多的癌症患者，我之前有时也想对他的想法表示理解。然而，有时我无法做到，是因为我身体健康，故而无法真正感受当事人的心境吗？

不，未必如此吧。因为虽然生病的是患者，但"死亡"却不只是患者才需要面对的问题。我并不是想在这里再次指出家人的存在。

在此，我们试着将目光转向作为当事人的另一方，即医生。

医生也是人，在实施安乐死方面的精神压力是很大的。最近，普莱西柯告诉我，她身心俱疲，私生活也受到了影响。我非常担心她今后的情况。这当然并不仅限于她，而是适用于负责安乐死的所有医生。

普莱西柯高喊着"Human Rights（人权）"。但是，要说仅凭权利或者是明文规定的法律是否就能让一切事物都运转下去，我并不这么认为。在安乐死方面仍旧存在许多灰色地带。

在小岛去世大约半年的现在，普莱西柯这样回顾她的死亡。

"她实现了自己希望的离开方式，我松了一口气。为了美奈，我也感到高兴。但是，我担心她姐姐们的感觉，因为她们之间的感情很好。我认为正确的事情不一定能被来自其他文化圈的人所接受。在结束她的协助自杀之后，我有了这种印象……"

无论是小岛还是吉田，安乐死这条路的存在确实给他们带来了安心感。对于与病魔斗争的他们来说，这似乎是一线光明吧。尽管我承认这种效果，但还是有些担忧。

寻求安乐死的多数日本人是否了解暂缓或终止延命治疗、临终镇静等国内被允许的选项，也都还是个疑问。现阶段我的想法是，如今还不是在日本国内讨论安乐死立法的阶段。

这次也是一样，要是没有诸多相关人士的协助，本书是无法问世的。

对已故的小岛美奈女士以及对我的写作表示理解的大姐惠子女士和二姐贞子女士，我想由衷地表示感谢。正因为有了她们的理解，我才能做到如实传达。此外，我还想对已故的吉田淳先生表示敬意。虽然我是以匿名方式写的，但吉田先生一边与癌症作斗争一边挽回家人的过程是真实的。

在知道自己与我见解不同的情况下，幡野广志先生接受了我的采访。尽管我有时也会提出一些失礼的问题，但他还是从正面真诚地回应了我。为此，我想向他表示感谢。在瑞士一同采访的 NHK 的笠井清史先生也给予了我极大的关照，让我学到了很多讲述故事时应有的姿态。我非常期待节目的反响。

同时，我还想对全力支持此次采访的小学馆编辑柏原航辅先生表示深深的感谢。他经常协助我处理疑难事务，在我的写作遇到困难时一定会在背后给予我支持。没有柏原先生，就不会有笔者的成长。

最后，我要感谢在身边支持我写作的妻子，以及从遥远的地方不断给我发来鼓励话语的父母和姐姐。

2019 年 4 月 26 日

于瑞士巴塞尔的一家酒店

宫下洋一

文库版寄语

自小岛美奈完成安乐死以来已经过去两年半了。在完成本书的写作后不久，NHK 特别节目播出。紧接着，就如我所想象的那样，掀起了赞成或反对的讨论热潮。我有预感，日本的安乐死讨论会取得进展。

我决定采访小岛的契机也在于此。我希望人们能稍微思考一下：不仅对终末期患者和顽症患者，而且对医务人员和患者家属而言，安乐死意味着什么？这也符合小岛本人的意愿。

小岛发来的一封电子邮件最终向社会发出的讯息是巨大的。我相信她在瑞士迎来的最后时刻绝非徒劳。

另一方面，有些人对本书的出版感到厌恶也是事实。他们纷纷发表意见，认为对在日本不被允许的安乐死问题上，本书将公众舆论导向了接受的方向，可能会剥夺社会弱势群体的生命权。

然而，在充分考虑持有这类观点的人们的基础上，我致力于这次采访，并执笔写作，自认为给僵化的讨论抛出新的问题，引起了社会的反响。至少，从小岛去世前的痛苦和纠葛以及从她的博客和采访中获得的证词来看，我认为没有任何一处引导人们接受安乐死的武断想法。

　　我的社交网站账号上也收到了很多关于这本书的感想和留言。其中，既有希望完成像小岛一样的安乐死、同样患有神经系统顽症的患者，也有许多抱有自杀念头的受精神疾病折磨的男女。他们都在认真思考关于"有尊严的死"的问题，换句话说，关于"更好地活"的问题。

　　在出版了报道世界 6 个国家的上一本书《安乐死现场》之后，我认为安乐死并不适合即使面临生死关头也要考虑周围情况的日本人。然而，与小岛的相遇让我渐渐意识到国籍并不是大问题。我甚至最终认为她的死应该是"好的死亡"。

　　当然，至今在我心中仍有没有得出答案的问题。这个问题就是，即使安乐死让当事人从痛苦中解脱了出来，但被留下的人是否能不受痛苦地活下去？

　　在国外，死者家属因安乐死问题产生纠纷，医生被死者家属方面起诉的案例也比比皆是。我们有必要事先了解安乐死也存在这样的一面，即除了逝去的当事人以外，事情并不会一帆风顺地得到解决。

　　2020 年底，距前作《安乐死现场》的采访已经过去五年多时间，在将该书作为文库版发行之际，我再次联系了遗属和医生们。正如我在上一本书的"文库版寄语"中所写的那样，他们仍然生活在某种程度的情感痛苦和遗憾之中。

　　那么，照顾小岛美奈并陪同她到瑞士的惠子和贞子，在那之后一直是怎样的心境呢？

　　2021 年 3 月 18 日，我因新冠病毒的影响暂时无法回日本，在巴塞罗那的公寓里通过视频会议系统"Zoom"与在新潟的惠子和贞子进行了视频通话。这是我时隔近两年时间再次与两人见面。

惠子满头精心保养的银灰色头发，配上适合白皙皮肤的口红。二姐贞子的外表几乎没有改变，一如往常笑容满面。当她们的脸出现在画面上时，两姐妹微笑着向我挥手，并激动地打招呼道："啊，您好，宫下先生。"

她们是否已经习惯了小岛离世，少一名家庭成员的环境？首先开口的是大姐惠子。

"我的感受没有太大的变化，'要是这样做就好了'的想法一直没有消失。随着时间的推移，我还觉得自己是不是有点考虑不周。"

接着，贞子说出了她内心的想法。

"虽然我抱有'要是这样做就好了'的想法，但一年、两年过去了，我并没有觉得悲伤。美奈终于能轻松了真好，这种想法没有改变。"

姐妹俩说的话和小岛去世时一样。总的来说，惠子仍然无法忘记那份不舍和悲伤，贞子和两年前一样，虽然有些寂寞，但似乎已经接受了小岛安乐死的结果。贞子说："要是我之前更多地去了解所谓的顽症到底是什么就好了。"并解释了原因。

"因为我们有（自己的）家庭，所以可能有所逃避。因此，我会想，要是当初趁她身体还好的时候多花一点时间陪伴她就好了，这种懊悔的感觉比以前更强烈了。"

不仅仅是安乐死，对逝者的悔过之念是每个人都会抱有的情感，所谓"因为有家庭所以有所逃避"到底是怎么回事呢？贞子"嗯……"地歪着头思考了一下，然后这样说道：

"我觉得我们以她是病人为由认为自己做不到，所以打消了一些念头。然而，我现在反省，实际上不是做不到，而只是没能为她做吧。而且，我还感觉是我们擅自认定自己做不到。其实我真希望大家一起再多去一些地方旅行或者做些什么啊。"

如果小岛还活着的话，可能就不会有这样的遗憾了。患有多系统萎缩症的她最终选择了自愿死亡之路，而不是和两个姐姐一起度过剩下的时间。惠子和贞子应该也是同意这样做的。

"对于安乐死这一选择，两年过去之后有什么感想呢？现在还认为这个决定本身没有错吗？"

听到我这么问的时候，惠子露出看似有些凄凉的表情，这样说道：

"虽然没有后悔，但是以我们的想法，感觉是不是有点早啊。考虑到我们必须要坐飞机去，就觉得也别无选择了。不过，妹妹希望的安乐死得以完成，对美奈来说是件好事，我们也心怀感激之情。"

贞子也表达了"要说早的话也确实有点早"的想法。并且，对于现实的障碍，她说出了自己真实的感受。

"我想啊，要是在日本对安乐死的态度能有一点改变的话，事情又会是怎样的呢？之所以这么早，是因为要去瑞士。我觉得从时机上来说，只能在那个时候了。因为如果把新冠病毒也考虑进来的话，或许在那之后就没法实施（安乐死）了……"

如果瑞士之行没能实现，现在的情况将会更加糟糕，这一想法也和当时一样。在惠子家经历了多次自杀未遂的结果是，小岛曾经有段时间在医院通过自杀网站摸索其他的死亡方式。

后文会讲到，正因为在京都发生了 ALS（肌萎缩性侧索硬化症）患者的嘱托杀人事件，所以贞子内心的不安似乎越来越强烈，她担心"可能会发展成为严重的问题"。

通过影像看到的小岛之死与我写的这本书不同，有着另一种力量。第一次看到 NHK 特别节目《她选择了安乐死》是在我刚暂时回到日本的时候。当时，我在酒店房间收看了该节目的重播。

当然，我和 NHK 的笠井以及井上摄影师一起出现在瑞士的同一现场。然而，通过他们的剪辑描绘出来的世界会让人一边比较患有同样顽症的其他女性的生活方式，一边思考小岛的选择。我觉得这个节目给观众留下的印象和我笔下所要传达的内容略有不同，我要传达的是小岛这个独一无二的人所选择的独一无二的死亡。

姑且不论观众和读者所捕捉到的全貌和印象，如果聚焦小岛的生活方式和生死观的部分，那么我认为本书和 NHK 特别节目并没有什么特别大的差别。

NHK 特别节目的播出是否给惠子和贞子的日常生活带来了变化？

贞子说她从小岛周围的相关人士那里得到了如下反馈。

"她小学、初中、高中时期的朋友以及进入社会后的朋友等等，许多人联系了我。认识我妹妹的人都异口同声地说，那样的最终选择真的很像美奈的风格。"

事实上，在节目播出之后，同时读过本书单行本的小岛的一位女性朋友给我发来了这样的感想：

"记得在她健康状况良好的时候，我在美奈家一边喝着酒，一边随便躺下。她一边被特拉皮科舔着脸一边和我彻夜长谈时的声音和样子，至今还历历在目。美奈本人虽然避免让我们看到她因患病而发生变化的样子，但仅从画面上来看，我觉得和她健康时给我的印象没有那么大的变化。

"尽管我们原本就不是会因外表的变化而感到惊讶或者对其另眼相看的那种人，但最终还是没能如愿以偿见她一面。她是个在朋友之间也坚持自我意见的人，这一结果如她所想。真的从最初到最后的瞬间全部都是她的风格！"

据说这位女性受到小岛最后时刻的触动，重新审视了自己的生活方式。至于自己想要迎来怎样的最后时刻，她也写道："我会考虑的，就当是要告诉我心中那个精力充沛的美奈。"

在我来到日本的时候，实际上有幸和这位女性一起见到了小岛的一些圈内伙伴。当时，所有伙伴都异口同声地点头说："这是个像极了美奈风格的结局。"这其中有欢笑，也有对小岛尊敬的眼神，没有一个人对她的选择发表过负面言论，这一点给我留下了深刻的印象。

即便是为了小岛留下的博客和由此联系在一起的人们，惠子和贞子也不希望她白白死去。听说她们还想向支持妹妹的周围人以及失去联系的博友们道谢。

因此，两人决定在 2019 年 12 月 28 日更新小岛一直坚持写的博客《多系统萎缩症成了我的伴侣》，并写下了作为大姐和二姐的她们对"妹妹之死"的看法。

> 如今，我在思考被留下的我们能做些什么？回顾和妹妹的对话，我发现我们姐妹平时一直都在回避人生观、生死观等沉重的话题，但我觉得妹妹却在用她自己的个性、自己的宝贵生命和剩下的宝贵时间反向地向我们发起提问。通过这样的妹妹留下的影像，我想再一次尝试思考重要亲人的"生与死"。
> （2019 年 12 月 28 日，《我们的思考》）

> 我每天都在祈祷，希望我们的社会能够成为一个让大家对活下去抱有希望的地方，不仅是患者，还有患者家属也能一边面对医务人员一边内心平静安稳地度过每一天，而不是像妹妹一样、像我们一样，在意周围人的目光，最终让问题仅仅止于

患者和家属之间。（2020 年 7 月 13 日，《继承绀美①的遗志
......》）

　　妹妹按照自己的意愿进行了安乐死。我们最期望的是大家
不要误会妹妹的死。（略）我认为妹妹并不后悔选择了安乐死
（这件她自己决定的事）。当然，我们也不后悔。那一瞬间是我
们和妹妹的一次重要告别。（2020 年 8 月 1 日，《论存在和价值
的大小》）

　　两人切身感受到了通过发布博客所产生的效果。据说某位顽症
患者自杀后，该患者的姐姐来博客发表了评论。因为对方看起来非
常痛苦，所以两人给对方鼓劲。另外，当被告知患上不治之症的一
名中学生想要放弃生命的时候，两人也直面了中学生的烦恼。

　　人真是个不可思议的生物。明明没能很好地将自己的话传达给
生于同一家庭的妹妹，但却能给其他人以生活的勇气。

　　另一方面，贞子强烈地认为，妹妹的死是她自己独有的死法。
她觉得不是所有人都能选择同样的逝去方式，所以在回信时也曾有
过犹豫。

　　"我曾经想给最初读过博客并发来感想的人写回信，但我不知道
自己能对苦于重病的人说什么，因而一直很伤脑筋。我想是不是可
以说些鼓励的话语，或者倾听对方的烦恼，但又担心彼此立场不同，
我们不是他们的亲人，不知应该如何参与进去？"

　　发生在京都的 ALS 患者嘱托杀人事件也对她的这种犹豫产生了
极大的影响。

---

　　① 绀美是小岛美奈女士在博客里使用的网名。

2019 年 11 月 30 日，住在京都市中京区的患者林优里（当时 51 岁）被在网上认识的两名"安乐死赞成派"医生投药后死亡。据说整个过程只持续了几十分钟。

医生们大概认为这种协助是把她从痛苦中拯救出来的"安乐死"吧。然而，两人既不是患者的主治医生，也不是负责医生，他们看似为实现自己的主张而断然实行的做法绝对不能被称为安乐死。

在社交网站上留有林多次发布希望安乐死的信息，以及两名医生对此作出回应的情况。但是，除了双方从未直接见面之外，似乎还有迹象表明他们曾收到过林的钱。

2020 年 7 月 23 日，该事件因两名医生被捕而败露，但半年多来媒体都未做报道。同年 5 月，当警方的调查仍在暗中进行时，我正身处巴塞罗那。当时，我的手机突然响了起来，是一位在京都工作的记者打来的电话。

"尽管还没有被报道出来，但似乎有一位希望安乐死的女性在医生的协助下去世了。因此，我想事先向您请教一下关于安乐死的问题……"

我当时想着，这种事终于发生了。因为我在网络上看到过许多男女在诉说严重困扰自己的烦恼，也知道有一定数量的医生支持安乐死。

已故的林的人生历程也与小岛相似，她们都是有学历、单身，走自己人生之路的女性。两人都患上了身体自由将逐渐被剥夺的顽症，并在同样的年龄迎来了最后时刻。在我看来，这似乎也并不是单纯的巧合。

我觉得在安乐死中找到希望的人们似乎有一个共同的困境。正因为他们独自开辟了人生，所以当这样的人生被封闭的瞬间，他们将面临现代社会的生存困难。在我面前实现安乐死的患者们也都抱有同样的烦恼，尽管他们做出决断的时期有所不同。

其实，早在事件发生的一年半多以前，林就向我发出了求救信号。

林好像是在 2018 年 4 月 26 日开通了推特。四天后，我收到了一封私信。虽然当时我看了这封邮件，但直到记者告知我那件事的经过时，我才意识到寄件人就是林。

难道说……我追溯过去的私信，并打开了疑似林发来的信息。

"我是一名 ALS 患者，发病将近七年了。我的身体没法动弹，虽然不能吃东西也不能说话，但没有戴人工呼吸器。我正在使用依靠视线输入的电脑写信息。我想在 DIGNITAS 接受安乐死，但需要陪护人员。我遇上了陪护人员是否会被指控协助自杀罪的难题，该怎么做才能弄清楚这个问题呢，您能给我什么建议吗？难道只能打官司吗？"

尽管这只是一种推测，但我觉得她读过这封电子邮件发送前几个月出版的我的上一本书《安乐死现场》，然后再考虑咨询我的。她大概是得知国外类似的顽症患者在瑞士的协助自杀机构实现了安乐死的事，于是希望得到一些建议吧。

虽然对不住前来咨询的患者们，但对此类咨询，我一概不予回复。对林也是如此。在林之后发来的邮件中，只有小岛的邮件，是我在痛苦的决断之后回复了的。正如本书所述，这是例外中的例外。

我不回复的理由，既不是因为自己不感兴趣，也不是因为喜欢我行我素。原因之一是，我认为没有比一个人的人生航线因我的建议而发生改变更可怕的事情了，哪怕是微小的变化。当然，我也想坦白，自己一直有点担心这样的变化会演变成像这次一样的"事件"。

当听说来咨询的林已经完成了她的死亡时，我难掩惊讶之情。

对她发出的求救信号做出反应的，就是被捕的两名医生吧。因为林被逼到了如此境地，她一定由衷地渴望像安乐死这样的结局。我并不想否定这个愿望本身。

同样年龄且患有同样顽症的女性之死，只因身处国家不同，一个在医生的协助下完成了安乐死，一个却迎来了嘱托杀人的结局。当惠子和贞子得知京都的这个事件时，感受如何呢？正因为她们曾是当事人，反复经历过我所不知道的艰难困苦，所以在某种程度上更能理解林的痛苦吧。

惠子尽管对两名医生的行为抱有疑问，但似乎打心底里同情和小岛一样受神经系统疾病困扰的林。

"在了解医生的情况之前，我有时会把那位女性和我妹妹重合在一起。我当时想着该发生的事情还是发生了啊。她应该很难受吧。"

我认为这些话只能由惠子说出来，因为她之前一直都在照顾身边的那位希望安乐死的顽症患者。贞子也表示自己心情很复杂："我想，一旦走错了一步，美奈不也会变成这样吗？"

网上有声音说，如果日本也允许安乐死的话，京都的事件就不会发生了。我不打算在这里阐述我对这一点的看法，但我认为传达惠子、贞子等当事人的见解很重要。

我也向艾丽卡·普莱西柯询问过她对这起事件的感想。

"这位女性一直在经受顽症的折磨哦。她应该通过媒体之类的传达自己想去瑞士或者想在自家迎接最后时刻。这应该比付钱让医生们去犯罪要好。这样一来，甚至对依法进行的协助自杀的评价也会变差呀。"

普莱西柯自己也在 2016 年因协助精神疾病患者自杀而被以杀人罪起诉。协助精神疾病患者自杀，很难判断患者是否满足"有难以忍受的病痛""没有治愈的希望"等条件。虽然需要对患者进行慎重的精神鉴定，但审查过程却被检察官发现了不完备之处。

结果一审宣判普莱西柯无罪，2021 年 5 月 7 日下达的二审判决也是无罪。据说根据精神鉴定报告认定患者有充分的判断能力。

普莱西柯希望实现一个能够让医生在尊重患者意愿的基础上，合法地协助患者自死的社会。她对京都事件的评论是从这个角度出发的，同时，听起来也像是她对自身事件总结的教训。

小岛的最后时刻通过 NHK 和本书为人们所共知，我曾期待关于临终和安乐死的讨论能发生某些变化。然而，这种讨论因为林的事件而有再次被封印的感觉。

我之所以想把"不要叫醒睡着了的孩子"这类氛围称之为"日本特有"，大概是因为我在欧美生活了很长时间吧。媒体认为这反映了民众的关切所在。好也罢，坏也罢，至今仍然听不到人们讨论死亡的声音。

据说在林的事件发生之后，贞子开始感到不安，她担心小岛想向世人传达的信息"无处可去，讨论的气氛再次消失"。

"有很多像美奈一样苦恼的人，不是吗？但是，我感觉在节目播出后被制作出来的几个相关节目和报道提到的都只是'即便如此也要活下去'的人们（顽症患者）。我明白这当然很重要，但净是些过于偏颇的报道，我觉得这太不可思议了。"

以肯定生命为目的的报道虽然听起来很有道理，但也有人认为这是无视当事人内心的"美谈"。我完全无意煽动允许或不允许安乐死的是非之争，但如果报道只给出单方面的"答案"，那不就没法进行正确的讨论了吗？

我认为，对于想要赴死之人的感受，即使不给予肯定，也应当尽可能地去靠近、去倾听。因为这种感受是他们发自内心的呐喊，每个人在人生中都应该有过这样的感受。我觉得，所谓成熟的社会并不是单方面地强行要求人必须活下去的社会。

即使是现在，我有时也会收到找我咨询的电子邮件。所有的我都会浏览一遍，但最终我还是找不到能够送给他们的话。不过，就算是为了回应这种悲痛的呐喊，我也打算今后从多方视角出发，继续把关于生与死的问题写下去。

所谓"好的死亡"是什么？我希望一起思考下去，直到日本人能共同讨论并找到问题的答案。作为在一旁目睹了小岛美奈之死的人，我有这份责任和义务。

2021 年 5 月
于因紧急事态宣言解除而沸腾的巴塞罗那
宫下洋一

荷兰：通过安乐死法案（2019年6361人适用该法）。 '01

比利时：通过安乐死法案（2019年2655人适用该法）。 '02

瑞士：瑞士医学会发布行动指南，允许对晚期患者施行协助自杀。 '04

卢森堡：通过安乐死法案（自2009年3月施行以来，10年间71人适用该法） '08

比利时：允许未成年人安乐死。 '14

美国：布列塔尼·梅纳德在俄勒冈州通过协助自杀身亡。实施前，她将自己的想法发布在YouTube上，引起了巨大反响（促进了协助自杀在其他州的合法化，如2015年加州通过承认协助自杀的法律。现在9个州和1个城市已立法）。 '14

加拿大：通过安乐死法案（截至2019年末，13946人适用该法）。 '16

澳大利亚：2019年6月，维多利亚州实施承认自杀协助的法律。 '19

德国：2020年2月，联邦宪法法院承认协助自杀。 '20

新西兰：2020年10月，通过安乐死法案，2021年11月开始实施。 '20

西班牙：2021年3月，安乐死法案在参众两院通过，6月开始生效。 '21

2020年代 **2010年代** **2000年代**

'98 在川崎协同医院（神奈川），医生给晚期患者使用了肌肉松弛剂。2002年演变为案件，后来医生被提起刑事诉讼。2009年上诉到最高法院，但被判有罪，确定判处有期徒刑1年零6个月，缓期3年。

'07 厚生劳动省制定《终末期医疗指南》，采取允许尊严死的方针。

'11 超党派的国会议员联盟公布规定尊严死的法案，但未到提交环节。

'17 桥田寿贺子的著作《请让我安乐死》引发话题。

'19 2019年11月，京都两名医生给希望「安乐死」的ALS患者使用致死药，将其杀害。2020年5月，两人被捕，被以嘱托杀人罪起诉。

荷兰：弗里斯兰省的女医生赫特雷达·波斯特马应脑溢血致半身不遂的母亲的请求，用吗啡助其安乐死。1973年，地方法院判处其禁闭一周，缓期执行。为了解除患者的痛苦，允许有条件地使用镇静剂（波斯特马事件）。

荷兰：受到波斯特马事件的影响，荷兰自愿安乐死协会（NVVE）成立。

美国：新泽西州的卡伦·昆兰在聚会后陷入昏迷状态。父亲请求摘掉人工呼吸器。第二年，即1976年，该州最高法院有条件地承认了卡伦的『死亡权利』（卡伦事件）。

荷兰：北荷兰省的开业医师对95岁的患者实施安乐死。第二年即1983年，以嘱托杀人罪被起诉。一审的阿尔克马尔地方法院宣判医生无罪。1984年，最高法院也支持一审判决（阿尔克马尔事件）。

瑞士：世界首家协助自杀机构『EXIT』诞生（此后，至今为止成立了『DIGNITAS』『EX INTERNATIONAL』『LIFE CIRCLE』等三家机构）。

美国：俄勒冈州通过承认协助自杀的法律。之后，其他州也陆续跟进。

澳大利亚：北领地通过《终末期患者权利法》，安乐死得到认可。但1997年被联邦议会废止。

'95　'94　'82　'82　'75　'73　'71

1990年代　　1980年代　　1970年代

日本国内

'96　'91　'78　'76

'96：在国保京北医院（京都）医生给晚期患者使用了肌肉松弛剂，受到调查，但未被起诉。

'91：在东海大学医学部附属医院，医生给晚期患者注射氯化钾，发展成为国内首例安乐死事件（1995年，横滨地方法院作出有罪判决，判处医生杀人罪成立，有期徒刑2年，缓期2年）。

'78：成立『阻止安乐死法制化协会』（发起人：野间宏·水上勉等）。

'76：成立安乐死协会（1983年更名为日本尊严死协会）。在东京召开安乐死国际会议。

ANRAKUSHI O TOGETA NIHONJIN
by Yoichi MIYASHITA
© 2021 Yoichi MIYASHITA
All rights reserved.
Original Japanese edition published by SHOGAKUKAN.
Chinese (in simplified characters) translation rights in China (excluding Hong Kong, Macao and Taiwan) arranged with SHOGAKUKAN through Shanghai Viz Communication Inc.

图字:09－2021－906 号

图书在版编目(CIP)数据

选择安乐死的日本人/(日)宫下洋一著;熊芳译
. —上海:上海译文出版社,2023.10
(译文纪实)
ISBN 978－7－5327－9281－8

Ⅰ.①选… Ⅱ.①宫… ②熊… Ⅲ.①纪实文学—日本—现代 Ⅳ.①B313.55

中国国家版本馆 CIP 数据核字(2023)第 170535 号

选择安乐死的日本人

[日]宫下洋一 著 熊 芳 译
责任编辑/常剑心 装帧设计/邵 旻 观止堂_未氓
图表/infographics 4REAL

上海译文出版社有限公司出版、发行
网址:www. yiwen. com. cn
201101 上海市闵行区号景路 159 弄 B 座
启东市人民印刷有限公司印刷

开本 890×1240 1/32 印张 8.5 插页 2 字数 147,000
2023 年 10 月第 1 版 2023 年 10 月第 1 次印刷
印数:0,001—8,000 册

ISBN 978－7－5327－9281－8/I·5780
定价:52. 00 元